ELRICK FOX

L'auteur

Julian M. Honoré est né en 1997 dans le sud de la France.
Très jeune, il commence à écrire de petites histoires sur le vieil
ordinateur de son père. Grand fan de *Percy Jackson*, c'est en
cours de mathématiques au lycée que lui vient l'idée d'écrire les
aventures loufoques d'un apprenti sorcier à son image.
En 2019 il intègre une licence spécialisée dans les métiers du
livre.

Julian M. Honoré

Tome 1 : Le Miroir des Ombres

Les personnages, les lieux et les situations de ce récit étant purement fictifs, toute ressemblance avec des personnes ou des situations existantes ne saurait être que fortuite.

ISBN: 9798780943709

À ma mère et Bastien,
mes correcteurs les plus assidus.

À mes meilleurs amis qui se reconnaîtront.

À ma maxi-pote qui a clairement inspiré
le meilleur personnage de ce roman.

À Percy sans qui cet ouvrage n'aurait
certainement pas la même saveur.

Chers lecteurs,

Vous vous apprêtez à traverser la frontière entre notre monde et celui, magique, de Merilian.

Aussi, avant de pénétrer dans ce royaume dépourvu de couverture réseau, je vous invite à prendre votre téléphone et à poster une photo de cet ouvrage sur Twitter ou en story Instagram, accompagnée du #ElrickFox.

Et n'oubliez surtout pas de m'identifier pour que je puisse consulter vos publications !

Je vous souhaite un agréable voyage.

Amicalement,

Julian M. Honoré

PS : Pour vous repérer dans ce nouveau monde, vous pouvez flasher le QR code ci-dessous afin de faire apparaître la carte de Merilian.

1. J'assiste à la première du retour de Bobzilla

Été 1999

Je ne sais pas si vous vous êtes déjà retrouvés à attendre le bus à côté d'un massif de fleurs carnivores prêtes à vous dévorer d'un trait si vous baissez votre garde, ni même si vous vous êtes déjà fait courser par un gorille vert-pomme à huit pattes, mais pour moi, c'est monnaie courante.

Inutile, donc, de vous dire que me faire pourchasser par un dragon de Komodo cracheur de feu dans l'immense parc du manoir de mes grands-parents, me paraissait des plus rationnels. À mes côtés, ma cousine Yllen, ses longs cheveux blonds attachés en queue-de-cheval, courait à perdre haleine – ce qui était rare pour une asthmatique adepte de location de films d'horreur en vidéo-club ! – pour éviter les souffles de feu qu'exhalait le lézard géant, quelques dizaines de mètres derrière nous.

Comment en étions-nous arrivés là ? Sans trop d'efforts, je dirais.

Depuis des générations, la famille Fox engendrait des enchanteurs et des enchanteresses capables d'user de la magie. Plutôt stylé, vous me direz. Sauf qu'en fait, pas du tout.

Depuis notre plus tendre enfance, Yllen et moi avions dû nous fondre parmi les humains ne possédant aucun pouvoir surnaturel, tout en suivant les cours théoriques et pratiques de magie – comme maintenant, tout de suite, à l'instant T – de notre grand-père, le grand Albann Fox, chef régional du conseil des Espéciaux qui vivent sur Terre. Oui, oui, vous avez bien lu : Espéciaux.

Les Espéciaux sont des êtres, humains ou mi-humains, dotés de facultés surnaturelles. Mais si, vous en connaissez ! Les loups-garous, les vampires, les sorcières, les elfes, ... Oui, oui, ils existent. Le monde vous paraît tout autre, maintenant, n'est-ce pas ?

Et encore, la proportion d'Espéciaux vivants dans le monde des humains n'est rien comparée aux chiffres du dernier recensement en date. Nous sommes des centaines de millions ! Enfin, je crois... Mais la plupart d'entre nous vivent à Merilian, un monde parallèle au vôtre, peuplé seulement d'Espéciaux. Et les deux mondes sont reliés depuis des millénaires. Mais heureusement, les portes qui les séparent sont bien dissimulées. Et elles ne s'ouvrent que lors des pleines lunes. Même moi je ne sais pas où ces passages se trouvent. Mais ça, c'est uniquement parce qu'il est interdit aux Espéciaux ayant grandi dans le monde des humains de se rendre à Merilian avant leurs seize ans. Merilian étant jugé trop dangereux pour accueillir des enfants et adolescents non préparés. Je trouvais ça injuste, d'ailleurs, puisque si nous avions vécu là-bas, on ne nous aurait pas enfermés à double tour... Enfin, soit.

Depuis notre plus jeune âge, notre grand-père nous parlait, à Yllen et à moi, de Merilian. Et nous rêvions d'y aller afin d'apprendre à utiliser nos pouvoirs à la très prisée Scaria Académie. Là-bas, nous n'aurions plus besoin de cacher nos dons et pourrions apprendre à les contrôler sans risquer de causer de catastrophes. Oh si ! Croyez-moi, c'est déjà arrivé... Je me rappelle notamment d'un certain anniversaire où j'ai fait exploser le gâteau parce qu'il n'était pas au chocolat...

Hélas, nous devions attendre.

Cet été, cependant, cette attente interminable allait prendre fin ! Yllen venait d'avoir seize ans le mois dernier. Quant à moi, j'allais les avoir dans deux semaines. Et à la prochaine pleine lune, c'est-à-dire, à la fin du mois, nous allions enfin pouvoir découvrir ce monde et cette école dont nous rêvions tant.

Mais pour le moment, nous devions survivre à notre face-à-face avec le dragon de Komodo cracheur de flammes.

Ledit monstre s'appelait Bob, ce qui contrastait légèrement avec son côté meurtrier. Un jour, alors qu'Yllen et moi étions encore très jeunes, notre grand-père l'avait ramené au manoir comme un père de famille l'aurait fait avec un chiot ou un chaton égaré. Notre grand-mère, Imelda, avait d'abord catégoriquement refusé de le garder, prétextant qu'un monstre tout droit venu de Merilian n'avait pas sa place au sein d'un foyer dans lequel vivaient deux jeunes enfants. D'autant plus si ledit monstre avait la capacité de cracher du feu.

Mais, allez savoir pourquoi, elle avait fini par accepter la présence du reptile. La perspective de pouvoir se fabriquer un sac et des bottes en peau de croco à sa mort, selon moi.

Toujours est-il que le croco susnommé nous fonçait dessus, la gueule grande ouverte.

- Ne restez pas plantés là ! a crié Grand-père depuis la terrasse. Vous devez trouver un moyen de le neutraliser !

Si Grand-mère avait supervisé nos séances d'entraînement à la magie, elle aurait certainement hurlé quelque chose du style : « Empalez-moi cet alligator ! Et n'abîmez surtout pas sa peau ! ».

Mes yeux verts ont croisé le regard noisette d'Yllen qui dégageait une mèche fuyarde de son visage. Il ne nous a pas fallu plus d'un quart de seconde pour nous comprendre. En même temps, nous vivions ensemble depuis que ses parents l'avaient abandonnée ici, huit ans auparavant, lorsque ses pouvoirs magiques s'étaient éveillés.

Dennis Fox, mon oncle, fils cadet de mes grands-parents, était né sans pouvoirs magiques, à l'inverse de mon père, Randall. Ayant passé son enfance dans l'ombre de son frère doué de pouvoirs, il avait très vite quitté le manoir familial et était parti vivre à l'autre bout du pays, loin des histoires de monstres et de magie. Là-bas, il avait rencontré sa femme, Susan, pour qui les Espéciaux étaient inconnus. Le jeune couple avait rapidement eu une fille, Yllen, qu'il avait éduquée comme une enfant normale. Hélas, ma cousine s'était révélée être une enchanteresse et Dennis, désireux de rester le plus loin possible de la magie, l'avait confiée à mes grands-parents, qui détenaient déjà ma garde.

Lorsque nos yeux se sont quittés, nous nous sommes séparés. Yllen a détalé en direction du potager tandis que je filais vers la caravane.

Une demi-seconde, le lézard a hésité, semblant se demander lequel de nous deux semblait le plus appétissant. J'ai prié en mon for intérieur pour qu'il choisisse de dévo... de pourchasser Yllen, et j'ai été soulagé en remarquant qu'il s'élançait vers le jardin au moment où ma cousine en atteignait la grille. Bob prévoyait certainement de la faire cuire avec quelques oignons et un brin de ciboulette.

Je ne me suis alors plus préoccupé du sort de ma cousine. J'ai dévalé la pente recouverte de pelouse jusqu'à parvenir au grand chêne sous lequel trônait la vieille caravane rouillée où Yllen et moi imaginions des tas d'aventures, enfants. J'ai ouvert la porte à la volée, ai pénétré dans le véhicule poussiéreux et me suis emparé du premier objet qui me permettrait d'assommer le reptile géant : une vieille pelle dont le manche en bois menaçait de se désolidariser de la partie métallique au moindre choc.

Comme je craignais qu'elle ne se casse avant que je ne puisse l'utiliser, je me suis également saisi d'un vieux ballon de football usé qui, par miracle, était resté gonflé depuis des années. D'ailleurs, pourquoi en avions-nous un alors que ni Yllen ni moi n'aimions le football ? Si je parvenais à tirer dans la tête du reptile, comme le feraient *Olive et Tom*, il verrait certainement voler trente-six chandelles autour de son crâne.

Ainsi équipé, je suis sorti de la vieille roulotte, ai refermé la porte derrière moi et me suis élancé à grandes foulées sur le gazon, le générique du dessin-animé défilant dans ma tête – « *Ils sont toujours en forme. Tom, Olivier...* » –, afin de rejoindre le potager où Yllen jouait à cache-cache entre deux plants de tomates avec un reptile mangeur d'adolescents.

J'ai atteint la grille au moment où le reptile a repéré ma cousine et lui a craché une gerbe de flammes à la figure. Ah bon ? Ça ne figure pas dans les règles du jeu ?

D'un bond, Yllen a enjambé un vieux bidon et un arrosoir qui se sont retrouvés carbonisés quelques millisecondes plus tard. Sous mes yeux se déroulait le parfait remake de *Godzilla*. Le retour de *Bob*zilla. En couleurs et en quatre dimensions qui plus est ! Du grand art !

Avant que je ne parvienne à leur niveau – maudits soient les sillons de laitues qui bouchaient le passage ! –, ma cousine a activé sa magie et les plants de concombre qui rampaient sur le sol se sont enroulés autour de l'une des pattes du dragon de Komodo apprivoisé. Ce dernier s'est écrasé entre un chou-fleur et un plant d'aubergine, surpris de se trouver entravé.

Sans perdre une seconde, je me suis frayé un chemin entre les fleurs de courgettes et les tomates, mais lorsque je me suis retrouvé face à Bob, il était déjà bâillonné.

- Tu aurais pu me laisser l'assommer ! ai-je protesté en fronçant mes sourcils couleur carotte.

- Le but de ces exercices est d'utiliser la magie, Elrick ! m'a-t-elle répondu. Et tu ne t'es servi d'aucun sortilège ! Quant à assommer Bob, inutile de te dire que c'est une mauvaise idée, qui plus est avec une pelle et un ballon de football. À moins que tu ne veuilles te mettre Grand-père à dos. Je pensais que tu allais chercher de la corde dans la caravane !

De la corde ? Je n'y avais pas du tout pensé...

Je n'ai pas pu répliquer parce que, justement, notre grand-père, coiffé d'un chapeau d'aventurier à la *Indiana Jones*, enjambait ses précieux légumes pour nous rejoindre, Caleb, le furet familial roux, sur l'épaule.

- Félicitations, les enfants ! nous a-t-il congratulés. Encore un exercice réussi.

D'un claquement de doigts, il a libéré le reptile de ses liens et celui-ci s'est redressé docilement.

- Alors, Bob, comment s'est passé l'exercice d'aujourd'hui ?

Le dragon de Komodo a sifflé et grondé tandis que, sur l'épaule de Grand-père, Caleb l'écoutait attentivement.

- Bob dit qu'Yllen l'a entraîné dans le potager et a utilisé un sortilège pour animer les plants de concombre, a rapporté le petit mustélidé.

Pour les gens normaux, voir et entendre un furet parler paraîtrait complètement fou. Mais pour nous, étant habitués à nous faire courser par des reptiles tueurs, c'était complètement normal. En même temps, Caleb faisait partie de la famille depuis des années. Et il avait toujours parlé. D'autant que je m'en souvienne, il vivait déjà au manoir avant que mes grands-parents ne me recueillent suite au décès de ma mère.

- Et Elrick ? a demandé mon grand-père à l'alligator taille XXL.

- Grrrr.

- Il est parti vers la roulotte chercher de quoi m'assommer et ne semble pas s'être servi de la magie, a traduit Caleb avant de bondir sur ma tête pour se lover, comme à son habitude, autour de mon cou tandis que je me demandais comment un simple grognement pouvait signifier autant de choses.

Grand-père a soupiré.

- Elrick... Tu ne peux pas toujours t'arranger pour éviter d'utiliser tes pouvoirs, m'a-t-il sermonné.

- Mais je ne les contrôle pas, Grand-père, me suis-je défendu.

- Comment comptes-tu les contrôler si tu ne les utilises jamais ? m'a-t-il réprimandé.

Cela faisait des années qu'il me répétait la même chose, mais je n'arrivais pas à régler le problème. J'avais peur de provoquer d'autres catastrophes en activant volontairement ma magie.

Pourtant, Grand-père s'évertuait à me répéter que je ne pouvais pas commettre d'erreurs si je visualisais correctement toutes les étapes du sortilège que je souhaitais lancer. Comme si le film de l'enchantement se déroulait dans mon esprit.

C'était pourtant facile. Mais je n'y arrivais pas. Même lorsque j'essayais de lancer des charmes simples, comme le sortilège antibruit, je me loupais. L'été dernier, j'avais fait sortir le portail de ses gonds en essayant d'atténuer ses grincements – le faire sortir de ses gonds au sens propre, nous ne sommes pas dans *La Belle et la Bête*. Les objets ne sont pas vivants. Sinon, ça se saurait. – . Et je ne vous parle même pas de la fois d'avant...

Un cri venant du portail a alors attiré notre attention.

- Yllen ! Elrick ! Monsieur Fox !

Nous nous sommes retournés et avons remarqué qu'Edryss et Aria, nos deux meilleurs amis, nous appelaient de l'autre côté du portail. Yllen a regardé sa montre qui affichait dix-neuf heures pile. Nous avions prévu, ce soir-là, de pique-niquer avec nos amis sur la corniche à quelques centaines de mètres du manoir pour profiter de la fraîcheur de la fin de journée.

- Vos amis sont arrivés, a constaté Grand-père en soupirant tout en ôtant son couvre-chef pour gratter ses cheveux blancs soigneusement peignés. Elrick, nous reprendrons cette conversation plus tard.

J'ai opiné du chef avant de suivre Yllen et de regagner la cuisine pour récupérer nos sandwiches.

- Ton grand-père a raison, Elrick, m'a lancé Caleb, toujours dressé sur mon épaule.

- Laisse-moi tranquille avec ça pour ce soir, s'il te plaît, ai-je rétorqué alors que nous pénétrions dans la maison.

Nous avons récupéré nos paniers de pique-nique et une nappe à carreaux et sommes ressortis en trombe.

- Vingt-trois heures, dernier délai ! nous a sévèrement rappelé Grand-mère en rajustant son tablier à fleurs tandis que nous traversions déjà le parc en courant.

À la nuit tombée, nous nous trouvions toujours sur la corniche à l'orée du bois. De là, nous avions vue sur tout le village de Bornaux-les-Estadillas et ses environs : la rivière qui ruisselait entre les collines, les habitations sur les deux flancs, le manoir qui les surplombait comme une tour de garde – et qui, d'ailleurs, avait été construit par nos ancêtres Espéciaux pour surveiller la bourgade –, et la vieille antenne-relais sur le sommet opposé.

Depuis que nous avions découvert cet endroit, sept ans auparavant, après notre rencontre avec nos amis, nous aimions beaucoup nous y rendre pour discuter de tout et de rien.

Edryss Loucas, était le fils de Gildas Loucas, un loup-garou membre du conseil des Espéciaux de la région. C'était un grand gaillard à la peau mate et aux cheveux bruns hirsutes qui excellait en sport et faisait craquer toutes les filles du bahut. Mais qui avait la fâcheuse habitude de se changer en Animhumes, un être mi-humain, mi-animal, plus précisément en loup-garou, à chaque pleine lune

Aria T'Avil, quant à elle, était la fille d'un couple d'elfes vivant au village depuis près de vingt ans. Elle avait de magnifiques yeux gris et était rousse comme moi, mais se revendiquait blonde vénitienne parce que son roux n'était pas aussi carotte que le mien.

Grand-père avait organisé un dîner avec les deux familles, sept ans plus tôt, pour que nous puissions nous rencontrer et échanger sur la difficulté de gérer nos émotions pour garder le contrôle de nos pouvoirs. Enfin… C'est ce que Grand-père s'obstinait à raconter. Au fond, nous savions bien qu'il ne s'agissait que d'un prétexte pour qu'il puisse en mettre plein la vue à ses invités en utilisant, je cite : « son sublime barbecue en pierre ».

Depuis ce jour, Edryss, Aria, Yllen et moi ne nous étions plus quittés. Nous fréquentions les mêmes établissements scolaires, nous retrouvions les week-ends pour faire nos devoirs ou jouer aux jeux de société et passions nos étés à explorer les moindres recoins des collines qui entouraient le village. Et la corniche était l'endroit où nous nous sentions le mieux.

Prenant conscience, grâce à l'obscurité, qu'il devait être presque vingt-trois heures, j'allais faire remarquer à mes amis que nous devions rentrer, quand un mouvement dans les buissons à quelques mètres de moi, a attiré mon attention.

\- Qu'est-ce que c'est ? ai-je demandé en désignant une forme sombre qui flottait au-dessus d'un massif d'épineux.

Edryss s'est redressé et a humé l'air – réflexe de loup-garou – pour identifier la masse informe.

\- Ce n'est ni humain, ni animal, m'a-t-il répondu tandis que nous nous redressions. Je ne reconnais pas cette odeur.

\- Yllen, éclaire les buissons, s'il te plaît.

Sans rechigner – certainement était-elle aussi curieuse que moi de découvrir ce qu'était cette chose –, ma cousine a activé sa magie et a fait apparaître une boule d'énergie luminescente dans ses mains. Par la pensée, elle l'a dirigée vers les bosquets. Malheureusement, avant que la chose ne soit éclairée, elle avait disparu derrière les arbres.

Mus par la curiosité, Yllen et moi nous sommes élancés à sa poursuite malgré les protestations de Caleb, agrippé à mon épaule, et de nos amis, restés sur la corniche.

Au bout de quelques mètres, cependant, nous l'avons perdue.

\- Mince ! Où est-elle passée ? a bougonné ma cousine en faisant voleter sa boule luminescente de tous les côtés.

J'ai eu beau étudier notre environnement avec attention, je n'ai trouvé aucune trace de la chose que nous avions aperçue.

\- Vous êtes complètement inconscients ! nous a reproché Edryss lorsqu'Aria et lui parvenaient à notre niveau. C'était peut-être un monstre tout droit venu de Merilian !

\- Ce n'est même pas la pleine lune, a répliqué Yllen en éclairant toujours vainement les buissons. Et même s'il s'était agi d'un monstre merilien et qu'il nous avait attaqués, nous ne nous serions pas laissés surprendre ! Nous savons nous défendre !

Elle n'avait jamais eu aussi tort.

Moins d'une demie seconde après sa tirade, une masse sombre – celle que nous poursuivions ? – est sortie de l'obscurité et a fusé droit sur nous.

2. Je fais face à mon Cerbère de grand-mère

À ce moment-là, aucun de nous n'avait compris qu'il ne s'agissait que d'un hibou dérangé par la lumière et le bruit. Alors nous sommes tous partis en courant. Pour le courage, on repassera. Mais pour ma défense, il faisait presque nuit noire et nous suivions une masse non identifiée dans les bois. Bon... Nous l'avions suivie un peu à cause de moi, je le reconnais. Mais être surpris ne veut pas dire qu'on est trouillard !

Nous sommes parvenus devant les hautes grilles en fer forgé du manoir moins de dix minutes plus tard, essoufflés, mais sans la moindre écorchure. Miracle ! Edryss s'est adossé contre le tronc d'un chêne massif tandis qu'Yllen s'asseyait à même le sol et sortait son inhalateur. Le loup-garou a attendu qu'elle en prenne une bouffée avant d'entamer son sermon.

- Nous avons failli y rester ! a-t-il lancé à mi-voix.
- Tu exagères, a haleté ma cousine. Ce n'était qu'un hibou.
- Alors pourquoi tu es partie en courant ?!
- J'ai été surprise ! Et quand j'ai réalisé qu'il ne s'agissait que d'un hibou, vous détaliez déjà comme des lapins. Alors je vous ai suivis.
- La chose que vous avez pistée n'était pas un hibou. Je n'en ai pas reconnu l'odeur. Ça n'avait rien ni d'humain, ni d'animal.
- Si tu ne nous avais pas hurlé de nous arrêter, nous aurions peut-être découvert de quoi il s'agissait !
- Arrêtez de vous disputer ! les a coupés Aria, une fois son souffle retrouvé. Ce qui est fait est fait. Maintenant, il est tard, rentrons chez nous.

D'un claquement de doigts, Yllen a éclairé sa montre dont le cadran affichait vingt-trois heures passées de quelques minutes.

- On a dépassé le couvre-feu instauré par Imelda, a commenté le furet qui s'était approché d'elle. On va avoir des problèmes.

- Pas si on parvient à regagner nos chambres sans se faire repérer, a répondu ma cousine. Suivez-moi.

Sans même saluer nos amis, elle a enchanté le portail et l'a ouvert sans qu'il n'émette le moindre grincement. Le fameux sortilège antibruit. Adressant un signe de main poli à Edryss et Aria, je suis passé par l'entrebâillement et la grille s'est refermée d'elle-même derrière moi.

- Marche dans l'herbe pour éviter de faire du bruit, m'a conseillé Yllen. Quand nous arriverons sur le carrelage de la terrasse, nous enlèverons nos chaussures et rentrerons discrètement par la porte arrière.

Caleb s'est hissé sur mon épaule et j'ai suivi ma cousine à travers le jardin.

Comme elle l'avait conseillé, nous avons quitté nos chaussures au bord de la terrasse et avons contourné la bâtisse en prenant bien soin de nous accroupir lorsque nous passions sous les fenêtres. Heureusement que Grand-mère détestait laisser les volets des portes fenêtres ouverts la nuit. Mon cœur battait la chamade et j'avais l'impression d'être un espion ou un agent secret – le nouveau James Bond – s'apprêtant à réaliser la mission de sa vie.

Lorsque nous sommes parvenus devant la porte de la buanderie, Yllen s'est arrêtée et m'a adressé un immense sourire tout en activant sa magie.

- Et maintenant, je te laisse te débrouiller. Bonne chance avec Grand-mère !

De petites ailes lui sont apparues à la base des omoplates avant qu'elle ne s'envole et ne disparaisse par la fenêtre de sa chambre, laissée ouverte.

- La garce ! ai-je murmuré. Elle nous laisse affronter Cerbère tous seuls.

-   Honnêtement, je crois que je vais la suivre, m'a informé Caleb en sautant de mon épaule pour s'accrocher à la gouttière en fer qui longeait le mur. Tu connais ta grand-mère. Je ne veux pas qu'elle me tienne pour responsable de ton retard.

-   T'es sérieux ?! me suis-je indigné à voix basse. Caleb ! Caleb, reviens ici !

Mais, évidemment, il ne m'a pas écouté et s'est, lui aussi, infiltré dans le manoir par la fenêtre de la chambre d'Yllen. Les traîtres ! Ils allaient me laisser affronter Grand-mère chien des Enfers seul.

J'ai un instant songé à escalader la gouttière comme l'avait fait le furet fuyard, mais je me suis ravisé en me rappelant des notes minables que j'obtenais en cours d'Éducation Physique depuis mon entrée au collège. J'étais capable de casser la gouttière, et de me casser une jambe par la même occasion, en essayant d'y grimper. Ah ! Comme j'aurais aimé être un furet, moi aussi ! Ou un écureuil. C'est mignon les écureuils.

Prenant mon courage à deux mains, je me suis avancé vers la porte et l'ai ouverte précautionneusement. À mon plus grand soulagement, elle n'a émis aucun grincement. Je me suis donc faufilé par l'ouverture et me suis introduit dans la buanderie. Heureusement que j'étais plutôt fin. J'ai soupiré de soulagement en constatant que le battant n'avait pas émis le moindre bruit lors de la fermeture, et je me suis dirigé dans le noir jusqu'à la cuisine, dont la porte était ouverte. Seule la faible lumière de la lune, presque nouvelle, m'aidait à me mouvoir dans le manoir.

J'étais quasiment parvenu au bas de l'escalier qui menait aux étages lorsque les lumières du salon se sont allumées, laissant apparaître ma grand-mère, son regard noir fixé sur moi. À contre-jour, avec ses cheveux grisonnants coiffés en un carré strict et son tablier bien trop serré à la taille, elle paraissait tout droit sortie d'un des films d'horreur qu'Yllen avait l'habitude d'emprunter au vidéo-club. J'étais fichu.

-   Elrick Adam Fox ! Peux-tu me rappeler à quelle heure était fixé le couvre-feu ?!

Finalement, « fichu » n'était pas le terme approprié. Grand-mère venait de m'appeler par mon nom complet, deuxième prénom compris. Deuxième prénom qu'elle n'employait, bien entendu, pas lorsqu'elle me demandait, avec la plus grande des courtoisies, de lui passer le sel à table.

Horrifié, je suis resté muet un instant, m'efforçant de dissimuler ma terreur.

-   Vingt-trois heures, ai-je fini par répondre en évitant soigneusement de croiser son regard de peur qu'elle ne m'irradie d'un simple rayon laser.

-   Tout juste ! Et quelle heure est-il ?!

J'ai jeté un œil – au sens figuré, évidemment ! – à la vieille horloge comtoise qui encombrait le hall d'entrée.

-   Vingt-trois heures quinze passées, ai-je lu sur le cadran.

-   Parfaitement ! Ce qui veut dire que tu es en retard ! Tu sais ce que ça signifie ?

-   Je serai puni demain.

Avec les années, j'avais appris que m'opposer aux décisions de ma grand-mère ne m'apporterait que des problèmes. Je n'objectais donc plus lorsqu'elle me punissait.

-   Et où est donc passée ta cousine ?! a-t-elle vociféré. Yllen ! YLLEN !!

Un instant, je me suis surpris à penser qu'heureusement nous n'avions pas de voisins.

-   Oui, Grand-mère ? a répondu celle-ci en descendant tranquillement les escaliers, vêtue de son pyjama Minnie Mouse gris, une serviette enroulée sur la tête et un traître au pelage roux sur l'épaule.

-   Ah ! Tu es là ? Où étais-tu passée ? À quelle heure es-tu rentrée ?

- J'étais dans la salle de bains. Je me lavais les cheveux, comme tu peux le voir. J'y suis depuis... Hum... Une vingtaine de minutes, je dirais.

- Ah. Très bien, a conclu ma grand-mère. Bon, montez vous coucher, maintenant. Et, Elrick...

- Je sais, je n'ai pas le droit de quitter ma chambre pendant les vingt-quatre prochaines heures, exception faite des repas et des toilettes.

La punition n'avait rien d'exceptionnel en soi, mais rester vingt-quatre heures enfermé entre les quatre murs de ma chambre alors que j'aurais pu passer la journée à vagabonder dans les collines avec Edryss et Aria me frustrait au plus haut point. Au moins pourrais-je avancer dans la lecture du roman que j'avais commencé au début de l'été...

Sans rien ajouter, Yllen, Caleb et moi avons grimpé les marches.

- Vous m'avez lâchement abandonné ! leur ai-je reproché en traversant le couloir qui menait jusqu'à nos chambres. Et comment as-tu eu le temps de te laver les cheveux en l'espace de cinq minutes ?!

Le furet a sauté sur mon épaule tandis que ma cousine ouvrait la porte de sa chambre avec un geste théâtral.

- La magie, cousin, m'a-t-elle répondu avant de s'y enfermer. La magie.

Et Caleb et moi nous sommes retrouvés seuls au milieu du couloir.

- Je suis désolé, s'est-il excusé alors que je me retournais pour actionner la poignée. Tu sais que ta grand-mère m'aurait passé un plus gros savon qu'à toi.

- Je ne veux pas de tes excuses, ai-je répondu. Tu m'as laissé tomber. Tu ne vaux pas mieux qu'Yllen.

J'allais refermer la porte de la chambre lorsque des voix me sont parvenues.

Je n'ai eu aucun mal à les reconnaître. Il s'agissait de celles de mon grand-père et de Gildas Loucas, le père d'Edryss. Elles provenaient de l'étude de mon aïeul, de l'autre côté de l'étage.

Malgré les protestations de Caleb – ce furet pourrait-il, pour une fois, la fermer ? –, j'ai traversé le couloir à pas de loup et me suis approché pour écouter. La porte était entrouverte, aussi, ai-je pu distinguer le grand homme brun à la peau mate et à l'importante musculature, faire les cent pas dans la pièce. Il ne cessait de frotter son épaisse chevelure brune.

À quelques pas, mon grand-père, ses cheveux blancs toujours soigneusement coiffés, formant une raie sur le côté gauche de son crâne, était tranquillement installé dans un vieux fauteuil style XVIIIème et sirotait, comme à son habitude, un verre de Bourbon. En témoignait la couleur ambrée du liquide qui emplissait le verre à demi.

- C'est une erreur de les rencontrer alors que leur chef vient de s'échapper de la forteresse la plus sécurisée de Merilian ! De plus, ce sera la nouvelle lune demain ! Vos pouvoirs seront diminués !

- Je ne le fais pas de gaieté de cœur, Gildas, a répondu mon grand-père.

- Je le sais. Mais je persiste à dire qu'il s'agit d'une mauvaise idée. Orgon sera là en personne. Ce n'est pas comme si vous alliez vous entretenir avec un sbire lambda. Nous parlons du chef adjoint des Obscurs !

- Je les aurais rencontrés même si leur chef venait me parler en personne, Gildas !

- Mais vous savez ce qu'ils veulent, Albann !

Énervé, mon grand-père a posé son verre sur la table basse en bois vernis et s'est levé. Bien que son interlocuteur fasse une demi-tête de plus que lui, il le fixait droit dans les yeux. J'ai hoqueté tant la tension était devenue palpable.

- Évidemment que je le sais ! Et vous savez très bien que je ne leur donnerai pas ! J'ai peur pour ma famille, Gildas ! Je crains qu'ils ne s'en prennent aux miens si je ne vais pas à ce rendez-vous ! Vous pouvez le comprendre, n'est-ce pas ?

Mon grand-père a détourné les yeux et contourné le père de mon ami pour rejoindre le bureau. Comme il allait passer à quelques pas de la porte entrebâillée, je me suis reculé. Hélas, mon mouvement a attiré son attention et ses yeux verts, si similaires aux miens, se sont soudainement posés sur moi.

- Ce n'est pas poli d'écouter aux portes, Elrick, m'a-t-il réprimandé. Va te coucher.

Il m'avait semblé que son regard s'était adouci en me remarquant, pourtant son ton transpirait la sévérité. Même lorsqu'elle vociférait, Grand-mère n'était pas aussi glaçante. Et Dieu sait qu'elle vociférait souvent.

J'allais pénétrer dans la pièce pour lui demander si tout allait bien, mais il a refermé la porte d'une impulsion magique. Le battant a claqué à quelques millimètres de mon nez. Une demi-seconde plus tard, j'ai entendu la serrure se verrouiller d'elle-même puis plus aucun son ne m'est parvenu. Certainement mon grand-père avait-il utilisé un sortilège d'isolation phonique pour m'empêcher d'entendre la suite.

- Je t'avais dit qu'écouter les conversations privées de ton grand-père n'était pas une bonne idée, m'a lancé Caleb en sautant sur la vieille commode qui trônait juste à côté de moi.

En temps normal, au vu du coup qu'il m'avait fait en rentrant du pique-nique, je lui aurais dit d'aller se faire voir et je lui aurais interdit de dormir dans ma chambre. Mais ce soir, ma curiosité était bien trop grande.

- Qui sont les Obscurs ? lui ai-je demandé tout en traversant le couloir au papier peint jaune décrépit.

Il a une nouvelle fois sauté sur mon avant-bras pour grimper sur mon épaule.

- Je... Je n'en ai aucune idée, m'a-t-il répondu, hésitant. Ton grand-père ne me tient pas informé de tous ses secrets, tu sais.

- Hum, ai-je acquiescé, peu convaincu, en ouvrant la porte de ma chambre pour m'y engager.

Caleb a bondi sur la bibliothèque alors que je fermais le battant et j'ai enlevé mon T-shirt et l'ai lancé sur le dossier de ma chaise de bureau avant de m'écrouler sur mon lit. En quelques sauts, le furet a rejoint la table de nuit et s'est roulé en boule sous la lampe de chevet.

- J'ai entendu Gildas dire que le chef de ces gens venait de s'évader de la prison la plus sécurisée de Merilian. Tu penses qu'il s'agit d'une organisation criminelle ? D'une secte peut-être ?

- Dors, Rick, m'a répondu Caleb sans même prendre la peine d'ouvrir les paupières.

- Je les ai aussi entendus parler de quelque chose que possédait Grand-père et que ces Obscurs convoitaient, mais je ne sais pas de quoi il s'agit.

- Il est tard, Elrick. Laisse tomber et dors.

Agacé par son indifférence, j'ai roulé sur le flanc gauche et ai appuyé sur l'interrupteur de la lampe qui s'est éclairée.

- Comment veux-tu que je dorme après ce que nous venons d'entendre ?! me suis-je énervé à voix basse. Demain soir, Grand-père va possiblement rencontrer des gens issus d'une secte criminelle qui convoite quelque chose qu'il a en sa possession. Ce sera la nouvelle lune, et tu sais que la magie est affaiblie ces nuits-là ! Il est normal que je me pose des questions, non ?!

Caleb a soupiré, relevé la tête et plongé ses yeux noisette dans les miens.

- Écoute, Rick. Ce sont les affaires de ton grand-père, pas les tiennes. Albann est à la tête du conseil régional des Espéciaux qui vivent sur Terre depuis plus de trente ans. De plus, c'est un enchanteur remarquable. Il sait ce qu'il fait.

- Tu n'es pas curieux de savoir qui sont ces gens et ce qu'ils convoitent ?

- Non.
- Eh bien moi, si, ai-je répliqué en me rallongeant sur le dos, emmêlant mes doigts dans mes cheveux roux en bataille. Et je suis bien décidé à en apprendre davantage.

Le furet a pouffé.

- Et comment tu comptes t'y prendre ? s'est-il moqué. En suivant ton grand-père en pleine nuit, peut-être ?
- Précisément.

***

Le lendemain soir, après avoir purgé ma peine raccourcie de deux heures pour bonne conduite – j'ai parfois l'impression que les règles du manoir sont similaires à celle d'une prison... –, je suis remonté dans ma chambre et me suis préparé à faire le mur afin de suivre mon grand-père. Caleb m'a une nouvelle fois répété qu'il s'agissait certainement d'une mauvaise idée, mais puisqu'il n'avait informé personne de mes intentions, j'ai estimé qu'il devait être un minimum curieux malgré ses dires.

J'ai préparé quelques affaires – de l'eau, une dague (on n'est jamais trop prudent !), et des bandages – que j'ai fourrées dans un sac et j'ai attendu patiemment.

Aux alentours de vingt-trois heures trente, une fois le manoir plongé dans le silence, j'ai entendu la porte de l'étude de mon aïeul s'ouvrir. J'ai collé mon oreille contre la porte de ma chambre et ai attendu que les bruits de pas aient disparu dans les escaliers. Lorsque ça a été le cas, j'ai précautionneusement ouvert le battant de bois et ai suivi mon grand-père à pas de loup, le furet sur l'épaule.

Pour éviter qu'il ne me repère, je suis sorti par la porte arrière et ai enlevé mes chaussures pour contourner le bâtiment et traverser la propriété. J'avais eu la présence d'esprit de ne pas mettre de chaussettes blanches.

Arrivé face au portail, mon grand-père l'a enchanté afin qu'il ne grince pas, et il s'est faufilé dans l'entrebâillement avant de refermer derrière lui. Conscient que j'allais provoquer une catastrophe sonore si jamais j'utilisais le sortilège antibruit, j'ai soupiré, résigné à rejoindre la bâtisse.

- Besoin d'aide ? m'a alors demandé une voix dans mon dos.

Même si j'avais reconnu la voix, j'avoue que j'ai sursauté. En même temps, je me trouvais seul dans le jardin du manoir en plein milieu de la nuit. Il y avait de quoi !

- Yllen ! me suis-je indigné à mi-voix en me retournant. J'ai failli avoir une crise cardiaque ! Qu'est-ce que tu fiches ici ?!

- Disons que tu es à peu près aussi discret qu'un éléphant dans un magasin de porcelaine. Je t'ai suivi. Qu'est-ce que *toi* tu fais là ?

Comme je n'étais pas très doué en improvisation, j'ai dit la première chose qui m'est passée par la tête.

- Je... J'écoute le chant des grillons.

Ouais... Pas terrible comme mensonge.

- Mes fesses sur la commode ! (Oui, elle a vraiment dit ça...) Ne te fiche pas de moi, Elrick. Je sais très bien que tu suivais Grand-père.

- Alors pourquoi est-ce que tu poses la question ?

- Pour la forme, m'a-t-elle répondu. Il va où ?

Je lui ai raconté la scène à laquelle j'avais assisté la veille, au retour de notre pique-nique. Sa seule réaction a été de lever les yeux au ciel inhabituellement sombre, puis de fouiller dans sa sacoche à la recherche de deux objets métalliques de forme cylindrique.

- Comme tu l'as dit, c'est la nouvelle lune ce soir. Tu pensais réellement pouvoir traverser la forêt sans lampe-torche ?

J'ai souri et me suis emparé de l'un des deux gadgets.

-   Tu penses avoir assez de magie pour lancer un sortilège antibruit ? lui ai-je demandé, conscient des effets de la Lune sur la magie.

-   Évidemment, m'a-t-elle répondu en bombant le torse. Par contre, si cette histoire tourne mal, je ne sais pas si mes autres enchantements seront efficaces...

-   Nous verrons bien à ce moment-là.

Elle a approuvé d'un signe de tête et, comme Grand-père quelques minutes auparavant, elle a ensorcelé le portail qui s'est ouvert sans émettre le moindre bruit.

J'ai hésité un quart de seconde avant de m'engager dans l'interstice, conscient de la potentielle dangerosité de ce que nous nous apprêtions à faire, mais j'ai fini par avancer. Yllen m'a suivi et tandis que les grilles de la propriété se refermaient silencieusement derrière nous, nous nous sommes enfoncés dans les bois.

Quelques minutes plus tard, nous sommes parvenus à la corniche. Grand-père s'y tenait debout, seul, fixant anxieusement les bois alentour, sa magie activée. Nous nous sommes discrètement dissimulés dans un buisson et avons écarté le feuillage afin d'observer la scène.

Un hibou, juché sur une branche d'arbre juste au-dessus de nos têtes, a alors hululé, nous faisant sursauter. Grand-père, attiré par le bruit, s'est tourné dans notre direction mais ne nous a pas remarqués.

-   Satané volatile ! a ronchonné ma cousine à voix basse. Si je t'attrape, tu vas passer à la casserole !

Se fichant certainement éperdument de la menace, l'oiseau s'est envolé et a survolé notre grand-père qui, pris de court, a manqué de le griller sur place. Je suis certain qu'Yllen aurait été enchantée de voir l'oiseau raide-mort.

Un rire a résonné tout prêt, entre les arbres. Quelques secondes plus tard, trois hommes vêtus de longues capes noires sont sortis des bois et se sont avancés vers mon aïeul. Nous avons essayé de les détailler mais nous n'y sommes pas parvenus à cause de l'obscurité. Tout ce que nous avons remarqué, c'est que les trois individus portaient un masque loup vénitien noir à long nez, dissimulant leur visage.

- Le grand Albann Fox aurait donc peur des hiboux ? s'est moqué l'homme du milieu.

- Bonsoir, Orgon, a répondu notre grand-père sans un tremblement dans la voix.

Comme la veille, dans l'étude, j'ai senti l'atmosphère s'alourdir et la tension s'intensifier.

- Oui, bonsoir, comme vous dites, a répondu l'homme masqué. Vous savez ce que nous sommes venus chercher ?

- Je le sais, a répondu Grand-père en conservant le plus grand calme.

- Alors donnez-nous ce que nous voulons.

- Hélas, vous savez bien que c'est impossible. Vous révéler cette information provoquerait la fin de Merilian.

- Si vous nous la donnez, nous saurons être cléments avec vous et votre famille, Albann.

Un bruissement dans les buissons alentour a alors attiré mon attention. J'ai tourné la tête et plissé les yeux afin de découvrir l'origine du bruit, mais il faisait trop noir pour que je puisse distinguer quoi que ce soit.

- Vous n'avez pas la réputation d'être un homme fiable, Orgon, a répondu mon grand-père. Vous comprendrez donc mon refus.

- Ma patience a des limites, Albann Fox ! s'est énervé l'individu susnommé.

Des flammes rougeoyantes se sont mises à danser dans ses paumes.

En réponse, la magie de Grand-père a faiblement scintillé dans ses mains.

- Dois-je vous rappeler que c'est la nouvelle lune, Albann ? s'est moqué l'homme, un rictus mauvais sur les lèvres. Vous êtes affaibli. Si nous nous affrontons, le combat ne tournera pas en votre faveur.

- Pensez-vous, Orgon, que je suis assez stupide pour accepter de vous rencontrer seul ?

Au même instant, Gildas Loucas, à demi changé en loup, accompagné d'une demi-douzaine d'Espéciaux lourdement armée, est sorti des sous-bois et s'est posté juste devant Grand-père en rempart de protection.

J'ai une nouvelle fois entendu un bruissement à quelques pas de moi et je me suis tourné pour tenter d'identifier de quoi il s'agissait, en vain. J'aurais bien aimé diriger le faisceau lumineux de ma torche dans la direction d'où venaient les bruits, mais ça aurait révélé notre position...

- J'étais certain que vous viendriez accompagné, très cher, a répondu Orgon, captant à nouveau mon attention. C'est pourquoi j'ai également prévu une équipe de soutien.

À cet instant, trois masses noires informes sont sorties du couvert des arbres et se sont avancées au centre de la corniche.

- Que sont ces choses ? s'est inquiété mon grand-père se tenant prêt à laisser déferler sa magie.

- Je vous présente nos quatre nouveaux guerriers, mon cher Albann. Nos quatre nouveaux guerriers sanguinaires.

- Quatre ? s'est étonné Gildas. Mais... Je n'en vois que trois.

Au même moment, un nouveau bruissement s'est fait entendre à quelques centimètres de moi. Yllen a sursauté et nous avons regardé avec effroi la masse noire et informe penchée juste au-dessus du buisson dans lequel nous nous trouvions. Nous venions de découvrir le quatrième.

3. Note globale de ma nuit : très peu sur dix

Yllen a hurlé – et c'est moi le trouillard ? –.

En essayant de s'extirper du buisson, elle a pointé sa lampe torche vers la créature. Avec effroi, nous avons pu l'observer un quart de seconde avant qu'elle ne s'éloigne, incommodée par la lumière. Je n'ai pas réussi à décrire de quoi il s'agissait précisément, mais c'était une masse noire, brumeuse mais tangible. Elle avait des bras, ou du moins des « membres » qui s'en rapprochaient, terminés par des griffes acérées. Trois je crois. La créature avait également une sorte de tête avec deux orifices plus noirs que le vide de l'espace.

Quand elle s'est rendu compte que la lumière était braquée sur elle, une troisième cavité noire est apparue sur son visage, et un hurlement désincarné en est sorti avant qu'elle ne s'éloigne en lévitant au-dessus des buissons.

Nous sommes parvenus à sortir des fourrés quelques instants plus tard, au prix d'un immense effort – saleté d'épines ! –, et nous sommes retrouvés sur la corniche face à Grand-père, ses alliés, les trois hommes masqués et les trois autres créatures nuageuses qui volaient en cercle autour de la scène, telles des rapaces.

- Yllen ?! Elrick ?! s'est égosillé notre aïeul en nous voyant débouler. Mais qu'est-ce que vous faites là ?!

- La quatrième créature, ai-je réussi à balbutier. Elle est... Elle est...

Avant que je ne puisse finir ma phrase, ladite créature est sortie du couvert des arbres et a fusé droit sur nous. Ma cousine, qui malgré la peur avait compris que ces monstres n'aimaient pas la lumière, a braqué sa lampe-torche sur elle et, comme un instant auparavant, celle-ci a rebroussé chemin en hurlant.

- Elles craignent la lumière ! a hurlé Gildas Loucas en réalisant ce qu'Yllen et moi avions compris quelques secondes plus tôt.

Tous les alliés de mon grand-père se sont empressés d'allumer leur lampe-torche, irradiant la corniche de lumière. Malheureusement, deux d'entre eux n'en ont pas eu le temps et se sont fait agripper par deux des quatre créatures. Sous nos yeux, elles ont ouvert grand leur bouche et ont mordu les pauvres hommes qui, en l'espace de quelques secondes, ont cessé de se débattre et sont devenus blancs comme des linges. Lorsqu'elles les ont laissés retomber, le pronostic était sans appel. Ils étaient morts.

Accaparés par le spectacle horrifiant qui venait de se jouer, nous n'avons pas remarqué que les trois hommes masqués s'étaient éloignés. Gildas Loucas allait les prendre en chasse lorsqu'une créature l'a saisi. Stupéfait, il a laissé tomber sa lampe qui s'est brisée.

Sans attendre que la créature le morde, j'ai dirigé le faisceau lumineux de ma torche sur lui. La chose l'a immédiatement lâché et, grâce à ses réflexes de loup-garou, il est retombé sur ses jambes.

- Fuyez ! nous a hurlé Grand-père en dirigeant sa lampe vers l'un des monstres. Rentrez au manoir tout de…

Il n'a pas eu le loisir de finir sa phrase car l'une des bêtes est apparue dans son dos et l'a soulevé.

- Grand-père !! ai-je hurlé en dirigeant ma torche vers lui.

Hélas, mon faisceau n'a pas atteint sa cible parce que Gildas Loucas m'a plaqué contre le sol pour empêcher une autre créature de me saisir. Sur ma droite, j'ai vu Yllen rouler par terre et faire apparaître un faible orbe luminescent pour se protéger d'une troisième.

Toujours entre les griffes de l'un des monstres à environ deux mètres du sol, mon Grand-père a activé sa magie.

Malheureusement, il n'a pas eu le temps d'invoquer une boule de lumière avant que la créature ne le morde.

Rapidement, j'ai regardé autour de moi afin de récupérer ma torche qui était tombée lors de ma chute, l'ai rallumée et ai pointé le faisceau lumineux sur le monstre. Celui-ci a immédiatement lâché mon aïeul et a reculé en hurlant. Grand-père est tombé lourdement mais il a fait appel à toutes les forces qui lui restaient pour se redresser.

À côté de moi, Yllen et Gildas affrontaient deux créatures simultanément avec pour seule arme le faible orbe luminescent de ma cousine. De l'autre côté du champ de bataille, les créatures de brume avaient fait une nouvelle victime et les deux derniers alliés de mon grand-père éprouvaient le plus grand mal à les repousser. Aussi, lorsque l'un d'eux a été agrippé et mordu, le dernier a rejoint ma cousine dont l'orbe faiblissait à vue d'œil.

- Fichez le camp ! a faiblement ordonné mon grand-père en invoquant sa magie pour repousser les deux créatures qui l'assaillaient.

Je continuais à l'aider comme je le pouvais grâce à ma lampe, mais les deux autres choses nous avaient pris pour cible et nous ne possédions plus que deux torches pour nous protéger.

- Il faut partir ! s'est époumoné le loup-garou. Nous n'arriverons pas à les vaincre !

- Je ne pars pas sans Grand-père ! ai-je répliqué en repoussant l'un des monstres avec mon faisceau lumineux.

- Elrick ! Si nous ne partons pas maintenant, nous allons nous faire tuer !

- Mais il n'arrivera pas à les repousser tout seul !

- Il le sait, Elrick ! Albann va se sacrifier pour que nous puissions nous enfuir !

L'annonce m'a provoqué des frissons dans le dos.

Au centre de la corniche, mon aïeul puisait dans ses toutes dernières forces pour éclairer les alentours du mieux qu'il le pouvait et repousser les créatures de brume, mais la nouvelle lune et l'épuisement ne lui permettraient malheureusement pas de tenir bien longtemps.

L'orbe d'Yllen s'est éteint et le dernier allié de mon grand-père a pointé sa lampe sur un monstre avant de s'enfoncer dans la forêt, accompagné de ma cousine, Caleb sur l'épaule – quand avait-il quitté la mienne ? –.

Le père d'Edryss s'est emparé de ma lampe et l'a braquée sur une autre bête qui fusait droit sur nous. Elle a fait demi-tour et a disparu dans l'obscurité.

- Dépêche-toi, Elrick ! m'a-t-il ordonné en saisissant mon poignet.

Et alors que le sortilège de mon aïeul se tarissait et que les quatre créatures s'approchaient de lui, il m'a adressé un dernier sourire et j'ai laissé le loup m'entraîner à travers les arbres.

***

Il s'était presque écoulé deux heures depuis le drame de la corniche. Gildas, Yllen, l'homme dont je ne connaissais pas le nom et moi, avions réussi à regagner le manoir en sprintant à travers bois, mais la scène m'avait paru se dérouler derrière un voile. Comme si mon esprit avait décidé de se déconnecter de la réalité.

J'avais entendu Gildas hurler à Grand-mère d'activer les défenses magiques de la propriété, mais heureusement, aucune créature ni aucun homme masqué ne semblait nous avoir suivis.

Il avait alors relaté les funestes événements et ma grand-mère n'avait pu contenir sa peine. Je n'aurais jamais pensé la voir pleurer un jour.

Le deuxième homme – Gildas l'avait appelé Doug pendant son récit – nous a intimé, à Yllen et moi, de regagner nos chambres. Ma cousine m'avait alors tiré par le bras et entraîné vers l'étage. Je l'avais suivie sans manifester la moindre résistance, totalement bouleversé.

Depuis, j'étais assis sur le rebord intérieur de ma fenêtre et je fixais l'obscurité en essayant, tant bien que mal, d'endiguer les souvenirs atroces qui affluaient. J'étais d'ailleurs tellement occupé à instaurer des barrières mentales que je n'ai pas entendu frapper à la porte aux alentours de deux heures quarante-cinq.

Je ne me suis retourné que lorsque la porte s'est ouverte, laissant l'homme-loup entrer dans ma chambre. Pendant le laps de temps durant lequel le battant est resté ouvert, j'ai entendu des bruits provenir de la chambre d'Yllen, juste en face de la mienne. Trop perturbée pour trouver le sommeil, elle devait certainement être en train de visionner tous les films qu'elle avait empruntés au vidéo-club quelques jours auparavant.

- Ça va, Elrick ? m'a demandé Gildas Loucas en refermant derrière lui.

Je suis resté silencieux et ai pivoté de nouveau, perdant mon regard dans l'obscurité extérieure.

Comment voulait-il que ça aille ? Je venais de voir mon grand-père se faire tuer sous mes yeux.

- Je sais à quel point ta cousine et toi êtes touchés par ce qui vient d'arriver. Et c'est tout à fait compréhensible. Aussi, je ne t'embêterai pas longtemps. Je viens simplement te dire que ton grand-père t'a laissé un dernier message.

Profondément troublé, je l'ai dévisagé et l'ai écouté attentivement.

- Ton grand-père savait les risques qu'il encourait en rencontrant ces gens cette nuit. Aussi, il m'avait laissé des directives au cas où... il se passe ce qu'il s'est passé...

- Lesquelles ? ai-je demandé.

- La première était de prendre sa place à la tête du conseil. La deuxième était de veiller à la sécurité de ta grand-mère. Et la dernière était de te dire qu'il avait dissimulé un mot à ton attention dans son étude. Il n'a pas précisé d'attendre ton anniversaire pour le lire.

-   Ce mot, il concerne Merilian et la Scaria Académie ? ai-je demandé.

-   Il ne m'a rien dit, Elrick. Il m'a simplement expliqué qu'il l'avait caché et que tu le trouverais.

Et avant que je ne puisse lui poser d'autres questions, il a rouvert la porte.

-   Elrick, a-t-il ajouté avant de quitter la chambre, Edryss et moi passons la nuit ici. Si jamais tu as besoin de soutien ou de quoi que ce soit, on est là.

Encore interloqué, j'ai entendu la porte se refermer et ses pas s'éloigner. Je suis alors allé frapper comme un forcené à la porte de la chambre de ma cousine.

Elle m'a ouvert au bout d'une quarantaine de secondes, visiblement incommodée par ma présence.

-   Tu me déranges, m'a-t-elle dit, le visage aussi fermé.

Son accueil des plus chaleureux m'a donné l'impression que je ne comptais pas plus à ses yeux qu'un vulgaire démarcheur qui faisait du porte à porte pour vendre des produits à l'utilité superflue.

J'ai tout de même réussi à faire fi de la situation.

-   Gildas Loucas vient de me dire que Grand-père a laissé un mot pour moi dans son bureau, lui ai-je dit avec bien plus d'énergie que je ne m'en sentais capable.

-   Et donc ?

-   Viens m'aider à le chercher.

-   Elrick, tu viens de dire que le mot t'était destiné ! a-t-elle répliqué sur un ton qui rimait avec « Casse-toi où je te bute à grands coups de hache ».

-   Mais il y aura peut-être une partie concernant Merilian ! Est-ce qu'il t'avait dit comment t'y rendre ?

Elle est subitement devenue bien plus attentive.

-   Je n'ai eu que très peu d'informations à ce sujet.

-   Alors suis-moi, s'il te plaît, lui ai-je dit en l'entraînant dans le couloir.

L'étude de notre grand-père était une pièce vieillotte meublée, d'un côté, d'un bureau massif orné d'un globe terrestre jauni et d'une lampe de bureau, d'un autre, de vieux fauteuils de style XVIIIᵉ entourant une table basse et une desserte où trônait une deuxième lampe à abat-jour. Le mur du fond et celui derrière le bureau comportaient des bibliothèques pleines à craquer de vieux livres. Celui côté petit salon était recouvert d'une étagère remplie de dossiers et d'un buffet contenant des verres et des bouteilles d'alcool.

Comme la pièce ne possédait pas d'éclairage plafonnier, Yllen et moi avons allumé les deux lampes d'appoint.

- Gildas ne t'a pas donné plus d'explications ? m'a-t-elle questionné tandis que Caleb sautait sur la bibliothèque la plus proche.

- Non, ai-je répondu en ouvrant les tiroirs du buffet. Le message peut être dissimulé n'importe où.

Comme pour illustrer mes propos, j'ai sorti du meuble une bouteille en verre qui contenait un morceau de parchemin roulé. J'ai débouché le flacon pour en sortir le billet.

- Euh… Elrick ? m'a interpellé Yllen. Je pense que trois heures du matin est une heure bien trop matinale pour boire du Bourbon….

- Très drôle, lui ai-je répondu en extirpant la missive par le goulot.

J'ai soigneusement ouvert le morceau de parchemin, mais il ne comportait aucune inscription. Il s'agissait simplement d'une pièce décorative. Déçu de m'être fait avoir, j'ai soupiré et reposé la bouteille à sa place.

- La lettre qui t'est adressée peut être vraiment n'importe où ? a geint ma cousine en farfouillant dans une pile de chemises cartonnées classées dans le tiroir du secrétaire.

Elle en a sorti une au hasard et en a lu le titre à voix haute.

- « La femme qui hurlait à la lune, affaire classée ». C'est la copie du dossier d'une enquête policière qui tournait autour d'une Espéciale. J'ai l'impression d'être dans *X-Files*.
- C'est plutôt bon signe, alors, étant donné que tu regardes les épisodes dès qu'ils passent à la télé.
- Si tu savais comme j'ai hâte que la sixième saison arrive ! Elle sera diffusée en septembre !
- Nous sommes censés étudier à Merilian, tu sais ?
- Et alors ? Ils doivent bien avoir la télé là-bas, non ?
- Waouh…, s'est exclamé le furet dressé sur ses pattes arrières sur l'étagère centrale de l'une des bibliothèques. Votre grand-père était un grand fan des kangourous si j'en crois le nombre d'ouvrages qui concernent cet animal.
- Des kangourous ? s'est étonnée Yllen. Je ne l'ai jamais entendu parler de kangourous.

J'ai froncé les sourcils, en proie à la réflexion, tandis que mon regard se perdait sur le globe terrestre posé sur le bureau. Une idée m'a alors traversé l'esprit. Je me suis avancé vers l'objet et l'ai fait pivoter jusqu'à ce que le continent Australien apparaisse dans mon champ de vision. C'était un détail presque imperceptible, mais en l'étudiant, j'ai remarqué que sa couleur était un peu moins vive que celle des autres continents. Intrigué, j'y ai posé mon doigt dessus et le morceau de terre s'est enfoncé d'un demi-centimètre. Un déclic s'est alors fait entendre et le globe s'est doucement ouvert, dévoilant un mécanisme complexe orné d'un bouton noir.

J'allais appuyer dessus lorsque Caleb m'a arrêté.
- Comment être sûrs que ça ne va pas provoquer une explosion ? s'est-il inquiété en bondissant sur le bureau.
- Il n'y a qu'un moyen de le savoir, ai-je répondu.

J'ai appuyé sur le bouton.

4. Visiblement, les chemises à carreaux, c'est ringard…

Sous nos yeux, l'une des bibliothèques a pivoté sur son axe, laissant apparaître une cage d'escalier secrète dissimulée juste derrière. Nous n'avons entendu ni déflagration, ni senti d'odeur de brûlé. Je n'avais pas provoqué d'explosion pour une fois.

Yllen m'a regardé et fait un signe de tête pour me dire de passer devant. Aussi intrépide qu'elle était, voilà qu'elle me laissait à l'avant lorsqu'on découvrait un passage secret dans le bureau d'un défunt. Même si le défunt en question était notre grand-père. Quel courage !

Je me suis donc avancé dans le passage et ai commencé à gravir les marches en colimaçon, suivi à distance raisonnable par ma cousine et le mustélidé.

Au sommet des escaliers, je suis parvenu dans une petite pièce mansardée ne possédant qu'une minuscule fenêtre. Les murs étaient tous recouverts d'étagères de fortune en aluminium et en bois sur lesquelles reposaient des livres et des cartons remplis d'objets en tous genres.

Yllen s'est approchée de l'un d'eux et en a lu l'étiquette.

- « Affaire Déborah Holmes ». Il y a des poils d'animaux, des griffes et des tas de photos là-dedans.

Elle en a sorti quelques-unes. Elles représentaient toutes une créature mi-humaine mi-féline qui déambulait dans la forêt.

- Grand-père s'occupait vraiment des affaires inexpliquées ? s'est-elle intriguée à voix haute.

- Je crois plutôt qu'il faisait disparaître les preuves, ai-je dit alors que je fouillais dans un autre carton. Regarde. Il y a des thèses sur la lycanthropie dans celui-ci. Le conseil des Espéciaux doit certainement se charger de faire disparaître les preuves des affaires impliquant des phénomènes surnaturels liés aux espèces de Merilian.

-   Elrick, m'a appelé Caleb, perché sur une étagère un peu plus loin. Il y a ton prénom sur celui-ci.

Anxieux, je me suis avancé vers la boîte en question. Sur une étiquette, mon prénom avait soigneusement été tracé à la main. J'ai immédiatement reconnu l'écriture pleine et déliée de mon aïeul. J'ai saisi la boîte et l'ai déposée sur le plancher au milieu de la pièce, attendant que nous soyons tous les trois installés autour du carton pour prendre une grande inspiration avant d'ôter le couvercle.

Elle renfermait un dossier contenant quelques documents, un sac de poudre noire brillante, une petite clochette dorée, une broche argentée en forme d'étoile à six branches sur laquelle était gravé un S en écriture gothique et une lettre cachetée ornée de mon prénom. J'ai attrapé la missive et me suis apprêté à la desceller, mais j'ai hésité un bref instant.

-   Ouvre-là ! m'a encouragé Yllen.

J'ai pris une nouvelle grande bouffée d'oxygène – peut-être avais-je peur d'oublier de respirer – et j'ai déchiré le sceau avant de déplier la feuille. Elle était couverte de mots imprimés par la vieille machine à écrire de Grand-père.

Ému, je l'ai lue à haute voix, essayant de masquer les tremblements.

Elrick,

Tu n'imagines pas à quel point écrire cette lettre m'est difficile. Pourquoi ? Parce que je sais que quand tu la liras, je ne serai malheureusement plus de ce monde.

J'imagine que la situation doit être dure pour Imelda, Yllen et toi, mais je ne m'inquiète pas parce que je sais que vous êtes forts et que vous vous relèverez de cette épreuve.

Cette lettre n'est pas une lettre d'adieu.

Si je ne suis plus parmi vous, c'est que le destin a voulu que j'emporte de dangereux secrets dans ma tombe. Et j'espère qu'ils n'auront pas besoin d'être déterrés.

Cependant, je dois te faire part de l'un d'entre eux. Celui qui vous permettra, à ta cousine et toi, de vous rendre à Merilian.

Je sais que tu n'as pas encore seize ans, mais j'estime que te révéler ce secret quelques jours plus tôt ne présente aucun danger.

Comme tu l'as appris, il existe de nombreux accès entre les deux mondes. De nombreux accès qui ne s'ouvrent, pour la quasi-totalité, que lors des nuits de pleine Lune, quand la frontière qui les sépare s'affine.

Pour vous rendre à la Scaria Académie, l'établissement où vous allez étudier jusqu'à votre majorité, le moyen le plus simple est de prendre le Transporteur. Mais faut-il encore savoir l'invoquer et trouver l'endroit où il apparaîtra.

Je ne peux malheureusement pas te donner le lieu exact car les lois Meriliennes sont très strictes sur ce point. Mais voici l'énigme que tous les jeunes Espéciaux de la région se doivent de décoder pour passer de l'autre côté.

« Sous la dernière pleine Lune d'août
Quand la brume envahit les monts
À trois heures pile, près de la route
Il faudra, sans hésitation,
Souffler la poudre du Passeur
Sonner trois fois la cloche dorée
Pour invoquer le Transporteur
Là où les ondes se rejoignaient »

J'espère que vous parviendrez, avec l'aide de Caleb, d'Edryss et d'Aria, à vous rendre au domaine de Scaria. N'oubliez pas de présenter vos broches à l'entrée !

Pour ce qui est de la pochette cartonnée, il s'agit de documents complémentaires à donner dès votre arrivée, au directeur, M. Mandragorn, afin de finaliser votre inscription.

Je souhaite que vos études se déroulent à merveille et que vous accomplissiez de grandes et belles choses à Merilian ou dans le monde des humains.

Je vous aime.

Albann.

— « Là où les ondes se rejoignaient » ? a répété Yllen après un long silence chargé d'émotion. Est-ce que ça fait référence au croisement entre plusieurs fleuves ou plusieurs cours d'eau ?

— Je n'en sais rien, ai-je répondu. La prochaine pleine Lune est le vingt-six août. Il nous reste quinze jours pour trouver l'endroit indiqué par l'énigme. Peut-être qu'Edryss et Aria auront des suggestions à nous faire. En attendant, nous devrions aller nous coucher. Il est très tard et, malgré les événements de la nuit, nous devons dormir.

Inutile de vous dire que je n'ai pas fermé l'œil une seule seconde.

J'ai passé la nuit à lire et relire la lettre que m'avait adressée mon grand-père afin de percer le mystère du Transporteur. Et au fil des lectures, un autre élément a attiré mon attention.

« Si je ne suis plus parmi vous, c'est que le destin a voulu que j'emporte de dangereux secrets dans ma tombe. Et j'espère qu'ils n'auront pas besoin d'être déterrés. » De quels secrets voulait-il parler ? Faisait-il référence aux preuves dissimulées dans la pièce secrète ? Non, bien sûr que non. S'il avait voulu que ces preuves restent inconnues de tous, il n'aurait pas pris le risque de laisser le mot qui m'était destiné au même endroit.

Alors de quoi parlait-il ? Quels secrets pouvaient être si dangereux que mon grand-père espérait qu'ils n'aient pas besoin d'être déterrés ?

Aux alentours de midi, Gildas Loucas nous a informés qu'il ferait le nécessaire pour organiser au mieux les funérailles et qu'elles se tiendraient le samedi suivant, soit une semaine et demie avant la pleine Lune.

Grand-mère était dans un état déplorable. Elle se traînait dans le manoir en robe de chambre, ne s'alimentait que très peu et avait visiblement oublié ce qu'était une douche. Même Bob, le dragon de Komodo, sentait meilleur. Bob qui, d'ailleurs, lui rendait souvent visite pour la consoler. Jamais, au grand jamais, je n'aurais cru voir ma grand-mère caresser la tête du reptile géant avant qu'il ne soit changé en boots ou en sac à main. Comme quoi, tout peut arriver.

L'après-midi, Aria, Edryss, Yllen, Caleb et moi nous étions rassemblés pour tenter de percer l'énigme du Transporteur. Énigme qu'ils avaient chacun reçu le jour de leur anniversaire, quelques semaines ou mois plus tôt. L'elfe avait avoué avoir pensé, elle aussi, à un estuaire ou au rassemblement de deux cours d'eau. Mais dans la région, les deux seuls cours d'eau qui se rejoignaient étaient souvent secs. Edryss, quant à lui, n'avait pas vraiment encore d'idée sur la question. Bien qu'il soit le plus vieux d'entre nous, il n'avait pas profité du temps supplémentaire pour y réfléchir.

Au bout d'une heure toutefois, nous avons cessé de gamberger et avons tenté de nous changer les idées en jouant une partie de Trivial Pursuit dont les questions étaient bien trop compliquées pour nous car l'édition que nous possédions datait de plus de dix ans. Comment pourrais-je savoir qui était le premier président de la république du Nicaragua ?! J'avais déjà du mal à retenir les noms de tous ceux qui s'étaient succédés en France depuis le début de la Cinquième République !

Le jour de l'incinération était arrivé trop vite à mon goût. Yllen, Grand-mère et moi avions passé les deux derniers jours à mettre de l'ordre dans le manoir afin d'accueillir le conseil des Espéciaux au grand complet pour un dîner de soutien après la cérémonie au crématorium. Cérémonie qui m'a sapé le moral encore plus que de voir les créatures de brume dévorer mon grand-père sous mes yeux...

Nous avions dressé des tables sur la terrasse et dans la salle de réception du rez-de-chaussée afin d'y disposer toutes sortes de plats froids et d'amuse-bouches que nous avions choisi d'acheter, n'ayant pas le courage de cuisiner.

J'avais préféré passer la soirée seul dans ma chambre avec un bouquin plutôt que de subir les fausses condoléances des gens venus poliment assister au banquet pour la nourriture gratuite – quel manque de savoir-vivre ! –.

Pourtant, au bout de trois ou quatre chapitres, mon instinct m'a poussé à regarder les convives par la fenêtre. Je les connaissais tous. Gildas, son épouse Khiara et Edryss, Aria accompagnée de ses parents, Doug et son conjoint dont je ne connaissais pas le prénom mais que j'étais certain d'avoir déjà rencontré à deux ou trois reprises, et évidemment, aucune trace du père d'Yllen. Dennis Fox, en bon fils indigne qu'il était, n'avait même pas pris la peine de se déplacer ou d'envoyer une carte pour présenter ses sincères condoléances à sa mère. Mais peut-on être réellement sincère lorsqu'après des années sans donner de nouvelles, on se pointe uniquement pour abandonner sa fille à ses parents sous prétexte qu'elle a des pouvoirs magiques ? Il valait certainement mieux pour tout le monde que cet idiot ne vienne pas. Yllen ne semblait même pas espérer le voir de toute façon. Depuis huit ans, elle s'était résignée.

Un homme un peu à l'écart a tout de même attiré mon attention. Il s'agissait d'un vieillard au teint blafard et aux longs cheveux gris ramenés en queue-de-cheval. Je n'avais aucune idée de qui il était et ne me souvenais pas l'avoir déjà vu, ne serait-ce qu'en photo.

Intrigué, je suis descendu retrouver ma cousine en pleine discussion avec un vieil homme massif et dégarni, dans la salle de réception. Il était en train de la sermonner au sujet de sa tenue qu'il jugeait trop « courte et provocatrice ». Avant qu'elle ne lui réponde quelque chose du genre « Le terme que vous souhaitiez employer est certainement « provocante » puisque ma robe n'est pas encore douée de raison. » suivi d'un cinglant « Si j'étais vous, je veillerais tout de suite à arrêter de me casser les pieds sous peine de passer à travers la baie vitrée. », je l'ai attrapée par la manche et l'ai entraînée sur la terrasse.

- Merci, Elrick. Encore une dizaine de secondes et je lui explosais le crâne sur la table.

- En prenant le risque d'abîmer la pizza aux anchois de la supérette du coin ?

- Les anchois sur la pizza c'est contre nature.

Je me suis retenu de pouffer, jugeant l'endroit et le moment inappropriés.

- Où est Caleb ? lui ai-je demandé en me rendant compte qu'il n'était pas juché sur son épaule.

- Dans l'étude de Grand-père. Il lit des bouquins pour s'informer sur Merilian avant notre départ.

- Qu'il est prévoyant. Tu connais cet homme ?

Je lui ai discrètement montré l'homme inconnu que j'avais repéré de ma fenêtre d'un signe de tête. Elle l'a détaillé pendant de longues secondes avant de me répondre par la négative et de me dépasser.

- On n'a qu'à aller lui demander.

- Hein ? Yllen, non ! Reviens ici !

- Excusez-moi, Monsieur, l'a-t-elle abordé le plus naturellement du monde tandis que je me faisais tout petit, quelques mètres derrière elle.

- Bonsoir, Mademoiselle Fox, l'a-t-il saluée. Je vous présente toutes mes condoléances.

- M-Merci, a répondu ma cousine, non sans une hésitation. Puis-je vous demander quels rapports vous entreteniez avec mon grand-père ?

Le vieil homme lui a souri puis m'a adressé un bref regard avant de lui répondre.

- Nous sommes de vieux amis, mais nous ne nous sommes pas vus depuis des années. (Il a tourné la tête et fixé un point presque invisible dans l'obscurité.) La dernière fois, il me semble bien que cette vieille antenne-relais était encore fonctionnelle.

Yllen a soudainement fait volte-face tandis que j'écarquillais les yeux, me rendant compte de la même chose qu'elle. Nous venions de résoudre l'énigme du Transporteur.

***

Le soir de la pleine Lune est arrivé plus vite que je ne le pensais – décidément, depuis la mort de Grand-Père, le temps avait tendance à s'écouler rapidement… –. Le jour de mon anniversaire – que je n'étais pas franchement d'humeur à fêter – Yllen et moi avions parlé de la vieille antenne-relais à Caleb, Edryss et Aria et nous étions tous tombés d'accord pour dire qu'il s'agissait certainement du bon endroit. Il fallait dire également qu'aucun autre ne correspondait… Lorsque nos amis nous avaient demandé comment nous avions pensé à cet endroit, nous leur avions raconté notre mystérieuse rencontre avec l'homme des funérailles. Nous ne connaissions pas son nom parce qu'il avait tout bonnement disparu juste après avoir évoqué l'antenne. Ce que nous avions trouvé bizarre.

Nous avions questionné Grand-mère et Gildas Loucas à son sujet, mais aucun d'eux ne le connaissait. Un mystère de plus se rajoutait à ma liste. J'avais d'ailleurs l'étrange impression que chacun des mystères auxquels j'avais été exposé depuis le début du mois, pouvaient et allaient s'imbriquer afin de créer un puzzle géant de mille pièces. Note pour plus tard : trouver une boite assez grande pour ranger toutes les pièces et commencer à assembler celles formant le contour.

J'ai fini ma valise – ou du moins, mon sac de randonnée – aux alentours de vingt heures. Comme je n'avais aucune idée de ce que je devais emmener avec moi, j'avais empaqueté des vêtements, dont quelques chemises à carreaux – parce qu'ici, on aime les chemises à carreaux ! –, deux ou trois romans issus de ma bibliothèque personnelle, une lampe de poche et un paquet de biscuits au chocolat au cas où la nourriture de Merilian soit immangeable.

Yllen, arborant fièrement un T-shirt à l'effigie d'Ursula, la méchante pieuvre dans *La Petite Sirène*, a ouvert la porte au moment où je refermais mon sac.

- Tu es prêt ? m'a-t-elle demandé.
- Je crois. Je ne sais pas du tout quoi prendre avec moi. J'ai pris quelques vêtements, quelques livres, une boîte de biscuits, une lampe-torche et les affaires que Grand-père m'a laissées dans le carton avant de mourir, mais je n'ai aucune idée de ce dont nous pourrions avoir besoin.
- Tu as pris combien de chemises à carreaux ?
- Quatre ou cinq.
- Retire-les. C'est ringard.

J'ai levé les yeux au ciel – enfin, au plafond, puisque nous étions à l'intérieur –.

- Ma question était sérieuse, Yllen !
- Ah, mais je te rassure, je le suis tout autant. Tes chemises sont comme des répulsifs à insectes. Tu les portes et tu fais fuir toutes les filles.

Elle a accompagné ses paroles d'un grand geste des bras qui m'a beaucoup fait rire.

-   J'ai pris à peu près les mêmes choses que toi, m'a-t-elle répondu. À l'exception des chemises ringardes, bien entendu.
-   Parce que tu crois que les T-shirt Disney c'est mieux ?
-   T'as déjà vu des barbus cinquantenaires en porter dans les magazines ?
-   Non.
-   Donc ce n'est pas ringard.

Sur ces paroles emplies de logique et de sagesse, elle m'a annoncé que nous allions dîner et elle est sortie de ma chambre. J'allais lui emboîter le pas mais je me suis brièvement arrêté face au miroir pour détailler la chemise à carreaux jaune et noir que je portais aujourd'hui.

Décidément, je ne comprenais pas pourquoi elle trouvait ça ringard !

Mon réveil m'a tiré des bras de Morphée à exactement deux heures cinq du matin. Non sans mal, je me suis levé et me suis traîné jusqu'à la salle de bains à l'autre bout du couloir. Oui, « traîné » ! Levez-vous à deux heures du matin pour aller crapahuter dans les collines en pleine nuit, vous verrez !

Je me suis emparé d'un gant de toilette, l'ai imbibé d'eau froide et, après avoir enlevé mon haut de pyjama, me le suis plaqué contre le visage pour me réveiller. Rien de tel que de l'eau glacée pour être rapidement frais comme un gardon.

En revenant dans ma chambre, fraîchement débarbouillé, après dix minutes, j'ai croisé Yllen qui m'a lancé un regard signifiant « Si tu me parles, je te mords ». Préférant éviter de me retrouver avec des marques de dents sur les bras, j'ai fait profil bas et je suis retourné dans ma chambre pour finir de me préparer.

Quinze minutes plus tard, nous traversions le jardin du cottage pour rejoindre nos amis devant la grille.

- Il est deux heures trente-trois, nous a sermonnés Edryss sous sa forme parfaitement humaine. On avait dit deux heures trente !

Grâce à la lumière de l'astre nocturne, j'ai remarqué qu'il portait un pendentif en corde au bout duquel un cristal bleu translucide – une pierre de Lune, justement – était accroché à l'aide d'un minuscule anneau en or. Il nous avait un jour expliqué qu'il s'agissait d'une amulette permettant d'atténuer les effets de la pleine Lune sur l'organisme des jeunes loups garou ne contrôlant pas encore leurs métamorphoses.

Le voir porter le collier m'a rassuré. Je n'avais pas franchement envie de me retrouver nez à nez avec une créature mi-homme mi-loup qui m'observait comme si j'étais une côte de bœuf issue d'un restaurant quatre étoiles. Surtout si ladite créature s'avérait être mon meilleur ami.

- Grand-mère, sors de ce corps, lui a simplement répondu Yllen.

- Ne t'en fais pas, l'a rassuré Aria tandis que nous suivions tous le loup. Nous arriverons à l'heure.

- J'espère qu'il s'agit du bon endroit, a-t-il ronchonné. Sinon on va rater la rentrée scolaire de Scaria. C'est la semaine prochaine. Et vous connaissez l'intervalle entre deux pleines Lunes.

- Vingt-neuf jours et demi, avons-nous tous répondu en chœur.

Une dizaine de minutes plus tard, nous progressions sur la piste caillouteuse et accidentée qui cheminait sur le col. La lumière de la pleine Lune éclairant suffisamment les lieux, nous avions éteint nos lampes à la sortie des sous-bois pour économiser les piles – sait-on jamais, si les piles électriques n'existaient pas à Merilian… –. Nous trébuchions parfois sur des cailloux mal placés, mais la marche était plutôt facile.

Autour de nous, la nuit était calme. On entendait de temps à autre le hululement apaisant d'un hibou qui constituait la seule nuisance sonore qui brisait le silence.

Nous arrivions au sommet d'une côte lorsque deux sangliers ont déboulé des fourrés et nous ont coupé la route, avant de s'enfuir à toutes jambes dans les bosquets opposés. Surprise, Aria a fait tomber sa lampe de poche en sursautant.

- Maudits cochons ! a-t-elle juré en ramassant sa torche.

Machinalement, elle a appuyé sur le bouton pour vérifier qu'elle fonctionnait bien, mais l'objet ne s'est pas allumé.

- Mince ! Elle est cassée.

- Ce n'est pas grave, l'a rassurée Caleb perché sur l'épaule d'Yllen. Il fait plutôt clair. Nous n'en aurons certainement pas besoin.

- Les amis, l'a coupé Edryss en s'arrêtant pour renifler l'air. Je sens la même odeur que la dernière fois.

Nous nous sommes tous figés pour observer dans toutes les directions.

- Tu veux dire, l'odeur qui ne provient ni d'un humain, ni d'un animal ? s'est inquiétée l'elfe.

- Tu es certain qu'il ne s'agit pas d'un hibou ? s'est moquée ma cousine.

- Ce n'est pas drôle, Yllen ! Je connais l'odeur des hiboux ! Ça ne sent pas du tout pareil que…

Il s'est tu lorsqu'un bruissement proche nous est parvenu.

Par réflexe, j'ai sorti ma lampe-torche de la poche avant de mon sac. J'avais un mauvais pressentiment.

Sans crier gare, une masse sombre s'est extirpée des fourrés pour bondir sur nous. J'ai braqué ma lampe sur elle et ai dévoilé une créature de brume similaire à celle qui avait tué mon aïeul. Comme brûlée par la lumière de la torche, elle a fait demi-tour et s'est renfoncée dans l'obscurité.

Une seconde a alors surgi des arbres à proximité et s'est jetée sur nous. Pris d'effroi, Aria a hurlé, mais Yllen a repoussé le monstre en allumant sa lampe.

- Courrez ! ai-je crié en en distinguant deux autres qui sortaient de l'ombre.

Sans demander leur reste, mes amis ont pris leurs jambes à leur cou, sprintant dans la direction de l'antenne-relais. Leur emboîtant le pas, j'ai brièvement éclairé le cadran de ma montre. Deux heures quarante-sept. Soit treize minutes avant l'arrivée du Transporteur. Tout en courant à pleine vitesse, j'ai analysé la situation. Quatre créatures à nos trousses, trois lampes-torches, l'antenne à un peu moins d'un kilomètre. À cette vitesse, nous devrions arriver à l'émetteur-récepteur en moins de cinq minutes. Il nous resterait alors huit minutes à tenir.

Au beau milieu de mes calculs savants – rares puisque je suis plutôt un littéraire –, mon pied a heurté une pierre plus grosse que les autres et je me suis étalé de tout mon long, lâchant ma lampe qui s'est brisée au contact du sol. J'ai tenté de me relever mais une vive douleur m'a foudroyé lorsque j'ai poussé sur ma main gauche. Une longue estafilade sanguinolente courait le long de ma paume.

Tandis que les monstres de fumée se rapprochaient, Edryss m'a agrippé par les avant-bras et m'a aidé à me relever. Comme je m'étais fait mal au genou en tombant, il a passé mon bras autour de ses épaules et nous avons repris notre course clopin-clopant. J'espérais de tout mon cœur que je n'avais rien de cassé.

- C'est quoi ces choses ?! a hurlé Aria.

- On n'en a aucune idée, a répondu Edryss. Mais d'après ce que m'a dit mon père, ce sont elles qui ont tué Albann Fox. Tout ce qu'on sait, c'est qu'elles craignent la lumière. Couvrez-nous, les filles !

D'un geste précis, il a lancé sa lampe à Aria qui l'a saisie en plein vol grâce à ses réflexes d'elfe et l'a pointée derrière nous juste avant que l'un des monstres ne nous happe. Hélas, un autre est revenu à la charge et a manqué de soulever Edryss dans les airs. Heureusement, Yllen l'avait éclairé juste avant que ses griffes ne nous atteignent.

- Ils sont trop nombreux ! a hurlé l'elfe en éclairant l'obscurité.

Comme pour confirmer ses dires, l'une des créatures lui a griffé la main et elle a lâché la lampe-torche d'Edryss qui s'est brisée en tombant. Yllen lui a tout de suite donné la sienne et s'est empressée d'invoquer un orbe luminescent, comme elle savait si bien le faire, pour tenir les choses à distance.

- Dépêchez-vous ! a-t-elle hurlé. Il faut parvenir à l'antenne-relais.

Sur ces mots, nous avons tous repris notre route, à mon rythme malheureusement, toujours suivis de près par les monstres de fumée.

Il était tout juste deux heures cinquante-quatre lorsque nous sommes parvenus au pied du vieil ouvrage électrique rouillé. Edryss m'a aidé à m'asseoir sur un muret de pierre en bordure de la piste et à remonter mon pantalon pour ausculter mon genou. J'avais légèrement mal quand il le faisait bouger, mais puisque j'arrivais à le plier sans trop de difficulté, nous en avons déduit que tout allait bien.

Nous encerclant toujours, les choses attendaient le moment où l'orbe s'éteindrait et nous plongerait dans l'obscurité. De temps à autre, l'une d'elles tentait de se rapprocher, mais elle s'écartait bien vite en poussant un hurlement désincarné, comme brûlée par la luminosité. Yllen, les mains crispées de part et d'autre de la boule de lumière, commençait à transpirer à grosses gouttes. Ses tempes ruisselaient. Même si elle tenait bon, elle dilapidait sa magie à vue d'œil.

J'ai regardé ma montre au moment où Aria sortait sa clochette et son sachet de poudre de son sac. Les aiguilles annonçaient deux heures cinquante-cinq.

-   Il reste cinq minutes, ai-je lancé.

-   Je ne sais pas si je tiendrais jusque-là, a répondu Yllen en s'essuyant le front du bras tout en prenant soin de ne pas perdre le contrôle de son sortilège. Ce genre d'enchantement est très coûteux en magie. Je commence sérieusement à fatiguer.

-   Il faut que tu tiennes bon, Yllen, l'a encouragée notre amie. À trois heures pile, nous invoquerons le Transporteur et il nous emmènera loin de ses monstres sanguinaires.

Yllen a hoché la tête avec autant d'énergie qu'un paresseux à l'heure de la sieste.

Pour la première fois, je me suis surpris à me demander ce qu'était le Transporteur. Était-ce le surnom d'un homme chargé de nous guider jusqu'à un passage menant à Merilian ? Était-ce le nom du portail qui s'ouvrirait lorsque nous soufflerions la poudre du Passeur ? Avec tous les événements des dernières semaines, je n'avais même pas eu le temps d'y réfléchir. J'ai même commencé à m'inquiéter un peu, anxieux de voir surgir un dinosaure ou un tigre-serpent géant qu'il nous faudrait chevaucher pour nous rendre dans l'autre monde.

Je n'ai pas eu le loisir d'imaginer de nouvelles théories fantasmagoriques car la lumière qui émanait de l'orbe a faibli.

-   Tiens bon, ai-je encouragé ma cousine.

-   Je ne vais pas y arriver, Elrick, m'a-t-elle doucement répondu.

-   On n'a plus qu'une lampe ! s'est affolée Aria. Ça ne suffira pas à les repousser !

-   Elrick, il faut que tu m'aides, m'a imploré Yllen entre deux grandes inspirations.

Ses yeux ont commencé à cligner et la lumière a vacillé avant de retrouver son intensité.

-   C-Comment ? ai-je demandé.

-   Sers-toi de ta magie.

-   Mais je…

- Elrick ! L'orbe va disparaître ! m'a-t-elle crié tandis que la luminosité continuait de faiblir.

J'ai fixé mes mains l'espace d'une seconde.

- Je suis incapable de jeter un tel sort, ai-je répliqué à mi-voix.

- Tu n'as pas le choix, Elrick, m'a-t-elle répondu alors que la lumière vacillait une deuxième fois. Si tu n'invoques pas de la lumière avec tes pouvoirs, nous allons tous y passer !

Caleb a sauté sur mon épaule et m'a asséné un coup de patte dans la tempe.

- Arrête de faire ta tête de mule et crois en toi, un peu ! m'a-t-il sermonné. Si tu pars défaitiste, tu échoueras à coup sûr ! Tu veux être condamné à devenir un enchanteur qui a peur de se servir de ses pouvoirs ?!

Au bord des larmes, j'ai fait « non » de la tête.

- Alors remue-toi un peu et fais-nous apparaître une ampoule géante, un soleil miniature ou quatorze guirlandes de Noël branchées en série ! N'importe quoi tant que ça éclaire !

Alors j'ai fermé les yeux pour me concentrer et l'orbe lumineux d'Yllen s'est éteint.

5. Je me demande si je n'ai pas une dent contre Noël

Ne me demandez pas pourquoi, mais les premières images qui me sont apparues ont été un sapin de Noël illuminé et un feu de cheminée. Inutile, donc, de vous dire qu'une énième catastrophe est survenue lorsque j'ai rouvert les yeux une demi-seconde plus tard.

Au moment où l'un des monstres allait empoigner Aria par le bras, un sapin de Noël géant pourvu d'au moins une dizaine de guirlandes électriques clignotantes est apparu sur le bord de la piste. Ne manquaient plus que la neige et les chants et on se serait cru au beau milieu de l'hiver. En plein mois d'août.

Je sais ce que vous allez me dire. J'aurais pu faire l'effort de faire tomber quelques flocons. Et je vous comprends. J'aurais moi-même préféré que les flocons soient la deuxième partie de mon sortilège. Mais non. Au lieu de ça, le sommet de l'arbre s'est embrasé d'un coup et le feu s'est propagé aux branches à une vitesse phénoménale – j'ai entrevu un feu de cheminée, rappelez-vous –.

- Elrick, qu'est-ce que… ? a glapi Caleb.
- Je vous ai dit que je ne provoquais que des catastrophes ! ai-je répliqué, paniqué, en me redressant.

J'ai éprouvé un léger picotement au niveau du genou, mais rien d'alarmant.

- Qu'est-ce que tu as bien pu imaginer pour lancer un tel sortilège ?! Le meurtre du père Noël ?! s'est indigné Edryss en soutenant Yllen qui menaçait de tomber dans les pommes.
- Vous vouliez de la lumière ! me suis-je défendu.
- Effectivement, a rétorqué le loup. Nous voulions de la lumière, pas provoquer un feu de forêt.

Je ne l'avais pas encore remarqué – le spectacle était bien trop absurde pour faire attention au reste –, mais l'une des créatures s'était embrasée et écrasée au pied d'un pin, accélérant la propagation de l'incendie. J'avais déjà fait exploser des gâteaux d'anniversaire et fait tomber des placards remplis de vaisselle en porcelaine en utilisant ma magie pour lancer des sortilèges bénins, mais provoquer un feu de forêt en pleine nuit, ça, c'était une première. Et une dernière, je l'espérais ! Allez savoir pourquoi, un cercle d'environ dix mètres de diamètre autour de l'antenne-relais ne s'est pas embrasé, la protégeant des flammes. Une aura magique, certainement.

Si Yllen avait été consciente, elle aurait certainement su comment régler le problème, mais ce n'était malheureusement plus le cas. Si je n'avais pas peur de créer une nouvelle catastrophe, j'aurais essayé d'invoquer la pluie. Mais j'avais certainement plus de chance d'y parvenir en imitant une danse indienne plutôt qu'en utilisant mes pouvoirs.

Au moins, la lumière émanant des flammes avait-elle fait fuir les monstres de brume.

-   Il faut qu'on prévienne les pompiers ! a hurlé Aria.
-   On doit prendre le Transporteur dans moins de trois minutes ! a rétorqué Edryss. On doit rester ici.
-   Mais le feu risque de se propager jusqu'au village !
-   J'aimerais bien vous aider, mais…, ai-je commencé.
-   NON ! ont répliqué mes amis en chœur.

D'un côté, j'étais soulagé de ne pas avoir à utiliser à nouveau mes pouvoirs, mais d'un autre côté, je me sentais un peu vexé qu'on s'oppose à mon aide avec autant de vivacité. Remarquez, si c'était pour provoquer un glissement de terrain ou un raz-de-marée, il valait peut-être mieux que je me tienne tranquille. Bien qu'un raz-de-marée aurait pu être une solution pour régler notre problème…

Comme par miracle, le père d'Edryss est arrivé en courant, dégoulinant de transpiration.

-   Qu'est-ce qu'il se passe ici ?! nous a-t-il interrogés, estomaqué.

- On s'est fait attaquer par les créatures qui ont tué Albann, a répondu Caleb. Yllen a invoqué un orbe luminescent, mais elle est arrivée à cours de magie et s'est évanouie. Qu'est-ce que vous faites là ?

- Je m'inquiétais pour vous, a-t-il simplement répondu.

Personnellement, je le soupçonnais de nous surveiller au cas où nous nous mettrions dans une situation regrettable. Ce qui était actuellement le cas.

- Et pour le feu de forêt ? a-t-il demandé en observant anxieusement les flammes.

- Elrick a essayé d'assassiner le père Noël, a lancé Edryss avec ironie.

- Pardon ?!

À en croire l'expression qu'affichait son visage, Gildas Loucas ne comprenait rien du tout. En même temps, comment saisir ce qui venait de se passer sans avoir assisté à la scène ? À moins d'être sous l'emprise d'une forte drogue hallucinogène…

Aria a tout de même tenté de lui expliquer. Quand elle a eu fini son récit, il était trois heures pile du matin. Sans que nous ne comprenions comment, la brume a soudainement envahi les alentours malgré l'incendie. Mais ce n'était pas vraiment notre principal problème.

- La brume se lève, a lancé le père de mon ami. Il vous faut invoquer le Transporteur.

- Mais… Et l'incendie ? s'est inquiétée Aria.

- J'en fais mon affaire, a répondu le loup-garou.

Sans perdre une seconde, Edryss s'est emparé de la clochette et de la bourse que l'elfe tenait encore dans ses mains. Rapidement, il a ouvert le sachet, a pris une poignée de poudre et a soufflé dessus, la répandant sur la piste. Puis, il a secoué la clochette et trois tintements ont résonné dans la nuit.

Je m'attendais à voir surgir cent trois chameaux et chamelles ou une caravane de paons – oui, Yllen et moi avions regardé le film d'animation *Aladdin* quelques jours auparavant –, mais mis à part les flammes qui faisaient rage juste derrière nous, la nuit est restée parfaitement calme. À tel point que mes amis et moi nous sommes brièvement demandés si nous ne nous étions pas trompés d'endroit.

Puis, après quelques secondes qui nous ont semblé interminables, des phares sont apparus au loin et se sont dirigés droit vers nous. Une question m'est alors venue : n'était-il pas plus judicieux de décamper si jamais ces lumières provenaient d'un camion de pompier ? Ces derniers nous prendraient certainement pour les responsables de cet incendie. Ce qui était un peu le cas. Pour ne pas dire complètement...

Comme personne ne bougeait, j'ai suivi la dynamique de groupe.

Aussi, j'ai été plus que soulagé lorsqu'un vieux bus scolaire jaune à la peinture délavée s'est arrêté devant nous et a ouvert ses portes. Du moins, j'ai été soulagé jusqu'à ce que je découvre l'identité du conducteur : un simple squelette humanoïde vêtu d'une tenue de chauffeur bleue. Alors que je me demandais comment ce sac d'os parvenait à conduire un autobus datant d'au moins trois décennies, il nous a salués poliment.

- Transporteur à destination du domaine de Scaria ! Veuillez me montrer vos écussons et embarquer rapidement. Je ne souhaite pas faire de vieux os ici. Si mon bus brûle, c'est toute ma vie qui se consume avec lui.

Sans relever le jeu de mot ridicule du vieux tas d'os installé au volant – la mort n'a visiblement aucune incidence positive sur l'humour –, nous sommes entrés, lui avons tous montré nos broches ornées du S gothique et nous sommes installés sur des banquettes à la housse vieillotte et déchirée. Mon ami a attaché ma cousine sur l'une d'elle pour éviter qu'elle ne tombe durant le trajet, et il s'est assis juste derrière, à côté d'Aria. J'allais prendre place sur le fauteuil juste devant Yllen, mais des tâches suspectes m'en ont dissuadé – un chihuahua fantôme ou je ne sais quel autre monstre bizarre avait-il pris le pauvre siège pour une litière ? –. J'ai donc continué mon chemin afin de m'asseoir seul derrière mes deux amis et me faire tout petit.

J'ai à peine eu le temps de m'installer que le bus s'est ébranlé et a repris son chemin. La piste caillouteuse ne permettait pas au véhicule d'excéder les trente kilomètres-heure, mais nous nous sommes éloignés de l'incendie avec une rapidité déconcertante.

De la fenêtre, j'observais avec horreur l'étendue des dégâts de mon sortilège. Les flammes s'étaient presque répandues jusqu'à la corniche, léchant les troncs de centaines d'arbres sur leur passage. Je m'en suis tout de suite voulu d'avoir utilisé mes pouvoirs – pourtant, je ne me souvenais pas avoir jamais été traumatisé par les fêtes de Noël –. J'aurais pu me dire que j'avais réussi à faire fuir les créatures de fumée, mais c'était une piètre victoire si, pour y parvenir, j'avais fait brûler la moitié de Bornaux-les-Estadillas…

- Quand arriverons-nous à Merilian ? a poliment demandé Aria au chauffeur, m'extirpant brièvement de mes idées noires.

- D'ici deux heures, lui a-t-il répondu. Il nous restera ensuite deux heures avant de parvenir jusqu'au domaine de Scaria. Vous souhaitez dormir un peu ?

- Oui. Pourriez-vous nous réveiller lorsque nous parviendrons au passage entre les deux mondes ?

- Naturellement.

Et tandis que les flammes disparaissaient déjà derrière les collines, j'ai essayé de m'endormir.

À cause des cahots et de la récente montée d'adrénaline, la tâche s'est révélée difficile, mais j'ai tout de même fermé les yeux pendant ce qui m'a semblé durer un quart d'heure. J'aurais bien continué ma nuit, mais j'ai dû renoncer lorsque le véhicule s'est engagé dans un chemin sinueux en bordure de falaise à une vitesse que j'ai estimée proche de celles d'un avion de chasse. Si le chauffeur n'avait visiblement plus rien à perdre à part sa casquette ridicule, nous, nous tenions à nos vies…

J'ai frôlé la crise cardiaque lorsque l'autocar a fait du deux roues dans un virage en épingle. Heureusement, le conducteur a ralenti une cinquantaine de mètres plus loin. S'était-il fait peur en conduisant comme un criminel en fuite sur une autoroute allemande ?

Yllen est revenue à elle à ce moment-là. Le virage avait-il été si rude qu'elle avait repris connaissance ?

Avec moultes précautions – et Dieu sait qu'il en fallait puisque nous roulions à une vitesse si importante que le moteur d'une Renault Twingo n'aurait pas tenu –, je me suis avancé dans l'allée pour me glisser sur le fauteuil juste à côté d'elle.

- Je suppose qu'on est dans le Transporteur ? m'a-t-elle demandé en se massant le crâne.
- Ouais. Un vieux bus dont le chauffeur est certainement fan de tuning et de courses automobiles.
- Quoi ?
- Tu comprendras bien assez tôt.

Au même instant, le conducteur a crié à notre attention.

- On arrive à la frontière, les jeunes !

Une importante secousse a ébranlé l'autobus au même moment. J'ai découvert, en jetant un œil – au sens figuré, toujours – par la fenêtre, que nous venions de quitter un chemin caillouteux et nous engagions à présent sur une route goudronnée à l'abandon.

Derrière nous, Aria, Edryss et Caleb se sont réveillés en gémissant.

- Pas génial comme réveil, s'est plaint le furet.
- On arrive à la frontière entre les deux mondes, les ai-je informés.

Ils sont tout d'un coup sortis de leur léthargie et ont plaqué le nez contre la vitre. Hélas, le paysage nocturne a disparu au bout d'une quinzaine de secondes pour laisser place aux murs bétonnés d'un tunnel. En tournant la tête vers le pare-brise, j'ai remarqué que nous dépassions un panneau de signalisation de chantier.

- Qu'est-ce qu'on fait dans un tunnel en travaux ? ai-je demandé au chauffeur.

Il a éclaté de rire et n'a même pas pris la peine de me répondre, ce qui ne m'a pas franchement rassuré. J'avais vu assez de films et lu assez de romans pour savoir que lorsqu'un individu louche pouffe avant de répondre, il y avait de grandes chances pour que la suite des événements ne soit pas des plus calmes et reposantes.

Aussi, je n'ai été qu'à moitié surpris lorsque nous avons dépassé un nouveau panneau de signalisation sur lequel on pouvait lire « Voie sans issue ».

- Mon ami vous a posé une question, a insisté Edryss qui commençait visiblement à s'inquiéter. Est-ce que vous êtes certain que nous sommes au bon endroit ?

Là encore, aucune réponse de la part du chauffeur.

Irrité qu'on l'ignore de la sorte, le loup s'est levé et a remonté l'allée. Poussé par un mélange de curiosité et d'inquiétude, je l'ai suivi.

- Vous voulez bien nous répondre ?! s'est-il énervé lorsque nous sommes parvenus au niveau du chauffeur.

- Vous devriez vous asseoir et attacher vos ceintures, messieurs, a simplement prononcé ce dernier sans même nous regarder.

- On vous a demandé si nous étions sur la bonne route, bon sang ?! Répondre par oui ou non ce n'est pas compliqué, si ?!

- Edryss, l'ai-je interpellé.

- Quoi ?!

D'un geste de la main, j'ai désigné le pare-brise pour lui montrer ce qu'il y avait devant nous, à quelques centaines de mètres : un mur éclairé par des spots de chantier ! Le chauffeur a alors appuyé sur l'accélérateur et nous avons pris de la vitesse. Du coin de l'œil, j'ai vu l'aiguille du cadran dépasser le cent.

- Qu'est-ce que… ? a hoqueté mon ami. Nous fonçons dans un mur ! Arrêtez ce bus !!

Il a tenté d'agripper le conducteur mais ce dernier a soudainement donné un coup de volant. Déstabilisés, Edryss et moi sommes tombés sur la banquette avant. Nous nous sommes débattus comme des beaux diables pour nous démêler, mais nous avons simplement réussi à relever la tête et avons découvert avec effroi le mur qui se rapprochait dangereusement du véhicule. Ou plutôt l'inverse.

- Freinez !! a hurlé le loup au grand dam de mon tympan droit.

Mais il n'a obtenu aucun résultat.

Et tandis que la distance qui nous séparait de la paroi diminuait de seconde en seconde, j'ai fait ce que tout être normalement constitué aurait fait à ma place. J'ai fermé les yeux et hurlé.

6. Je me retrouve nez à pieds avec un orque puant

Je m'attendais à un choc violent imminent et à une douleur insoutenable, voire à une perte de conscience suivie d'une mort instantanée, mais rien de tout cela ne s'est produit. Au lieu de ça, j'ai senti le véhicule continuer sa course comme si de rien n'était. Edryss, contre moi, respirait toujours et Yllen, Caleb et Aria hurlaient encore comme des écorchés vifs, quelques rangées de sièges en arrière.

Alors, quand le chauffeur a éclaté de rire, une demi-seconde plus tard, j'ai rouvert les yeux et regardé droit vers le pare-brise encore intact. Et ce que j'ai vu au travers m'a fasciné.

Nous n'étions plus dans le tunnel sans issue dans lequel nous nous trouvions quelques instants plus tôt. Nous évoluions à vitesse raisonnable – bon point ! Je salue la performance ! – sur un chemin forestier caillouteux. Tout autour de nous, de grands arbres d'une verdure époustouflante s'élevaient jusqu'à ce que leurs feuillages se mélangent et s'emmêlent, obstruant complètement la lumière extérieure. Pourtant, les bois semblaient éclairés. J'ai alors réalisé que des espèces de lampes étaient accrochées un peu partout dans les branches alentour. En les étudiant avec plus d'attention, j'ai remarqué qu'elles ressemblaient à de simples sphères luminescentes gélatineuses.

- Q-Qu'est-ce que… ? ai-je réussi à balbutier. Edryss, re-regarde.

Mon ami a ouvert les yeux tandis que je me redressais, et il a admiré le paysage pendant de longues secondes. Derrière nous, les filles et le furet devaient faire de même parce qu'ils avaient cessé de hurler.

- Alors c'est à ça que ressemble la mort ? a articulé mon ami, à la fois fasciné et horrifié.

- Bien sûr que non, a répondu le squelette qui riait à gorge déployée (bon… techniquement, il n'avait plus ni larynx, ni pharynx, mais vous m'avez compris). Nous venons simplement de traverser la frontière entre les mondes. Ce que vous voyez autour de vous, c'est la forêt de Pertevoie.

- On a dépassé la frontière ? s'est étonné Edryss. Mais... Comment ?

- Quand vous avez tous commencé à hurler comme des mauviettes, nous avons simplement traversé le mur et sommes arrivés ici, par l'arche qui se trouve juste derrière nous.

Nous nous sommes hâtivement retournés et avons aperçu une arche de pierre au milieu de la végétation, par la vitre arrière du véhicule. Elle ressemblait à s'y méprendre à l'entrée d'un tunnel. Sauf qu'il n'y avait pas de tunnel. L'édifice avait simplement été érigé au milieu du chemin.

- J'ai trouvé où nous sommes ! s'est alors écriée Aria en brandissant une feuille de papier format A3 qu'elle venait de sortir de son sac et de dérouler.

Intrigués, mon ami et moi sommes revenus vers elle et nous nous sommes penchés sur ce qu'elle nous montrait. Il s'agissait d'une vieille carte jaunie représentant un territoire enchâssé entre un océan et une immense chaîne de montagnes. En bas, joliment calligraphiée, figurait l'inscription « Monde magique de Merilian ».

- Nous sommes ici, nous a indiqués l'elfe en pointant du doigt un gigantesque amas d'arbres à peu près au centre de la partie inférieure du plan. La forêt de Pertevoie.

- Où as-tu trouvé ce plan ? me suis-je étonné en enlevant ma chemise à carreaux.

L'adrénaline m'avait donné chaud, un simple T-shirt suffirait. Un T-shirt blanc vierge, je précise !

- Mes parents me l'ont donnée avant de partir, a-t-elle répondu. Ils ont aussi quelques livres qui parlent de Merilian, alors je me suis informée avant notre départ. Si je me souviens bien, ce bois est habité par de nombreuses espèces, mais les elfes, les lutins et les fées y sont majoritaires.

- J'ai lu la même chose dans l'un des ouvrages rangés dans l'étude d'Albann Fox, a confirmé Caleb en sautant sur l'épaule d'Yllen. Et d'après les informations que j'ai pu trouver, le plus grand village elfe est perdu dans ces bois. Et ce sont justement les arbres qui le protègent des orques.

- Des orques ? s'est étonné mon ami.

- Ce sont les mêmes créatures que dans *Le Seigneur des anneaux* ? ai-je demandé à Aria.

- À quelques détails près, oui, m'a-t-elle répondu. Mais l'auteur a un peu arrangé l'espèce à sa sauce.

- Vous parlez des grosses baleines noires et blanches qui vivent dans l'océan et qu'on peut observer jouant avec des dresseurs dans les parcs aquatiques ? s'est enquit le loup.

- Bien sûr que non, tête de nœud, a répondu ma cousine. Qu'est-ce qu'*une* orque trafiquerait au beau milieu d'une forêt ?

- Alors c'est quoi un orque ?! s'est-il énervé.

- Si tu ouvrais des livres sur la faune et la flore de Merilian, tu le saurais, a rétorqué Aria. Tu le saurais même si tu avais pris la peine de lire *Le Seigneur des anneaux* comme je te le demande depuis des années.

- Pourquoi je lirais un bouquin sur quatre êtres de petite taille aux pieds poilus qui passent leur temps à courir dans les hautes herbes ? Je peux *réellement* assister à cette scène puisque nous partons pour un monde peuplé de créatures magiques !

- Tu m'énerves.

Je crois que c'était la phrase qu'Aria avait le plus répété à Edryss depuis qu'ils se connaissaient. À l'époque où nous les avions rencontrés, ils se chamaillaient déjà sans arrêt. Yllen, Caleb et moi en avions conclu qu'ils s'aimaient réciproquement sans oser se l'avouer. Ce qui était triste parce qu'ils seraient certainement en couple depuis des années s'ils n'avaient pas gardé leurs sentiments secrets. J'avais émis l'idée de jouer les entremetteurs, mais Yllen et Caleb s'y étaient formellement opposés, prétextant que les histoires de cœur de nos amis ne nous regardaient en rien. D'un côté, je les remerciais d'avoir refusé. Je m'imaginais mal en couche-culotte, pourvu d'ailes d'angelot, à essayer de tirer des flèches en forme de cœur sur mes meilleurs amis. J'aurais été incapable de faire mouche. Et je ne vous parle même pas de l'allure que j'aurais eu avec un tel accoutrement. Ma peau blafarde exempte de la moindre trace de graisse, mes côtes quasi-apparentes et mes trois poils roux qui se battaient en duel sur mon torse imberbe... Quel cauchemar ! Rien que de l'imaginer, j'avais la nausée. Ou peut-être était-ce simplement dû à la conduite irresponsable du chauffeur.

J'allais étudier le reste de la carte avec un peu plus d'attention lorsqu'un grand bruit s'est fait entendre au-dehors. Simultanément, le bus a fait un écart et le squelette a freiné en se rangeant sur le bas-côté.

- Qu'est-ce qu'il se passe ? s'est inquiétée Aria.
- Je ne sais pas, a répondu le squelette en s'emparant d'une lanterne accrochée au plafond (je n'avais pas remarqué mais quatre lanternes servaient d'éclairage dans le véhicule). Je vais jeter un œil dehors. Enfin… Façon de parler.

Il a pouffé et a ouvert la porte coulissante avant de disparaître à l'extérieur.

Je me suis demandé comment il pouvait y voir alors qu'il ne possédait pas de globes oculaires. Peut-être était-ce pour cela qu'il conduisait comme un coureur de rallye.

Moins d'une minute plus tard, sa tête est réapparue par l'ouverture.

- On a un pneu crevé, nous a-t-il informés. Je vais avoir besoin d'aide pour le changer. Les garçons, emparez-vous chacun d'une lampe et venez m'aider.

Edryss et moi avons acquiescé, avons décroché deux lanternes qui pendaient dans l'allée et avons rejoint le squelette à l'extérieur. Ce dernier a tiré une poignée métallique sur le côté du bus, a ouvert une soute à bagages poussiéreuse, et en a sorti une caisse à outils rouillée qu'il a eu toutes les peines du monde à ouvrir. Ne me demandez pas comment – certainement était-elle enchantée – mais il en a sorti un cric et une roue de secours sans le moindre problème. Le créateur de Mary Poppins s'était-il inspiré de ce genre d'objet magique ?

Edryss a soulevé sa lanterne pour mieux éclairer et le squelette s'est agenouillé en craquant pour glisser l'objet métallique sous le véhicule.

- Voilà pourquoi j'ai besoin de votre aide. Mes articulations ne sont plus ce qu'elles étaient. Je risque de rester coincé si je force trop.

Je lui aurais bien fait remarquer qu'il n'avait plus d'articulations, mais je me suis tu, de peur de le vexer.

Edryss s'est tout de suite agenouillé, a posé sa lanterne à côté de lui et a actionné la manivelle. J'ai été épaté qu'il réussisse à la faire tourner sans le moindre effort. Avoir la force d'un loup-garou devait être vachement cool.

- Tu as besoin d'aide ? lui ai-je demandé.

- Non, c'est bon. Tu peux retourner à l'intérieur si tu veux.

J'ai acquiescé et ai fait demi-tour pour regagner la porte, mais à mi-chemin, mon attention a été attirée par un bruissement non loin. Évidemment, comme tout être sensé, j'aurais dû me précipiter à l'intérieur et me cacher sous les sièges. Mais non, curieux comme j'étais, je me suis enfoncé seul dans la forêt sans penser une seconde qu'il s'agissait d'une mauvaise idée. Dans les films d'horreur qu'Yllen affectionnait, je serais certainement la première victime.

J'ai tout de même brandi ma lanterne bien haut pour éviter de me faire dévorer vivant par une créature de fumée – pour qui me prenez-vous ?! Je ne suis pas aussi inconscient ! –.

J'ai sauté par-dessus un massif d'arbrisseaux et ai contourné un arbre au tronc noueux gigantesque dont les branches étaient parsemées de boules luminescentes, avant de me retrouver au bord d'un petit ruisseau. N'ayant pas franchement envie de me mouiller, j'ai longuement observé l'autre rive sans rien entendre ni distinguer d'autre que la nature et ses bruits habituels.

Je m'apprêtais à repartir lorsqu'un second bruissement m'est parvenu de l'autre-côté de l'onde. J'ai hésité à regagner le bus pour prévenir les autres, mais – alors que vous, lecteurs, me hurlez certainement de faire demi-tour – j'ai sauté dans la rivière. Je m'excuse auprès de mon pantalon…

À mon plus grand étonnement, l'eau n'était pas aussi froide que je le pensais. J'ai gagné la rive opposée avec facilité, ai quitté mes chaussures pour les vider de l'eau qui s'y était introduite et, tandis que mes semelles émettaient des bruits de succion, j'ai escaladé une racine imposante. Du moins, j'ai tenté d'escalader une racine imposante parce qu'au moment où j'ai posé le pied sur le bois, j'ai glissé et je suis tombé dans une flaque de boue. Je m'excuse également auprès de mon T-shirt blanc…

Un peu sonné, j'ai mis quelques secondes à reprendre mes esprits. Lorsque j'y suis parvenu, la première chose qui m'a sauté aux yeux, ou plutôt au nez, c'était l'odeur nauséabonde que je n'avais pas remarqué avant de traverser la rivière. Ça empestait le rat mort ! Aussi, quand j'ai rouvert les yeux, je n'ai été qu'à demi-surpris de découvrir deux énormes pieds gris-vert infestés de verrues et dont les ongles ne semblaient pas avoir été coupés depuis cinq ou six siècles.

J'ai frissonné en comprenant que quelqu'un ou quelque chose se tenait au-dessus de moi. J'ai relevé la tête le plus lentement possible et j'ai découvert le reste du corps – tout aussi affreux – de la créature. Elle devait mesurer approximativement deux mètres cinquante, peser le poids d'un cachalot adulte, et n'était vêtue que d'un simple pagne qui, malgré ma position, dissimulait parfaitement ses parties intimes. Dieu soit loué ! Je n'avais pas envie d'être traumatisé par la vue de l'entrejambe d'un monstre que je n'avais pas encore réussi à identifier.

Le monstre en question avait un ventre proéminent, des pectoraux aussi pendants que la poitrine d'une vieille femme centenaire et un visage qui ne donnait pas du tout envie de sympathiser. Il était chauve, avait des sourcils bruns broussailleux au-dessus de ses yeux jaune et noir, possédait un nez boutonneux en forme de patate et des canines inférieures qui ressortaient de sa gueule tant elles étaient longues. J'ai estimé leur taille équivalente à celle de mes mains.

Comme j'avais peur qu'il ne m'assène un coup avec la hache qu'il tenait fermement, je me suis relevé d'un bond et ai fait quelques pas en arrière, en prenant soin, cette fois, de ne pas trébucher sur cette maudite racine.

Je n'ai cependant pas eu le temps de m'inquiéter de la situation parce qu'un éclair de magie émeraude a jailli de nulle-part et s'est écrasé contre son torse. Il a hurlé et, de colère, a essayé de m'empoigner pour... je ne veux pas savoir pourquoi. Rapidement, j'ai bondi sur le côté pour l'esquiver, mais je me suis retrouvé bloqué contre le tronc d'un arbre. Le monstre a de nouveau brandi sa hache et s'est apprêté à me couper en deux, mais un nouvel éclair émeraude l'a frappé, aux poignets cette fois. Assailli par la douleur, il a lâché son arme et s'est éloigné à grandes enjambées, me laissant seul.

Un quart de seconde plus tard, un individu est sorti des buissons en se frottant les mains.

- Maudits orques, m'a-t-il lancé. Ces créatures pullulent vraiment partout.

Alors qu'il s'avançait vers moi, je l'ai observé. C'était un homme d'une tête de plus que moi, vêtu d'un costume blanc et d'une longue cape grise. J'aurais aimé distinguer son visage, mais à part ses cheveux blond foncé mi-longs coiffés en bataille et sa barbichette assortie, je n'ai rien pu distinguer. Comme les hommes que Gildas Loucas avait appelés « Obscurs », il portait un masque vénitien à long nez pour dissimuler son visage. Un masque blanc.

J'ai été tenté de partir en courant mais il était trop proche de moi pour que je ne puisse m'en tirer sans qu'il ne me rattrape. Et détail troublant : il a désactivé sa magie. Il ne l'aurait pas fait s'il comptait s'en servir contre moi. J'en ai donc déduit qu'il ne comptait pas me tuer. Bon point.

-    Cette affreuse créature ne t'a fait aucun mal ? m'a-t-il demandé en m'étudiant.

-    Non, ai-je répondu, tendu.

-    Parfait. Ces monstres infestent les forêts du royaume. Tu devrais faire plus attention à l'avenir.

J'ai soudain entendu les voix de mes amis qui m'appelaient au loin. Mon interlocuteur a dû les percevoir également parce qu'il s'est retourné et a commencé à s'éloigner.

-    Attendez ! l'ai-je interpellé. Je... Je ne vous ai pas remercié de m'avoir sauvé la vie.

-    Maintenant c'est chose faite, Elrick Fox.

Mon sang s'est glacé. Comment cet inconnu pouvait-il connaître mon identité ? Je voulais bien qu'il ait entendu mes amis hurler mon prénom, mais je ne lui avais pas dévoilé mon nom de famille.

-    Qui... Qui êtes-vous ? ai-je balbutié, troublé.

-    Disons que je suis une vieille connaissance de ton grand-père, m'a-t-il répondu en pouffant. À la revoyure, très cher.

Et sans rien ajouter, il a disparu dans les buissons.

J'allais m'élancer à sa poursuite lorsqu'Edryss est apparu de l'autre côté de la rivière.

-    Elrick ! s'est-il indigné. Mais qu'est-ce que tu fais ici ?! Ça fait au moins dix minutes qu'on te cherche !

-    Je... Je voulais... me rafraîchir, lui ai-je menti. J'ai entendu le bruit d'une rivière alors je suis venu pour me rincer le visage.

Je n'avais pas envie de partager ce qui venait de m'arriver sans connaître l'identité de la personne qui m'avait sauvé de l'orque.

- Et te rouler dans la boue, visiblement, a ajouté mon ami en constatant l'état de mes vêtements. Tu devrais te dépêcher d'enlever tes fringues et de les tremper dans l'eau sinon ça va laisser des taches.

J'ai acquiescé et ai ôté mon T-shirt alors qu'il hurlait aux autres qu'il m'avait trouvé.

Lorsque les filles nous ont rejoints un instant plus tard, j'étais en train de nettoyer mon haut dans la rivière.

- Qu'est-ce que tu fabriques ? s'est énervée Yllen. Le Transporteur est prêt à repartir !

- Je suis tombé dans une flaque de boue alors je lave mes vêtements avant qu'ils ne soient bons à mettre à la poubelle.

- Tu aurais au moins pu faire l'effort de bousiller l'une de tes hideuses chemises à carreaux ! m'a-t-elle rétorqué d'un ton cinglant.

J'ai préféré ne pas relever et continuer de nettoyer la boue de mon T-shirt tout en observant discrètement les buissons alentour. Hélas, je n'y ai discerné aucune trace de l'individu masqué. Un détail troublant a toutefois retenu mon attention. La hache de l'orque avait disparu.

***

Nous sommes sortis de la forêt de Pertevoie environ deux heures plus tard alors que le soleil se levait, nappant le ciel d'une douce couleur rosée. Autour du véhicule, les arbres et leur épais feuillage ont laissé place à des prairies verdoyantes s'étalant à perte de vue. Au sommet d'un coteau tout aussi verdoyant était érigée une place-forte encerclée par deux rangées de remparts. En son centre s'élevait un château style XVème siècle avec de hautes tours recouvertes de tuiles noires.

- C'est le domaine de Scaria, nous a expliqué le chauffeur avant que nous ne posions la question. Nous y serons d'ici quelques minutes.

Quelques minutes que nous avons tous les cinq passées à imaginer à quoi pouvait bien ressembler l'intérieur de la citadelle.

Nous étions si impatients que nous n'avions même pas remarqué que nous nous étions arrêtés au pied du premier mur, devant de hautes grilles en fer forgé, seul moyen d'accès à l'intérieur du village fortifié. Le S en écriture gothique gravé sur nos insignes était incrusté dans les formes circulaires qu'arboraient les barreaux.

- Terminus, tout le monde descend ! nous a lancé le chauffeur en coupant le moteur.

Tandis que nous rassemblions nos affaires pour le suivre à l'extérieur, il a appuyé sur un bouton incrusté dans une tête de dragon installée juste à côté du portail. Une sonnette, certainement.

Quelques instants plus tard, un homme est apparu en claudiquant au bout de l'allée de graviers blancs, de l'autre côté des grilles. Du moins, c'est ce que je pensais en apercevant le haut de son corps, totalement humain. Ce n'était pas le cas de la partie inférieure. À partir de la ceinture, le nouvel arrivant était recouvert de poils bruns et ses jambes étaient terminées par des sabots. Oui, oui, des sabots. J'en ai donc déduit qu'il s'agissait d'un satyre, ces êtres mi-hommes mi-chèvres qui chantaient, à qui voulait bien les écouter, que la nature avait une conscience et que nous ne devions pas lui manquer de respect. Pocahontas était-elle inspirée de ces créatures ?

Plus l'homme – puis-je réellement appeler cette chose un homme ? – se rapprochait, plus je parvenais à distinguer ses traits caractéristiques. Il semblait avoir la quarantaine – d'après le haut de son corps, bien évidemment ! –, était plutôt sec, avait le visage creusé et de petits yeux noisette surplombés par des sourcils broussailleux. Une touffe de cheveux bruns entortillés au sommet du crâne, laissait dépasser deux petites cornes pointues. Par ailleurs, l'expression qu'il affichait ne m'a pas paru des plus chaleureuses.

Il a entrebâillé la grille et nous a adressé un « Bonjour » plus par obligation que par réelle politesse.

- Nouveaux élèves de première année ? a-t-il demandé d'un ton laconique sans même nous regarder.

- Euh… oui, a répondu Edryss non sans hésitation.

L'homme-bouc a alors sorti un carnet de sa sacoche – peut-être dissimulait-il aussi une flûte de pan à l'intérieur ? – avant de nous demander d'un ton tout aussi désinvolte :

- Noms ?

- Edryss Loucas, Aria T'avil et Yllen et Elrick Fox, a énoncé le loup.

- Espèces ?

- Réciproquement loup-garou, elfe et enchanteurs.

- Animaux de compagnie ?

- Juste un furet.

Mon ami a désigné Caleb perché sur mon épaule et le satyre m'a adressé un regard sévère.

- Veillez à ce qu'il n'urine pas n'importe où.

- Sachez, cher monsieur, que je suis un furet bien éduqué ! s'est indigné mon petit compagnon. Je ne fais pas mes besoins où il me chante sous prétexte que je trouve l'endroit joli !

- Et en plus, il parle, a ajouté le satyre visiblement agacé. Bon, suivez-moi, je vais vous conduire à vos quartiers.

- Nous devons d'abord voir le directeur pour lui remettre des papiers administratifs, a précisé ma cousine.

Sans prendre la peine d'être discret, le satyre a levé les yeux au ciel et soupiré bruyamment. Quelque chose me disait qu'Yllen avait déjà envie de lui administrer un coup de pied dans le derrière.

- Alors ne traînons pas, a-t-il marmonné.

Et il s'est retourné afin de rebrousser chemin. Peu rassurés, nous avons salué le chauffeur qui a refermé la grille dans un grand fracas avant de nous adresser un signe de la main et de disparaître dans le vieux bus jaune. Ou peut-être que le portail s'était refermé de lui-même, je ne me rappelle plus très bien.

Au bout d'une dizaine de minutes de marche sur le chemin de gravillons qui serpentait entre champs et prairies verdoyantes – j'avais remarqué une tour en ruine qui dépassait de la cime d'un bosquet d'arbres non loin –, nous sommes parvenus à un second mur d'enceinte. Une arche aux grilles relevées permettait d'accéder à l'intérieur.

Elle donnait sur un petit village constitué d'un vieux quartier pourvu de vieilles bâtisses en pierres qui s'entassaient au pied d'un immense château aux façades gris pâle. Autour de cet amas étaient éparpillées, de-ci de-là, quelques chaumières, pavillonnaires pour certaines.

J'avais l'étrange impression d'être revenu au Moyen-âge. Si un bus ne nous avait pas conduits jusqu'ici, j'avoue que j'aurais eu du mal à ne pas croire que nous avions voyagé dans le temps.

Le satyre dont nous ne connaissions toujours pas le nom, nous a conduits à l'intérieur du château et nous a guidés à travers les couloirs labyrinthiques jusqu'à une pièce où un bureau faisait face à un petit regroupement de fauteuils entassés à côté d'une haute plante verte en pot. Notre guide a frappé deux coups contre le battant d'une porte située au fond de la pièce et une voix caverneuse l'a autorisé à entrer. Nous nous sommes alors retrouvés seuls.

- Nous allons donc rencontrer le proviseur de la Scaria Académie, a lancé Edryss pour rompre le silence.

Malheureusement, aucun de nous n'a eu le temps de lui répondre parce qu'une voix féminine encore inconnue nous a alpagués au même moment.

- Tous à terre ou je vous descends !!

7. Je provoque une nouvelle catastrophe, pour changer

Inutile de vous dire que nous avons tous gardé notre calme et nous sommes simplement retournés vers l'origine de la voix.

C'est faux.

Nous nous sommes jetés au sol comme des victimes et avons tremblé de tous nos membres. Rappelez-moi la définition du courage ? Puis un rire a éclaté et nous avons relevé la tête pour en chercher la source. En vain. La personne qui riait nous était complètement invisible.

- Ah ah ah ! Ça marche à tous les coups avec les nouveaux élèves ! s'est esclaffée la voix. Jamais je ne me lasserai de cette blague !

- Qui... Qui êtes-vous ? a osé demander Aria dont les membres tremblaient comme des feuilles secouées par la brise.

En d'autres termes, elle tremblait beaucoup.

- Je me nomme Olga ! Secrétaire et adjointe du proviseur Mandragorn, pour vous servir !

- Mais... Où... Où êtes-vous ?

- Allons ! Ouvrez les yeux voyons !

Nous avons alors étudié chaque détail de la pièce. Chaque peinture accrochée aux murs, chaque meuble, chaque fauteuil. Puis nous nous sommes rendu compte que la plante verte en pot était en train de s'agiter. Rien d'alarmant vous allez me dire. Sauf qu'il n'y avait aucun courant d'air dans la pièce.

Yllen a été la première à se relever.

- Nous nous sommes fait surprendre par une vulgaire plante en pot !? s'est-elle indignée en époussetant son pantalon noir.

- Ce n'est pas toi qui nous disais que tu ne te laisserais jamais surprendre par quoi que ce soit, il y a quelques semaines ? s'est moqué Edryss.

- « Vulgaire plante en pot » ?! a rugi la plante verte. Mais quelle insolence ! Désigner de la sorte une lady aussi haut placée que moi ?!

Avant que quiconque ne puisse répondre ou qu'elle ne continue à déblatérer telle une gente dame des années seize-cent, la porte du fond s'est ouverte sur un homme de haute stature, large d'épaules, vêtu d'un costume noir et bordeaux. Ses cheveux noir de jais étaient soigneusement peignés, laissant apparaître une raie sur le côté droit de son crâne. Ses pupilles dorées brillaient et sa barbe soigneusement taillée recouvrait la moitié de son visage. Il transpirait la puissance et il était presque impossible de définir son âge.

J'avoue que je n'aurais pas aimé me retrouver seul avec lui dans une pièce close. Ni même dans un endroit vaste et ouvert d'ailleurs.

- Voyons, Olga, l'a-t-il gentiment réprimandée de sa voix rauque (le contraste était saisissant !). Ne soyez pas si dure avec nos nouveaux arrivants.

- Si vous aviez entendu les mots grossiers que cette fillette a utilisés pour me décrire, M. Mandragorn ! Vous seriez certainement aussi outré que moi !

Je pense qu'Yllen a dû avoir envie de lui arracher quelques feuilles à ce moment-là. Voire pire.

- Vous avez connu bien pire journée, ma chère. Par exemple, il y a quelques semaines, lorsque les jumeaux vous ont dépo…

- Par pitié, très cher ! Ne donnez pas des idées à ces garnements ! Et faites les disparaître de ma vue au plus vite ! Je sens mes feuilles jaunir en leur présence !

Le grand homme en costume a brièvement souri puis, tandis que je soupirais, exaspéré par la scène grotesque de la plante verte, il nous a invités à entrer d'un geste de la main.

La pièce dans laquelle nous avons pénétré était un cabinet – non, pas un cabinet de toilette. Une étude ! –. Il était meublé d'un énorme bureau en bois massif dont les pieds taillés en pattes de reptile révélaient un manque de goût manifeste, de sièges en velours pourpre installés de part et d'autre, d'une étagère sur laquelle trônait des ossements et des organes en bocaux – je ne tenais pas à savoir d'où ils provenaient –, et de multiples bibliothèques pleines à craquer de vieux livres à la reliure en cuir – ça, je valide ! –. La première chose qui m'a frappé en entrant, bien avant la décoration douteuse et morbide, c'était le manque de lumière. La seule meurtrière qui donnait sur l'extérieur n'était pas suffisante pour éclairer la pièce dans son intégralité. Pour remédier à cela, et certainement pour ne pas s'abîmer les yeux en lisant et en écrivant, le directeur Mandragorn avait allumé trois bougies disposées dans un bougeoir en or.

J'ai frissonné en imaginant les dégâts que pourraient causer les monstres de fumée dans ce genre d'endroit.

- Prenez place, je vous prie, nous a-t-il conviés en nous désignant les deux fauteuils qui trônaient de notre côté du bureau.

Comme nous étions galants, et surtout bien moins réactifs, Edryss et moi avons laissé les filles s'installer sur les sièges et nous sommes à demi-assis sur les accoudoirs.

- Je vous souhaite la bienvenue au domaine de Scaria ! a entamé le proviseur alors que j'essayais, en vain, de deviner son espèce. Je suis heureux que vous puissiez vous joindre à nous cette année pour étudier vos facultés et apprendre à les maîtriser. Il me semble cependant que l'inscription de deux d'entre vous n'est pas encore officiellement terminée. Albann Fox devait me faire parvenir des documents que je n'ai hélas pas reçus…

- Nous… Nous vous les avons apportés, a balbutié ma cousine en sortant la petite pochette cartonnée que Grand-père m'avait laissée.

J'ai été heureux de constater que je n'étais pas le seul à être intimidé par le directeur de la Scaria Académie.

- Ah ! Parfait ! a répondu l'homme en s'en emparant. Je me demande bien quel contretemps a bien pu l'empêcher de me les envoyer.

- Il… Il est mort, ai-je réussi à prononcer.

Même après deux semaines et tout ce qui nous était arrivé depuis, j'avais encore du mal à me faire à cette idée. Alors l'annoncer à voix haute…

Un instant, ses yeux se sont écarquillés, mais il a bien vite retrouvé son calme.

- Je vous présente mes sincères condoléances.

Et sans transition, il a ouvert l'un des tiroirs de son bureau et en a sorti quatre pochettes en plastique ornées d'étiquettes à nos noms. Chacune d'elles contenait une dizaine de feuillets imprimés.

- Vous trouverez dans ces pochettes le plan de l'académie, celui du domaine, le règlement intérieur de l'établissement et vos emplois du temps respectifs, entre autres. Et sur ce, je vais laisser Luc Cornebouc vous conduire jusqu'à vos appartements. J'espère que vous saurez vous épanouir parmi nous.

Alors que je m'emparais de la pochette sur laquelle figurait mon nom, la porte s'est ouverte dans notre dos et le satyre qui nous avait accueillis est de nouveau entré dans le cabinet. Je ne me souvenais même plus l'avoir vu en sortir.

- Si vous voulez bien vous donnez la peine de me suivre, nous a-t-il dit sans décrocher la moindre ébauche de sourire.

Quelques minutes plus tard, nous déambulions à sa suite dans les longs couloirs de l'académie. Je ne saurais dire combien de fois nous avions bifurqué ni combien de cages d'escaliers nous avions empruntées, mais assez pour que je sois complètement perdu. Heureusement qu'un plan des lieux nous avait été fourni.

Nous nous sommes arrêtés devant une haute porte en arc de cercle située au bout d'un hall desservi par des escaliers en colimaçon dans lesquels j'ai évidemment failli me casser la figure à peu près dix-huit fois et demie à cause de l'inégalité des marches. On apprécie.

- Voici le dortoir des Premières années, nous a expliqué le bouc en baissant la voix. Ce sont parfois les élèves des années supérieures qui se chargent de veiller à ce que les règles soient respectées au sein du dortoir, la nuit.

Il a poussé la lourde porte qui s'est ouverte en grinçant, dévoilant une immense pièce dans laquelle trônaient une cheminée, de multiples fauteuils en velours jaune, une table de billard et deux immenses bibliothèques remplies de livres et de jeux de société. Assis sur l'un des sièges, un jeune homme aux cheveux blond foncé soigneusement coiffés sur le côté gauche, aux magnifiques yeux dorés cerclés de petites lunettes grises, et à la barbe naissante, était en train de lire paisiblement. Lorsqu'il nous a remarqués, il a inséré un marque-page dans son livre, l'a délicatement posé sur l'accoudoir du fauteuil et a enlevé ses petites lunettes rondes qu'il a posées sur la couverture de l'ouvrage.

- Je vous laisse avec M. Taylor, nous a lancé le satyre.

Et avant qu'on ne puisse le remercier de nous avoir conduits jusqu'ici – de toute façon, il était aimable comme une porte de prison –, il a fait volte-face et a quitté la pièce en refermant la porte derrière lui.

- Bien le bonjour, chers nouveaux étudiants de première année, nous a salués le blond à voix basse pour ne pas réveiller les élèves qui dormaient aux alentours.

Son sourire était aussi resplendissant qu'un lever de soleil et j'ai étrangement senti mon cœur s'emplir d'une douce chaleur en sa présence.

- Je m'appelle Jonahem Taylor, mais tout le monde m'appelle Jonah. Je rentre en deuxième année dans quelques jours et c'est moi qui, parfois, surveille le dortoir des premières années la nuit pour me faire un peu d'argent et acheter mon propre appartement à l'extérieur du château. Avant de commencer la visite, je vais vous demander vos prénoms. C'est la base quand on souhaite apprendre à connaître les autres.

Poliment, nous nous sommes présentés – même Yllen ! – et il nous a dévisagés à mesure que nous parlions. Etrangement, moi plus que les autres.

-   Je suis enchanté de vous rencontrer, nous a-t-il répondu tout sourire. (Ses dents étaient aussi blanches que des morceaux de sucre). Nous nous trouvons actuellement dans la salle commune du dortoir des Premières années. Comme son nom l'indique, il s'agit d'une pièce commune aux filles et aux garçons des deux classes de première année. La porte située à droite donne sur les chambres des filles et celle de gauche sur le quartier des garçons. Inutile de vous dire que les garçons ont interdiction formelle de pénétrer du côté des filles et inversement. Chaque chambre accueille deux étudiants. Au fond de chacun des deux couloirs se trouve une salle de bains commune qu'il vous faudra partager avec les élèves de votre sexe. Et bien heureusement, il y a des toilettes dans chaque chambre. Les garçons, veuillez m'attendre ici pendant que j'accompagne les filles jusqu'à la leur.

Cinq minutes plus tard, Jonah nous escortait à travers le couloir des garçons, jusqu'à l'avant-dernière porte de gauche. Une fois le battant ouvert, Edryss, Caleb et moi avons découvert une petite pièce au mur de pierres sombres dans laquelle s'entassaient un bureau, deux armoires et des lits superposés. La douce lumière du jour s'infiltrait à travers une fenêtre qui donnait sur le village en contrebas.

-   Je prends la couchette du haut ! s'est exclamé le loup en agrippant la petite échelle en bois qui était accrochée au montant.

Jonah a ri face à l'enthousiasme de mon ami qui s'est empressé de grimper sur son lit.

- Avec des amis pareils, tu ne dois pas t'ennuyer, m'a-t-il fait remarquer en riant.
- À qui le dis-tu…
- Bon, je vous laisse vous installer. Si vous avez des questions, n'hésitez surtout pas à venir me les poser. Je surveille les dortoirs des Premières années encore demain soir. Sinon, vous pouvez me trouver à la bibliothèque ou dans la salle commune des Deuxièmes années. Elles sont indiquées sur vos plans.

Et il m'a adressé un clin d'œil avant de quitter la chambre. Troublé, j'ai déposé mon sac de voyage au pied de mon lit et me suis assis sur le matelas afin d'étudier les documents présents dans la pochette que nous avait remise le proviseur.

Une bonne demi-heure plus tard, j'avais mémorisé mon emploi du temps, appris qu'il était interdit aux élèves de quitter les remparts intérieurs la nuit et que seule une autorisation d'un professeur ou du directeur permettait de quitter le domaine de Scaria, excepté pour les vacances scolaires. Ce n'était pas demain la veille que je pourrais faire du tourisme… Remarquez, si c'était pour tomber à nouveau sur un orque…

Au moment où je me plongeais dans le document qui recensait les emplois étudiants disponibles au sein de la place-forte, Edryss a refermé l'armoire qu'il s'était attribuée et s'est emparé d'un des feuillets qu'il avait éparpillé sur le bureau.

- Le réfectoire vient d'ouvrir, m'a-t-il dit. On va prendre le petit-déjeuner ?

***

Les quelques jours précédant la rentrée s'étaient déroulés à merveille. Yllen, Edryss, Aria et moi étions dans la même classe et, par conséquent, ne serions presque jamais séparés. À l'exception, bien entendu, de ce que les documents appelaient « enseignements spécialisés ». D'après ce que j'avais pu lire, ces enseignements étaient des cours spécifiques à chaque type d'Espéciaux. Yllen et moi, enchanteurs, assisterions aux cours d'ETMS – Etude Théorique et Maniement des Sortilèges –, Edryss, en bon loup-garou, irait en cours de MT&C – Maîtrise de la Transformation et du Combat –, et Aria se rendrait en cours d'AMA – Autodéfense et Maniement des Armes – avec les autres elfes.

Comme je commençais à m'emmêler les pinceaux avec les sigles, j'ai jugé préférable de ne pas en apprendre plus.

Le premier soir, dans le réfectoire, une vaste pièce au haut plafond dans laquelle étaient installées des dizaines de tables en bois de toutes les tailles, nous avions rencontré les espiègles jumeaux loups garous, James et Jason Lupus. Sociables et extravertis, ils nous avaient abordés, au grand dam d'Yllen qui détestait être accostée par des inconnus, et nous avions vite sympathisé. Ils étaient fins mais musclés, avaient le visage plutôt carré et possédaient de courts cheveux ambrés coiffés en bataille. Les seules différences qui pouvaient nous aider à les distinguer étaient leurs yeux et leur taille. Jason avait les yeux bleus et était un peu plus grand que son frère qui possédait les yeux verts.

Puisqu'ils étaient arrivés à l'école deux semaines avant nous et que nous allions nous retrouver dans la même classe, ils nous avaient appris de nombreuses choses essentielles sur le domaine de Scaria et nous aidaient à nous repérer dans le dédale de couloirs du château. Ils nous avaient également *présenté* Fleur Gardner, une jeune fée brune aux yeux en amande couleur noisette. D'après ce que j'avais compris, la jeune fille passait le plus clair de son temps à s'instruire ou à étudier et les jumeaux s'amusaient à la déconcentrer pour l'énerver. Je ne trouvais pas vraiment ça sympathique, mais soucieux de ne pas vexer mes nouveaux amis, j'avais préféré garder mes opinions pour moi.

Le lundi suivant, nous avions assisté à nos premiers cours et j'avais apprécié chacun de nos enseignants, mis à part notre professeur d'Histoire et Géographie de Merilian, M. Dracford.

C'était un homme au teint blafard – un vampire selon les dires –, aux yeux sombres, aux cheveux bruns plaqués en arrière et au visage aussi fermé que celui de Luc Cornebouc. Ma cousine les soupçonnait d'ailleurs de se retrouver la nuit pour effectuer des rituels sataniques dans les caves du château. Comme pour le proviseur Mandragorn, on ne pouvait pas lui donner d'âge.

Tout s'était parfaitement bien passé jusqu'à notre premier cours d'Étude Théorique et Maniement des Sortilèges du mardi après-midi.

Après un déjeuner animé durant lequel Jason Lupus avait jonglé avec une assiette et l'avait accidentellement brisée sur la tête de Fleur qui l'avait insulté de plusieurs noms d'oiseaux avant de s'en aller en fulminant, Yllen et moi avons traversé les couloirs de l'académie à l'aide du plan, pour nous rendre à notre cours de magie. En entrant dans la longue salle aux murs de pierre au fond de laquelle était installé un immense bac à sable – allions-nous faire du baby-sitting ? –, Caleb, Yllen et moi avons remarqué que Fleur, assise au dernier rang, sanglotait discrètement. Inquiets, nous nous sommes approchés et lui avons demandé si nous pouvions nous asseoir. Séchant ses larmes à la hâte, elle a opiné du chef et a tout de suite fait comme si nous n'existions pas.

- Je... Je suis désolé pour les brimades continuelles des jumeaux, ai-je commencé en balbutiant. Mais sache que le coup de l'assiette était réellement un accident. Jason ne l'a pas cassée sur toi volontairement.

J'avais l'intention de continuer un peu la conversation pour apprendre à mieux la connaître, mais son « hum » condescendant ne m'a pas vraiment donné envie de le faire. Alors je me suis retourné pour discuter avec ma cousine.

Au bout d'une dizaine de minutes, la porte de la salle de classe s'est ouverte sur un homme souriant d'une trentaine d'années aux courts cheveux blonds, au visage fin, et aux yeux d'un bleu similaire à celui du saphir.

- Bonjour à toutes et à tous, nous a-t-il salués en exhibant son sourire éblouissant tandis que la moitié des étudiantes commençait à rosir tels des flamants. Je me nomme William Spellgard et je serai votre instructeur d'étude théorique et pratique de la magie durant vos deux années obligatoires, mais également les deux facultatives qu'effectueront celles et ceux qui le souhaitent, à la fin de leur cursus.

En une phrase, le professeur venait certainement de faire grimper en flèche le nombre d'élèves qui effectuerait les deux années supplémentaires.

- Pourquoi est-ce que toutes les filles gloussent comme des pintades ? m'a chuchoté Yllen.

J'ai soupiré. Ma cousine était tellement enlisée dans son monde de fictions télévisuelles que des hommes, même aussi canons que Jonah ou Spellgard, ne lui faisaient aucun effet. Ou alors n'avait-elle simplement pas de cœur. Ce qui ne m'étonnerait pas le moins du monde.

J'ai rougi en me rendant compte que je venais de qualifier Jonah et notre professeur de magie de canons, mais heureusement le deuxième canon en question a repris la parole, m'aidant à oublier mon trouble.

- Sans perdre une seconde, je vous propose que nous commencions le cours. Si vous êtes ici, c'est que vous savez tous vous servir de vos pouvoirs, n'est-ce pas ?

Personne n'a émis d'objections, mais j'ai senti le poids du regard que me lançait Yllen m'écraser. Je l'entendais presque me dire : « Est-ce que tu sens ta nouvelle catastrophe arriver comme une baleine bleue dans une piscine municipale ? ». Pourtant, je n'ai pas levé la main pour dire que je ne maîtrisais pas mes pouvoirs à cent pour cent – ni même à cinq pour cent d'ailleurs… –.

Avec le recul, je me rends compte que j'aurais certainement dû le faire et risquer de passer pour un nul. Mais que voulez-vous que je vous dise ? À cet instant précis, je me disais que pour notre premier jour, le professeur allait nous faire un cours théorique sur un sortilège de base comme, je ne sais pas moi, l'invocation d'une petite cuillère ?

Inutile, alors, de vous préciser que j'ai senti mon monde s'écrouler lorsqu'il nous a annoncé, le plus calmement du monde :

- Je vous propose donc de confectionner de la patte à Gluant et de lui donner vie.

Au bout d'une heure et demie, tous les étudiants, moi compris, avaient réussi à modeler la fameuse pâte à Gluant dont je n'avais jamais entendu parler avant aujourd'hui. J'apprendrai, quelques jours plus tard par notre professeur de divination, que les humains créeraient une pâte similaire, l'utiliseraient comme déstressant et l'appelleraient « Slime ». Je douterais ce jour-là des prétendus dons de mon enseignante.

Toujours est-il qu'à l'instant T, face à ma pâte caoutchouteuse couleur myrtille, je ne faisais pas le fier. Le professeur Spellgard était passé dans les rangs et nous avait tous félicités pour la qualité de nos confections, particulièrement la mienne. Ce qui voulait certainement dire qu'il s'attendait à un Gluant facilement et parfaitement formé. Eh bien, il n'allait pas être déçu...

- Bon, a-t-il lancé après avoir frappé dans ses mains (pour quelle raison ? Je n'en avais pas la moindre idée). Maintenant, vous allez tous visualiser votre préparation se changer en Gluant pour lui donner vie. L'exercice peut durer plusieurs minutes, mais l'important n'est pas le temps que vous mettez à invoquer votre créature. L'important est que vous y parveniez.

J'ai regardé Yllen avec appréhension. Elle m'a jeté un regard que j'ai traduit par : « Si jamais tu éclabousses mon T-shirt noir en invoquant ta chose, je te la fais bouffer ! ». Entre les attentes du professeur et les menaces silencieuses de ma cousine, je n'avais, bien entendu, aucune raison d'avoir la pression...

J'ai une dernière fois regardé le croquis de la créature informe et dégoulinante que notre instructeur avait pris la peine de dessiner sur le tableau à craie, ai pris une grande inspiration et ai fermé les yeux. Pendant de longues minutes, j'ai fait abstraction de tout ce qui se passait autour de moi et me suis imaginé la pâte prendre la forme de la créature. Une fois le film projeté une première fois dans le home-cinéma qu'était mon esprit, je l'ai rejoué en boucle une dizaine de fois avant d'activer ma magie et d'ouvrir les paupières.

Une aura jaune-orangée émanant de mes mains s'est diffusée tout autour de ma boule de pâte et, sous mes yeux émerveillés, elle a pris la forme de la petite créature que le professeur Spellgard avait appelée Gluant. Elle était si mignonne, toute bleue avec son petit sourire et ses petits yeux enfoncés ! J'avais presque envie de lui donner un nom. Quelque chose comme Sylvio. Ou bien Robert.

J'étais tellement heureux que mon sortilège ait fonctionné que je n'ai pas remarqué que la créature gonflait.

-   Euh... C'est normal que ton Gluant enfle comme ça ? m'a demandé Yllen en s'écartant d'un pas.

-   Qu'il enfle ?

C'est alors que je me suis aperçu que Sylvio-Robert faisait maintenant le double de sa taille initiale. Et qu'il continuait à grossir à vue d'œil.

Comme tout magicien qui se respecte, j'ai tenté d'arranger le problème avec ma magie. Je n'aurais certainement pas dû... Au lieu de le faire rapetisser, je n'ai fait qu'accélérer sa croissance. Et bien vite, il a atteint la taille d'un veau.

-   Qu'est-ce que tu fais ?! s'est horrifiée Fleur à ma droite. Tu n'es pas censé faire grossir ton Gluant ! Fais-lui retrouver sa taille normale !

- J'essaie figure-toi.
- Essaie mieux que ça !!

Les cris hystériques de la fée ont attiré l'attention de toutes les personnes présentes dans la classe et le professeur Spellgard s'est approché à la hâte.

- Que se passe-t-il ici ?
- Elrick a perdu le contrôle de son sortilège et son Gluant ne veut pas s'arrêter de grandir, a expliqué Yllen en s'écartant vivement.

Avec tout le courage qui le caractérisait, Caleb a sauté de mon épaule et s'est précipité dans les bras de ma cousine. C'est beau de se sentir soutenu par ses proches !

- Tu as perdu le contrôle de ton sort ? s'est inquiété notre instructeur.

J'ai hoché la tête, penaud.

- Ce n'est pas la première fois que ça arrive, l'a averti Yllen (le soutien des proches, vous disais-je…). À chaque fois qu'il utilise sa magie, Elrick provoque une catastrophe.

Son visage affichait un sourire satisfait qui sonnait comme un « je t'avais prévenu » à mes oreilles.

- Mais pourquoi ne pas me l'avoir dit ? m'a demandé l'homme en me regardant droit dans les yeux.
- Je…
- Faites quelque chose, professeur ! a hurlé Fleur en s'éloignant. Ce machin va exploser !

Comme pour confirmer ses craintes, la table a cédé sous le poids de mon Gluant qui faisait, à présent, la taille, et j'imagine aussi le poids, d'un poney Shetland. Le professeur Spellgard a tendu les mains vers le Gluant et s'est concentré un instant avant d'écarquiller les yeux.

- Je… Je n'arrive pas à altérer ton sortilège, Elrick. Toi seul peux y parvenir. Je vais te guider, d'accord ?

Ces mots ne m'ont pas vraiment rassuré, mais j'ai hoché la tête. Que pouvais-je bien faire d'autre ?

- Bon, alors, commence par imaginer ton Gluant tel qu'il est tout de suite. Puis imagine-le rétrécir.

- J'ai déjà essayé.

- Hum... Eh bien... Euh... Imagine qu'il disparaît.

Docilement, j'ai fermé les yeux et j'ai imaginé que la créature disparaissait. Hélas, lorsque je les ai rouverts, le monstre était toujours là et faisait, cette fois, la taille d'un cheval de trait.

- Je t'en prie, Robert, arrête de grandir, ai-je gémi, au bord de la crise de nerfs.

- Tu l'as appelé Robert ?! s'est effarée Yllen en grimaçant.

- Ce n'est pas le moment !! ai-je hurlé.

Évidemment, ma colère a influé sur mon sortilège et ledit Robert s'est mis à enfler encore plus rapidement, menaçant d'exploser d'une seconde à l'autre.

- Tous aux abris !! a hurlé l'un des élèves en se précipitant à l'extérieur de la pièce, provoquant la panique générale.

- Veuillez quitter la classe dans le calme ! a ordonné le professeur Spellgard, en vain, tout en se dirigeant lui-même vers son bureau pour se mettre à couvert.

Réalisant que la seule issue était encombrée par des étudiants paniqués – pour le calme, on repassera –, Yllen a renversé une table d'un coup de pied et m'a entraîné derrière.

C'est à ce moment précis que Robert a explosé.

8. Piètre enchanteur, bon manipulateur

Comme vous vous en doutez, un Gluant de la taille d'un bœuf, qui explose, ça fait des dégâts. Lorsque j'ai passé la tête par-dessus le bureau renversé, je me suis vite rendu compte que la pièce était jonchée de pâte caoutchouteuse bleue. Et que Robert – paix à son âme – ne comptait plus parmi les vivants.

J'allais me précipiter vers la sortie désengorgée et me cacher dans ma chambre, mort de honte, pendant le reste de la journée, lorsque la voix du professeur Spellgard a retenti de l'autre côté de la pièce.

- Elrick Fox ! Veux-tu bien rester quelques minutes, s'il te plaît ?

- On t'attend dehors, m'a lancé Yllen en quittant les lieux le plus rapidement possible, Caleb sur l'épaule.

On ne le répète jamais assez : rien de tel que d'être soutenu par ses proches…

Je me suis relevé complètement et ai traversé la pièce, mortifié, tandis que mon instructeur enchantait des objets ménagers trouvés dans une armoire. Un seau et une serpillière ont alors commencé à nettoyer la salle de classe, me rappelant la mythique scène du film d'animation *Fantasia*.

- Elrick, je…, a-t-il commencé en soupirant.

- Je suis sincèrement désolé, me suis-je excusé avant qu'il ne me punisse. Je ne vous ai rien dit parce que je ne voulais pas vous faire perdre du temps dans votre programme avec des sortilèges mineurs que tous les autres élèves maîtrisent déjà.

Je pensais qu'il allait me coller une retenue ou me faire renvoyer de l'école pour avoir transformé sa classe en champ de bataille gluant et poisseux, mais au lieu de ça, il a ri. Et j'avoue que j'en suis resté pantois. Ce n'était pas vraiment la réaction que j'aurais eue si j'avais été à sa place.

- Elrick, ce genre de chose arrive bien plus souvent que tu ne le penses.

- P-Pardon ?

J'avais du mal à m'imaginer qu'une boule de pâte géante puisse exploser tous les quatre matins.

- De nombreux élèves arrivent dans ma classe sans savoir lancer le moindre sortilège, tu sais, m'a-t-il avoué. Je suis certain que si ton Gluant n'avait pas explosé, nous aurions remarqué au moins deux ou trois élèves qui ne parvenaient pas à invoquer le leur.

- Ah bon ?

- Oui. Par contre, les élèves qui, comme toi, ne savent pas *doser* leur magie, sont bien plus rares.

- Doser ? ai-je répété sans comprendre.

- Est-ce que tu sais comment fonctionne la magie, Elrick ?

J'ai fait « non » de la tête tout en ayant l'impression de passer pour un abruti. Le professeur Spellgard s'est alors emparé d'une éponge, a décrassé son tableau, puis s'est saisi de plusieurs craies. Il a commencé par dessiner, en blanc, un bonhomme bâton qu'il a entouré d'une aura bleue, avant d'encercler le tout par un disque vert.

- Pour faire simple, ça, c'est toi, ou n'importe quel autre être doué de magie, m'a-t-il dit en désignant son esquisse niveau maternelle (je comprenais mieux la présence du bac à sable géant au fond de la pièce, maintenant...). L'énergie bleue qui t'entoure s'appelle le mana. Ce sont en quelque sorte tes pouvoirs magiques. Et tout ce qui se trouve à l'intérieur du disque vert est la réalité.

- Qu'est-ce qui se trouve autour de la réalité ? lui ai-je demandé, bien plus intéressé que je ne l'aurais pensé.

- J'y viens. Quand tu veux lancer un sortilège, tu commences par le visualiser dans ta tête. Cette étape te permet en fait de malaxer et, *normalement*, doser ton mana avant d'ancrer ton sort dans la réalité. Mais il y a une étape intermédiaire. Avant que ton sortilège ne se lance, ton mana passe dans l'Ether. Il s'agit de la première strate magique à la frontière de la réalité.

- La première strate ? ai-je répété en grimaçant.
- La première couche si tu préfères. Le monde qui nous entoure est comme un oignon. La réalité, ou le légume que tu manges, est entourée par de multiples couches qui ont toutes un rôle précis. La première permet essentiellement aux enchanteurs et aux autres personnes douées de magie, d'utiliser leurs pouvoirs.

J'allais lui demander si les couches autour de la réalité faisaient pleurer lorsqu'on les épluchait, mais je me suis ravisé et ai préféré poser une question que je jugeais plus pertinente.

- Et les autres couches, elles servent à quoi ?
- Elles ont chacune un rôle particulier. Je ne les connais pas tous, mais je sais que la troisième en partant de notre réalité permet de communiquer par télépathie. Hélas, elle n'est pas accessible à tout le monde. Mais les autres couches n'ont pas d'importance. Celle qui nous importe en magie est l'Ether. Puisque tu sais lancer un sort, ton problème ne vient pas du trajet qu'effectue ton mana, mais plutôt de la quantité que tu en envoies dans l'Ether. Tes sortilèges, en dépit d'être incontrôlés et incontrôlables, sont extrêmement puissants parce que tu utilises trop de mana pour les modeler. Tu me suis ?
- Euh… Si je vous réponds non, vous allez tout me réexpliquer en détail ?
- Oui.
- Alors oui, je vous suis.

Spellgard a pouffé, pourtant je n'avais pas eu spécialement l'intention d'être drôle.

- Elrick, tout ce processus est extrêmement important. Il représente les fondations des sortilèges.
- Pourquoi ne pas l'avoir expliqué en cours alors ?

- Je comptais le faire dans une ou deux semaines, une fois que tous les élèves réussiraient à se servir un minimum de leurs pouvoirs, m'a-t-il répondu en souriant (ses dents blanches m'ont presque aveuglé). En général, connaître ces notions les perturbe quand ils ne savent pas encore ancrer leurs sorts dans la réalité.

- Professeur, l'ai-je coupé avant qu'il ne me prouve ses dires par A plus B. Expliquez-moi simplement comment... doser mon *magma*.

- Mana, Elrick. Mana.

- C'est la même chose.

En fait, non, ce n'était pas la même chose. Je m'imaginais mal manipuler du magma sans finir brûlé au troisième degré. Mais j'étais bien trop curieux pour me reprendre.

- Eh bien, ça fonctionne un peu comme la pâtisserie. Lorsque tu sens que ta préparation est trop sucrée, tu rajoutes du beurre.

J'ai un instant songé à lui expliquer que transformer un gâteau trop sucré en éponge dégoulinante de gras n'était pas forcément la meilleure idée qui soit, mais j'ai préféré me taire. Après tout, c'était son problème s'il voulait finir sa vie avec du diabète et du cholestérol. Il ne ferait plus craquer les filles à cinquante ans lorsqu'il serait chauve et bedonnant.

- Alors donnez-moi un verre gradué, lui ai-je répondu pour suivre sa métaphore.

Oui... Même moi, j'ai trouvé cette phrase bizarre...

- Malheureusement, Elrick, le dosage est une étape que toi seul peux estimer. Comme nous possédons tous une quantité de mana différente qui, de plus, évolue au fil du temps, nous seuls sommes en mesure de trouver le dosage parfait pour nos sortilèges. Mais je peux te donner des cours particuliers si tu veux ?

- À quoi me serviront-ils puisque vous ne pouvez pas m'aider à trouver le dosage parfait ?

- Je ne peux, certes, pas t'aider à doser ton mana, mais je peux t'aider à t'entraîner en t'enseignant des sortilèges de bases.

- Vous voulez dire : des sortilèges qui ne risquent pas d'exploser en plein cours ?

- C'est ça, a-t-il pouffé.

- Je n'ai pas franchement envie de suivre de cours supplémentaires, lui ai-je avoué en fuyant son regard.

- Écoute, Elrick. Je te propose de me retrouver ici à dix-huit heures, demain. Je t'enseignerai un sortilège simple qui devrait t'aider à prendre conscience de la quantité de mana que tu y insuffles. Et si jamais nous ne parvenons à rien, je te prêterai quelques livres afin que tu t'entraînes tout seul lorsque tu le souhaites. Qu'en dis-tu ?

J'ai hésité un court moment avant de demander :

- J'insiste, mais... Je ne risque pas de faire exploser quoi que ce soit ?

- Normalement non, m'a-t-il répondu en riant.

- Alors d'accord.

Et sans rien ajouter, j'ai rejoint Caleb et Yllen à l'extérieur de la classe.

- Ton sortilège de tout à l'heure, c'était de la bombe, cousin ! m'a taquiné cette dernière en riant aux éclats.

- Oh, toi, la ferme !

Lorsque j'ai rejoint le professeur Spellgard le lendemain soir, la salle de classe était plongée dans l'obscurité. M'avait-il oublié ?

Précautionneusement, je me suis avancé avant de me décider à l'appeler.

- Professeur ? ai-je demandé timidement.

- Je suis là, Elrick.

- Pourquoi est-ce qu'il fait si noir ?

- Ne t'inquiète pas, ça fait partie du cours de ce soir. Ça t'aidera dans le dosage du sortilège que je vais t'apprendre. Approche-toi de mon bureau.

J'ai hésité un instant, conscient que rejoindre un quasi-inconnu dans le noir le plus complet n'était pas vraiment l'idée du siècle. Mais je me suis tout de même avancé. Au pire, si les choses tournaient mal, je n'aurais qu'à, comme à mon habitude, improviser une catastrophe en utilisant ma magie. À moitié ragaillardi, je suis parvenu à son niveau.

- Ce soir, mon cher Elrick, je vais t'enseigner le sortilège des lumioles.

- Le sortilège des quoi ?

- Le sortilège des lumioles, m'a-t-il répété. C'est un sortilège de lumière de base. Il te permet de faire naître une source de lumière plus ou moins faible au bout de tes doigts.

J'ai grimacé en me rendant compte que l'inventeur dudit sortilège ne s'était pas cassé la tête pour trouver son nom…

- Il te servira à comprendre très vite comment doser ton mana, a repris Spellgard. En effet, l'intensité de la lumière que tu vas invoquer est directement liée à la quantité de mana que tu utilises. Plus tu brûles de mana, plus la lumière est vive.

- Mais euh… Comment est-ce que… ?

- Avant de poser la moindre question, m'a-t-il coupé, je te propose d'essayer de jeter le sortilège une première fois, d'accord ? Je vais te le montrer.

Dans l'obscurité, j'avoue que je n'ai pas vraiment distingué les mouvements de mon professeur, mais puisque la magie était basée sur l'esprit, je me suis dit que seul le résultat final m'aiderait à lancer à mon tour l'enchantement.

Au bout d'une dizaine de secondes, une douce lumière bleutée s'est matérialisée au bout de l'index de l'homme, éclairant la pièce telle une veilleuse.

- À ton tour, mon garçon, m'a-t-il lancé tout en éteignant son doigt.

Hésitant, j'ai pris une grande inspiration et ai fermé les yeux. Peu à peu, ma main droite, l'index pointé vers le haut, s'est dessinée dans mon esprit. Puis, mon doigt s'est éclairé tel une ampoule. Effectivement, le sortilège n'avait rien de difficile. J'ai repassé la scène une seconde fois dans ma tête. Puis une troisième. Et je me suis enfin décidé à ouvrir les yeux.

Évidemment, la première chose que j'ai faite était de regarder mon index illuminé. Chose qu'il ne faut absolument pas faire lorsque l'on tient à sa vue... J'ai tout de suite été ébloui et j'ai refermé les paupières tandis que je remarquais, à travers elles, que la lumière s'éteignait.

- Ce premier essai t'a enseigné deux choses, Elrick. Peux-tu me dire lesquelles ?
- Que regarder la lumière sans lunettes de soleil ça fait mal aux yeux ? ai-je innocemment répondu.

J'ai entendu mon professeur pouffer.

- Alors trois choses. Quelles sont les deux autres ?
- J'ai utilisé trop de mana, ai-je conclu en me rappelant de ce qu'il m'avait expliqué un instant plus tôt.
- Très bien. Et la dernière ?
- Je... Je ne sais pas, ai-je avoué.
- Ton sort s'est effacé parce que tu t'es laissé distraire, m'a-t-il expliqué. Quand on est déconcentré, nous pouvons perdre le contrôle de notre magie.

Je comprenais mieux, maintenant, pourquoi Robert le Gluant s'était mis à enfler subitement. Je m'étais surpris moi-même d'être parvenu à l'invoquer.

- La concentration est fondamentale, Elrick.
- Je peux réessayer ?
- Tu es là pour ça.

Alors j'ai tenté de faire le vide dans mon esprit et j'ai recommencé à visualiser le sortilège. Une fois l'enchantement dessiné, j'ai tourné la tête pour éviter de voir mon index, et j'ai rouvert les yeux. La salle était éclairée comme en plein jour et, face à moi, le professeur Spellgard dissimulait ses yeux de sa main droite.

- Bien. Maintenant, essaie de diminuer l'intensité de la lumiole. Lorsqu'on lance un sortilège, on sent normalement sa présence dans notre corps. Essaie d'agir sur cette sensation.

J'ai refermé les yeux et me suis concentré sur ce que je ressentais. Mon estomac a gargouillé exactement à ce moment-là, mais j'en ai simplement conclu que je commençais à avoir faim.

C'est alors que j'ai pris conscience de la sensation dont le professeur me parlait. Un léger picotement dans mon index, là où la magie irradiait. J'ai pris une grande inspiration et me suis focalisé sur l'endroit, essayant tant bien que mal d'alléger les picotements.

Au bout de quelques minutes, je les ai sentis diminuer et j'ai rouvert les yeux. Cette fois, la pièce ne paraissait éclairée que par la lueur fugace d'une bougie.

- Je crois que j'ai compris, me suis-je réjoui.
- Je te félicite, Elrick, m'a répondu Spellgard. Mais ne crie pas victoire trop vite. Il t'a fallu de longues minutes avant de parvenir à doser ton mana pour diminuer l'intensité de ce sortilège qui, je te le rappelle, est un sortilège de base. Il te faudra beaucoup d'entraînement avant de pouvoir parfaitement réaliser des enchantements plus avancés. Cependant, tu as compris cette mécanique et c'est déjà un grand pas en avant.
- On recommence ? ai-je demandé avec enthousiasme.
- Si tu veux, a-t-il rétorqué en regardant sa montre. Il reste un peu de temps avant le dîner.

Une heure plus tard, épuisé d'avoir modulé l'intensité de mon sortilège de lumioles à de multiples reprises, j'ai rejoint mes amis dans la salle commune du dortoir des Premières années et nous nous sommes tous rendus au réfectoire. Remarquant, hélas, qu'autour de nous, tout le monde parlait encore de l'explosion de mon Gluant de la veille, j'ai soupiré en plongeant ma grosse cuillère dans mon bol de potage translucide qui ne me donnait pas plus envie que les verrues plantaires de l'orque que j'avais rencontré dans la forêt de Pertevoie.

- Ne t'en fais pas, a tenté de me consoler James Lupus, assis juste sur ma droite. Jason et moi avons concocté un petit tour que nous allons jouer à Fleur lors de la soirée d'intégration de vendredi soir. Après ça, tout le monde ne parlera que de nous et ton explosion de gélatine sera vite oubliée.

- Vous allez encore embêter cette pauvre Fleur ? s'est indignée Aria en déchirant un morceau de sa viande à l'aide de sa fourchette. Vous n'en avez pas marre ?

- Pas le moins du monde, lui a répondu Jason. C'est tellement drôle de la voir s'empourprer et s'énerver. Je ne m'en lasserai jamais.

Très peu intéressé par la dispute de mes amis, j'ai préféré scruter la salle pour repérer Jonah. Je n'aurais su dire pourquoi, mais j'avais besoin de croiser son regard rassurant. Lorsque je l'ai remarqué, il était en train de quitter le réfectoire à la suite du proviseur Mandragorn.

- Pourquoi le proviseur emmène-t-il Jonah avec lui ? ai-je demandé à mi-voix.

- Tu n'es pas au courant ? m'a questionné James avant de me répondre. Il paraît que le conseil des professeurs lui aurait affecté une mission à l'extérieur du domaine.

- Une mission ?

- Oui. Quelqu'un quelque part a dû demander de l'aide au professeur Mandragorn et il a nommé Jonah comme chef d'équipe pour se rendre sur place. Il va maintenant devoir choisir les élèves de l'école qui vont partir avec lui. Personnellement, j'avoue que même si je rêve de quitter Scaria et partir en mission pour me faire de l'argent, je n'ai pas vraiment envie d'y aller avec lui…

- Pourquoi ? s'est enquise Yllen. Il a l'air très gentil. Un peu niais sur les bords, mais gentil.

- Justement, c'est ça qui est bizarre. Il a des notes excellentes, il fait d'immenses progrès dans la maîtrise de ses pouvoirs, il est gentil et courtois avec tout le monde et il participe même à la mise en place des événements qui se déroulent à l'académie. Ça se sent qu'il a quelque chose à cacher.

- Tu trouves qu'il est louche simplement parce qu'il est gentil, doué et qu'il aide souvent les autres ? s'est étonnée ma cousine.

Jamais je n'aurais cru entendre une telle phrase sortir de sa bouche.

- Oui, a répondu Jason pour son frère. Mais nous ne sommes pas les seuls. Ici, à Scaria, tout le monde pense qu'il cache quelque chose.

Intrigué, j'ai regardé le jeune homme de deuxième année disparaître dans le couloir à la suite de notre proviseur. Je trouvais Jonah très sympathique et je comptais bien apprendre à le connaître avant de porter le moindre jugement à son égard.

Allongé sur ma couchette, je contemplais vainement le mur en pierre qu'éclairait la lumière de la lune en s'infiltrant par le carreau. Visiblement, on ne connaissait pas les volets à l'académie. Je m'étais couché depuis un peu plus de deux heures maintenant, sans parvenir à trouver le sommeil. J'étais encore choqué que les jumeaux Lupus trouvent quelque chose de négatif à redire sur l'attitude de Jonah. Et j'avoue que les ronflements de mon colocataire du dessus ne m'aidaient pas… Personne ne pouvait douter qu'Edryss était un loup-garou. À moins d'être aveugle et sourd, évidemment. Il était poilu comme un loup, mangeait aussi proprement qu'un loup, et surtout, ronflait comme un loup. Je me demandais comment Caleb parvenait à roupiller avec un tel raffut. J'avais l'impression qu'une moissonneuse-batteuse s'affairait sur le lit du haut !

Las de toute l'agitation qui régnait dans ma tête – et hélas, aussi au-dessus –, je me suis redressé et me suis décidé à aller discuter avec Jonah, de garde pour la nuit. Malheureusement, à peine la poignée de la porte actionnée, le loup et le furet se sont réveillés.

- Où vas-tu à une telle heure ? m'a demandé Edryss à demi-ensommeillé.

- Parler avec Jonah.

- Quoi ? s'est-il indigné en se redressant doucement, prenant garde à ne pas se cogner la tête au plafond (s'il avait pu s'assommer, au moins il n'aurait pas ronflé !). Tu accordes autant d'importance à ce qu'ont dit les jumeaux ?

- Je trouve Jonah très sympathique à première vue, ai-je répondu. Et le seul moyen de savoir s'il cache réellement quelque chose, c'est d'apprendre à le connaître.

- Ou de le surveiller, a rétorqué mon ami en se blottissant à nouveau sous sa couette. Et ça, ça peut attendre demain matin.

- Quel meilleur moyen de le surveiller que de traîner avec lui ? ai-je demandé.

Je n'ai eu qu'à attendre une dizaine de secondes avant d'entendre Edryss chasser sa couverture, enfiler un T-shirt et descendre l'échelle de son lit superposé. Comme je l'avais prévu, ma phrase avait suscité son intérêt. Je n'étais pas très doué en magie, mais j'étais manifestement plutôt bon manipulateur. J'ai soigneusement dissimulé mon sourire suffisant et j'ai attendu qu'il enfile ses chaussures pour actionner la poignée et ouvrir la porte tandis que Caleb grimpait sur mon épaule.

Lorsque nous sommes parvenus dans la salle commune, l'une des lampes de chevet était encore éclairée et un livre contenant un marque-page était disposé sur le fauteuil le plus proche. J'ai reconnu à la couverture qu'il s'agissait de celui que Jonah lisait le jour de notre arrivée.

- Il n'est plus là, m'a fait remarquer mon ami comme si je ne m'en étais pas rendu compte. On peut retourner se coucher.

- S'il n'est pas là, c'est qu'il est sorti, lui ai-je répondu. Tu veux savoir s'il cache quelque chose non ? Quel meilleur moment que la nuit pour s'adonner à une activité secrète ?

J'ai senti Edryss hésiter, mais il a rapidement fini par craquer et se pencher sur le fauteuil pour le renifler. Décidément, la persuasion, ça me connaît.

- Je pense pouvoir le pister à l'odeur, m'a-t-il dit.
- D'accord, dépêchons-nous.
- Attends. On devrait prendre une lanterne.
- Tu as une bonne vue, non ? ai-je demandé.
- Oui, mais toi…
- Alors, pas besoin de lanterne.

Et sans transition, j'ai ouvert la porte du dortoir.

Lorsqu'elle fut refermée, je me suis concentré et ai imaginé une lumiole briller au bout de mes doigts. Malheureusement, je n'ai pas pu invoquer mon sortilège parce que j'ai entendu Edryss dévaler les escaliers quatre à quatre pour se cacher derrière une vieille armure des plus glauques, installée sur le palier.

- Qu'est-ce qui te prend ? me suis-je enquis en m'approchant des marches.

- Comme tu es en train d'utiliser tes pouvoirs, je préfère me mettre à couvert, m'a-t-il expliqué. Au cas où ça exploserait, tu vois ?

- Très drôle, ai-je répondu, piqué, avant de refermer les yeux.

L'instant d'après, une lumiole à l'intensité parfaite éclairait faiblement les recoins sombres de l'académie. Je m'améliorais de sort en sort.

- Tu... Tu n'as... Waouh ! a-t-il balbutié en observant le point luminescent qui brillait au bout de mon doigt. On dirait que tu as fait des progrès.

- Tais-toi et cherche.

Parfois, il fallait s'avérer ferme avec les chiens dans son genre.

Docilement, le loup-garou a obéi et a repris sa descente.

Une fois parvenus au hall du château, éclairé par les rayons de la lune qui s'infiltraient par les fenêtres environnantes, j'ai dissipé mon sortilège sans provoquer la moindre explosion – que dites-vous de ça ?! J'assure hein ? –. Edryss, Caleb et moi nous sommes dissimulés derrière l'angle du mur et avons jeté un œil – oui, toujours de manière métaphorique – dans la vaste pièce. Comme nous nous en doutions, un garde lourdement armé contrôlait les entrées et les sorties.

- Jonah a quitté le château, m'a informé mon ami en humant l'air, bien trop bruyamment à mon goût (heureusement, le soldat n'a pas semblé l'entendre). Comment a-t-il réussi à convaincre le garde de le laisser sortir à une telle heure ?

- Je n'en sais rien, mais nous allons devoir le suivre.

Comme je n'avais aucune envie d'être présenté à la lame aiguisée de l'épée du soldat même si on me versait un solde important sur mon compte en banque, j'ai tourné la tête pour croiser le regard de Caleb. Sans même me répondre, le furet a soupiré et s'est élancé à travers la pièce, ne s'arrêtant qu'aux pieds du garde qui l'a regardé avec tendresse.

- Qu'est-ce que tu fais là, toi ? lui a-t-il demandé d'un air benêt (pourquoi fallait-il que tout le monde devienne gaga face à un animal ?).

Caleb lui a grimpé dessus et s'est juché sur son bras avant de répondre le plus naturellement possible. Enfin... aussi naturellement que peut le faire un furet qui parle.

- J'ai les crocs.

Et il lui a violemment mordu le bras, arrachant au pauvre homme une exclamation de surprise et de douleur. Il a ensuite bondi sur le sol poussiéreux et s'est élancé dans un couloir à l'autre bout de la pièce. Le garde, indigné, l'a pris en chasse en grommelant une suite d'insultes inintelligibles parmi lesquelles j'ai réussi à distinguer un « Tu vas voir, sale bête ! Tu vas finir en pâté de viande ! » qui aurait glacé le sang de n'importe quelle créature quadrupède de passage.

- Waouh ! Je ne savais pas que Caleb était si... drôle, s'est exprimé Edryss à mi-voix.

- Je crois qu'il passe trop de temps avec Yllen, ai-je répondu, ignorant qui de ma cousine ou de moi avait bien pu déteindre le plus sur lui.

Sans perdre une seconde, nous sommes sortis de notre cachette et avons franchi le seuil de la haute porte avant de nous dissimuler, une trentaine de pas plus loin, dans une ruelle sombre à l'abri des regards. Quelques instants plus tard, Caleb nous rejoignait.

- Cet homme n'a aucun sens de l'humour ! s'est-il plaint.

- Bon, ne traînons pas ici et continuons de pister Jonah avant que son odeur ne se dissipe, ai-je lancé.

Dix minutes supplémentaires écoulées, nous parvenions au pied des fortifications intérieures du domaine. Nous avions quitté le chemin principal depuis déjà une centaine de mètres et nous étions enfoncés dans un petit regroupement d'arbres qui continuait à l'extérieur sans paraître incommodé par la présence d'une haute muraille de pierre d'une demi-dizaine de mètres de haut.

- Son odeur passe à travers le mur, m'a informé mon ami en le reniflant. Mais il n'a pas pu le traverser...

- Il faut qu'on trouve comment il est passé de l'autre côté, ai-je répondu en effleurant la paroi.

- Mais... il est interdit de sortir des fortifications intérieures la nuit, m'a rappelé Caleb, assis sur mon épaule.

- Qui pourrait nous dénoncer ? ai-je demandé. Il n'y a personne ici.

- Je trouve aussi qu'il s'agit d'une mauvaise idée, a souligné Edryss.

- Tais-toi et aide-moi plutôt à trouver comment Jonah a franchi ce « *bip* » de mur !

Je m'excuse, mais j'ai préféré censurer le mot utilisé... Je ne me souvenais plus avoir été aussi grossier...

À l'instant où je terminais ma phrase, ma main a rencontré un renfoncement dissimulé derrière un amas de plantes grimpantes – comme quoi, insulter le monde, ça a du bon parfois ! –. Malgré l'obscurité, j'ai réussi à apercevoir une fine ouverture à travers les feuilles.

- J'ai trouvé, ai-je chuchoté en écartant la masse de végétation, dévoilant l'ouverture béante qui s'ouvrait sur le reste du domaine.

- Je n'ai pas très envie de te suivre, m'a annoncé mon ami, l'inquiétude se lisant sur son visage.

- Tu ne veux pas connaître le secret de Jonah ? ai-je rétorqué en m'enfonçant dans le trou.

- Si, mais...

- Alors ramène tes fesses de ce côté du mur !

À contrecœur, il m'a emboîté le pas.

Une fois de l'autre côté de la muraille, nous nous sommes débattus de longues minutes avec la flore dense qui s'était développée sous le couvert des arbres et sommes finalement parvenus à quitter le petit bois, faisant alors face à une pente douce au centre de laquelle était érigé un cimetière entouré de hautes grilles pointues s'élevant vers le ciel tels des barbelés.

En prenant le temps d'observer, nous avons remarqué que deux personnes s'entretenaient parmi les tombes. Malheureusement, de là où nous nous trouvions, nous ne pouvions pas les détailler. En plissant les yeux, nous avons cependant réussi à discerner la chevelure blonde de Jonah qui brillait à la lueur de la lune.

- Avec qui parle-t-il ? s'est inquiété le furet. Et pourquoi dans le cimetière et en pleine nuit ? C'est si glauque. Il pourrait attendre demain matin et rencontrer son interlocuteur dans un café. J'ai remarqué qu'il y en avait un dans la rue principale du village.

- Il n'y a qu'un seul moyen de le savoir, ai-je répondu, évitant soigneusement de porter attention au reste de sa phrase.

Malgré les protestations, j'ai discrètement fait quelques pas à découvert avant de m'agenouiller derrière des buissons à quelques mètres des grilles. J'ai frissonné en prenant conscience que la dernière fois que je m'étais caché de la sorte, je m'étais fait attaquer par l'une des créatures voraces et sanguinaires qui avait tué mon grand-père. Me retrouver seul ici n'était pas très rassurant... Heureusement, Edryss m'a vite rejoint et nous avons précautionneusement regardé à travers les feuilles.

Mon sang s'est glacé en découvrant les traits de Jonah, déformés par la tension. Il était en pleine conversation avec une femme d'une demi-tête de moins que lui, dont le visage était dissimulé sous un masque vénitien noir.

9. Yllen « sociabilise »

Si la première partie de la nuit n'avait pas été très reposante, la deuxième encore moins.

Conscients que nous ne pourrions rien entendre de la discussion entre Jonah et son interlocutrice mystère à cette distance, même avec l'ouïe de loup, aussi fine soit-elle, d'Edryss, nous avions décidé de retourner nous coucher.

Sur le chemin du retour, mon ami m'avait répété maintes fois que les jumeaux avaient finalement raison et il avait même commencé à élaborer un plan afin de recueillir des preuves contre l'élève de deuxième année. De mon côté, je n'arrivais pas à croire ce à quoi je venais d'assister. D'après ce que j'en savais, c'est-à-dire très peu, les « Obscurs », comme les avait nommés Gildas, étaient des personnes peu recommandables. Et puisqu'ils étaient à l'origine de la mort de mon grand-père, je le croyais. Cependant, je n'arrivais pas à me faire à l'idée que le gentil et chaleureux Jonah soit dans le même camp qu'eux. Mais alors comment expliquer cette entrevue nocturne ?

Encore une question que je pourrais ajouter à ma longue liste d'intrigues sans réponse, juste entre « Qui sont les Obscurs et que voulaient-ils obtenir de mon grand-père ? » et « Qui se cache sous le masque blanc ? Dans quel camp est-il ? Et comment connaît-il mon nom ? ».

Je me retournais pour au moins la cent-trente-septième fois dans mon lit lorsque j'ai décidé de mettre mon cerveau en pause, histoire de dormir un peu avant de me rendre au cours de Littérature Merilienne juste après le petit-déjeuner.

Comme vous vous en doutez, je n'ai fermé l'œil qu'une heure et demie environ.

Je me suis levé presque mécaniquement, ai gagné la salle de bains commune tel un zombie – je suis passé devant Jason Lupus à moitié nu sans même le remarquer –, et me suis habillé difficilement tandis qu'un mal de crâne naissant commençait à me tirailler. Ce n'est que lorsque j'ai étalé une cuillère de pâte à tartiner goût chocolat-noisettes sur l'un de mes pancakes que je me suis fait la réflexion qu'après les multiples nuits blanches que j'avais passées depuis la mort de mon grand-père, mon corps avait besoin de sommeil. J'ai donc choisi de faire une sieste lors du cours ennuyeux de Littérature Merilienne, priant Yllen de me réveiller si jamais le professeur venait dans notre direction.

C'est alors que j'ai fait le rêve le plus bizarre de mon existence.

Je me trouvais dans une pièce sombre, simplement éclairée par la lumière naturelle de la lune qui s'infiltrait par une fenêtre aux volets ouverts située dans mon dos. J'étais allongé dans ce qui semblait être… un landau ? L'endroit qui m'entourait ne me rappelait rien du tout, pourtant j'avais l'impression de l'avoir réellement connu. Murs bleus recouverts d'un lambris beige jusqu'à mi-hauteur, nuages cotonneux peints à la va-vite au plafond, donnant l'illusion d'un ciel typique d'une journée ensoleillée, grande armoire avec des armatures en fer doré et des finitions laquées, et une commode simple en bois de bouleau sur laquelle trônait un ours en peluche brun possédant un nœud-papillon rouge. Tout me paraissait étrangement familier. M'y étais-je déjà trouvé ? L'avais-je simplement aperçu dans un film ou une émission de télévision, intégrant, malgré moi, le lieu dans ma mémoire ? Je n'en avais aucune idée.

J'ai essayé de me lever, mais je n'ai réussi qu'à me retourner dans ma couchette et à émettre un petit gazouillis. J'étais dans la peau d'un bébé. Pourtant, j'avais conscience que j'étais en train de rêver et je parvenais à comprendre et percevoir ce qui m'entourait…

Tout à coup, des cris et des bruits sourds me sont parvenus, comme étouffés par une cloison. Ils provenaient de la pièce attenante. J'ai réussi à identifier des éclats de verre, des meubles malmenés et les cris distincts de trois personnes. Les vociférations sadiques d'un homme que je n'ai pas réussi à comprendre, les cris d'une femme effrayée, et les pleurs stridents d'un enfant. D'un *autre* enfant.

J'avais également l'impression d'avoir déjà entendu ces voix, mais là encore, je ne parvenais pas à définir à qui elles appartenaient.

- Arrêêêête !! ai-je entendu la femme hurler avant que son cri ne se perde dans ses sanglots.

Puis un autre fracas, plus important que les précédents. Accompagné d'une odeur. Une odeur forte. Celle de la fumée. Qu'était-il en train de se passer de l'autre côté du mur ? Quels étaient ces bruits atroces ? D'où provenait cette affreuse odeur ?

En constatant que des nappes vaporeuses sombres s'engouffraient par le minuscule interstice qui séparait la porte, à la limite de mon champ de vision, d'un mur dans lequel elle était encastrée, j'ai remué dans ma couchette, essayant tant bien que mal de me redresser pour fuir cet endroit monstrueux. Le bâtiment dans lequel je me trouvais était en train de brûler. Et ses occupants hurlaient toujours de l'autre côté du mur.

Une déflagration a alors résonné, faisant exploser la porte de la pièce dans laquelle j'étais enfermé et trembler les murs de la maison.

C'est à ce moment précis qu'Yllen a commencé à me secouer vigoureusement.

Lorsque je suis revenu à moi, la première chose que j'ai aperçue a été la professeure de Littérature qui s'avançait vers nous d'un pas assuré, ses lunettes parfaitement enchâssées sur son nez.

- Quelqu'un peut-il me dire quel auteur originaire de Merilian ayant préféré vivre parmi les humains a trouvé le succès grâce à ses romans d'aventures ? M. Fox, peut-être ?

Ayant à moitié saisi la question, j'ai répondu le premier nom qui me passait par la tête.

- Tolkien.

La vieille dame m'a toisé d'un regard mauvais et, instinctivement, j'ai porté la main à mes commissures de lèvres pour vérifier si un filet de bave ne coulait pas sur mon menton. Fort heureusement, ce n'était pas le cas.

- Jules Verne, a-t-elle rectifié en rajustant ses petites lunettes rouges pourtant parfaitement positionnées. Si vous aviez un tant soit peu écouté le cours, M. Fox, vous sauriez qu'il concerne le XIXème siècle et non le XXème. Tolkien, bien qu'il soit originaire du comté de Bercebrise au sud du domaine de Scaria, n'a vu le jour qu'en 1892, soit un peu tard pour pouvoir connaître le succès au XIXème siècle. À moins qu'il n'ait été extrêmement précoce, ce qui n'était pas le cas. Savez-vous au moins, cher monsieur, quelle était son espèce ?

- Euh... Un hobbit ?

La majorité des élèves de la classe a éclaté d'un rire franc, m'informant que je venais de dire une ânerie. Même le mustélidé s'est moqué de moi.

Accablée, l'enseignante a levé les yeux au plafond tout en soupirant bruyamment.

- Votre manque évident de culture me désespère, M. Fox. Vous me ferez le plaisir de réviser vos classiques avant notre prochain cours. Quelqu'un pourrait-il apprendre à notre ami de quelle espèce, M. Tolkien faisait partie ?

- C'était un satyre, madame, a répondu Fleur en levant la main.

- Très bien, Mlle Gardner. Je suis contente de voir qu'au moins une personne ici s'y connaît en littérature. Sur ce, reprenons là où nous en étions avant les sottises de votre camarade.

Et elle s'est éloignée pour regagner son bureau alors que j'essayais de me faire aussi petit qu'une souris.

- Un hobbit, a chuchoté Yllen, moqueuse. Là, franchement, t'as fait fort ! Même moi, je n'aurais pas osé.

Suite à quoi je lui ai répondu le plus poli « La ferme ! » de l'Histoire de l'humanité.

La nuit suivante n'avait pas non plus été très reposante. Décidément, ça allait devenir une habitude... J'avais certainement dû dormir quelque chose comme trois heures. Quatre peut-être ? Autrement dit : pas assez pour me sentir frais comme un gardon. Par contre, j'avais l'impression d'avoir du goudron dans la tête tant elle me lançait.

Inutile de préciser que j'avais autant envie d'aller à la soirée d'intégration que de me faire tailler en deux par la hache d'un orque – bien que la deuxième proposition puisse anéantir à jamais mes problèmes et mes souffrances... À méditer –. Malheureusement, mes amis se faisaient une joie de s'y rendre pour y rencontrer les autres étudiants de l'académie. Du moins, pour Aria.

Je soupçonnais les jumeaux d'y aller uniquement pour réaliser leur plan diabolique consistant à ridiculiser Fleur Gardner, Edryss pour trouver une preuve lui permettant d'accuser Jonah de rencontrer des gens peu recommandables la nuit, quant à Yllen, à part pour la potentielle présence de cocktails alcoolisés, je ne voyais pas. Que pourrait bien faire une asociale incommodée par la présence d'inconnus, à une soirée d'intégration ?

J'avais presque envie d'aller la trouver pour lui proposer de boycotter la fête, mais une petite voix en moi me dictait d'y aller, au moins pour tenter de trouver une explication à la sortie de Jonah de la veille. Maudit for intérieur !

Aux alentours de vingt heures, nous déambulions donc dans les rues de Scaria pour rejoindre la soirée d'intégration qui se tenait au pied de la vieille tour, en dehors des fortifications intérieures. Le proviseur, qui, exceptionnellement, avait autorisé les élèves à quitter la zone délimitée par le premier mur d'enceinte pendant la nuit, avait tout de même nommé des étudiants de troisième et quatrième année pour encadrer un minimum la fête.

Nous avions fait l'effort de bien nous habiller et, pour la plus grande joie de ma cousine, j'avais enfilé une chemise sans carreaux dans laquelle je me sentais comme fade. Il fallait dire également, qu'elle non plus ne se sentait pas très à l'aise dans sa tenue. Ne se séparant jamais de ses vieux jeans sombres et de ses T-shirts soit noirs soit ornés de personnages de la franchise Disney, elle avait revêtu – poussée par Aria, selon moi – une fine robe d'été noire et des collants transparents sombres. Elle avait tout de même gardé sa fidèle paire de Doc Martens noires aux pieds, prétextant qu'elle ne voulait pas qu'on la prenne pour une fille « girly ». J'ai été tenté de lui répondre qu'il n'y avait aucun risque, mais j'ai préféré me taire de peur qu'elle ne me démette l'épaule.

Lorsque nous sommes arrivés au pied de la vieille tour en ruine, j'ai été impressionné par les décorations et la présentation des tables. Au-dessus de la vieille porte fendue de l'édifice de pierres grises, avait été accrochée une banderole « Bienvenue à tous » saturée de couleurs et de petits motifs dessinés par des élèves ; des guirlandes de lampions avaient été accrochées dans les arbres alentours et éclairaient faiblement la clairière ; quant aux tables, elles débordaient de bouteilles, d'amuse-bouches, quiches et parts de pizza disposés presque artistiquement dans des plats.

À peine avions nous eu le temps de nous avancer que Jonah, son éternel sourire plaqué sur son visage, nous alpaguait, une montagne de gobelets en plastique et un marqueur dans les mains.

- Je suis si heureux de vous voir, nous a-t-il lancé. J'espère que vous allez vous amuser et faire plein de belles rencontres ce soir ! Je vais vous distribuer vos verres.

Il a décapuchonné son feutre et a commencé à griffonner sur chacun des gobelets.

- Avec les autres organisateurs, nous distribuons et marquons les verres de chaque élève en y indiquant son prénom et un petit dessin représentant son espèce.

Il a tendu le premier à Aria. Un petit arc était soigneusement griffonné sous son prénom.

- C'est plutôt une bonne technique pour ne pas confondre malencontreusement nos gobelets, a-t-elle fait remarquer.

- C'est également pour limiter les déchets, lui a-t-il expliqué. Si chaque étudiant prenait un nouveau verre toutes les quinze minutes parce qu'il ne sait plus où il a posé le sien, on se retrouverait avec des montagnes de poubelles débordant de gobelets !

Il a rebouché son feutre juste avant de me donner mon verre – le dernier –, et il s'est éloigné en m'adressant un clin d'œil, comme le jour de notre arrivée à Scaria.

- Il a écrit Jason avec un Y entre le A et le S..., s'est plaint l'intéressé en soupirant. Et son petit gribouillage en forme de lune n'est même pas droit…

- Ne te plains pas ! a répliqué Yllen à demi outrée. Il m'a dessiné des étoiles ! Et pourquoi pas une licorne tant qu'on y est ?!

J'ai alors réalisé qu'il m'avait dessiné une étoile de plus qu'à Yllen. Pour quelle raison ? Je n'en avais aucune idée.

- Bon, et si on allait saluer Fleur ? a proposé James à son frère en indiquant la jeune fille assise un peu à l'écart des autres élèves.

Et sans prêter attention aux protestations de l'elfe, ils se sont éloignés en riant.

- Ces garçons sont impossibles ! a-t-elle pesté en s'éloignant pour s'approcher du buffet, suivie de près par Edryss qui surveillait Jonah du coin de l'œil.

- Je sens qu'on va passer une soirée mémorable…, a soupiré Yllen à mon attention.

Elle ne croyait pas si bien dire.

Environ une heure plus tard, Yllen, Edryss, Aria, Fleur, Caleb et moi discutions, assis sur un rondin de bois installé à l'opposé des tables où fourmillait une quantité phénoménale d'étudiants de tous les niveaux de l'académie. Certains, comme nous, restaient en groupe, d'autres discutaient avec des élèves encore inconnus, en quête de nouvelles amitiés. Un peu à l'écart, les jumeaux Lupus s'activaient à rassembler tous les plats de sauces qu'ils parvenaient à attraper. La pauvre Fleur allait certainement mettre des semaines à nettoyer ses cheveux si soyeux une fois le bol renversé sur sa tête...

Au-dessus de nous, le ciel s'était considérablement assombri et les lieux n'étaient plus éclairés que par les guirlandes lumineuses accrochées dans les branches d'arbre. L'ambiance était tamisée, mais c'était amplement suffisant.

- Je vais me chercher à boire, ai-je lancé. Quelqu'un veut que je lui remplisse son verre ?

Yllen a approuvé, me commandant un verre de Coca-Cola. « Et surtout pas de Coca-Cola light ! » m'avait-elle dit avant d'insister longuement sur le fait qu'elle trouvait le goût de la version moins calorique « fade et sans âme ».

Je m'étais donc frayé un chemin à travers la foule d'élèves et avait rempli mon verre de jus de fruits et le sien de la version originale et si chère à son cœur du cola susnommé. J'avais fait demi-tour et presque parcouru la moitié de la distance qui séparait les tables de notre tronc quand un garçon d'une tête de plus que moi s'est brusquement retourné et m'est rentré dedans.

Dans la bousculade, mes deux gobelets se sont renversés, tachant son étincelant T-shirt Calvin Klein.

- Tu ne peux pas regarder où tu mets les pieds, espèce de morveux ?! m'a-t-il réprimandé, furieux, en me bousculant, volontairement cette fois. Tu viens de détruire mon T-shirt !

- Je… euh… Je suis désolé…

- T'es désolé ?! Ouais, bah moi aussi je serai désolé quand je t'aurai cassé la gueule, minus !

Alors que les étudiants se regroupaient hâtivement autour de nous pour admirer l'affrontement – pourquoi fallait-il que tout le monde s'entasse pour assister à une baston ?! Les gens n'avaient-ils rien de mieux à faire ? –, Jonah a fendu la foule et s'est avancé vers mon agresseur que j'avais eu le temps de détailler. Il s'agissait d'un garçon baraqué, plus grand et plus vieux que moi, qui possédait des yeux couleur ambre et des cheveux bruns coiffés en bataille.

- Laisse Elrick tranquille, Tyler ! lui a ordonné le beau blond en s'arrêtant à quelques pas.

À ces mots, la brute m'a toisé tandis qu'un rictus se dessinait sur son visage.

- Comment tu l'as appelé ? Elrick ? Ce ne serait pas lui qui s'est fait remarquer en faisant exploser un Gluant en cours de magie ?

La plupart des élèves rassemblés autour de nous se sont esclaffés, plus par crainte que par réelle méchanceté selon moi. Sans que je ne m'y attende, le dénommé Tyler s'est avancé et m'a asséné un coup de poing dans l'estomac qui m'a fait tomber à genoux, suffoquant.

- Pas trop mal, le nul ? m'a-t-il lancé alors que je me tortillais de douleur. Laisse-moi te dire une bonne chose : les incapables dans ton genre ne méritent pas de se tenir au même niveau que les autres.

- Hé, *tocard* ! Laisse-le tranquille !

D'un seul et même mouvement, toute l'assemblée s'est tournée vers l'origine de l'insulte. Origine qui s'avérait n'être autre qu'Yllen. Yllen qui s'adressait d'ailleurs, pour la première fois de la soirée, à quelqu'un qu'elle ne connaissait pas. Bon… techniquement, elle l'avait plutôt insulté… Mais tout de même ! Pour elle, c'était un acte de sociabilisation !

Tandis que Tyler explosait de rire en la voyant, je me suis aperçu que Fleur, Edryss, Aria et Caleb juché sur l'épaule de cette dernière, se tenaient prêts à intervenir.

- Ah ah ah ! Et t'es qui, toi ? Sa marraine la bonne fée ?
- Je suis sa cousine, a-t-elle sèchement répondu. Et je suis la seule à pouvoir le traiter de morveux. Donc si j'étais toi, M. Regardez-moi-je-passe, je baisserais d'un ton et j'irais voir très loin d'ici si j'y suis.
- Rien que ça ? s'est-il moqué en s'approchant dangereusement d'elle (j'ai eu peur pour Yllen en remarquant qu'il la dépassait de plus d'une tête). Et si je refuse, tu comptes faire quoi du haut de ton mètre soixante ? Me changer en crapaud ?

L'option crapaud aurait certainement été moins douloureuse pour lui. Du haut de son mètre cinquante-huit et demi, Yllen a activé sa magie et l'a propulsé, sans qu'il ne s'y attende, une dizaine de mètres au-dessus des tables, arrachant, au passage, une demi-douzaine de guirlandes qui se sont subitement éteintes, plongeant les lieux dans l'obscurité.

- Sa marraine la bonne fée, te souhaite une agréable soirée, *tocard* ! a-t-elle lancé à son attention lorsqu'il s'est retrouvé les fesses contre le sol, groggy.

Malheureusement, sa phrase choc n'a pas eu l'effet escompté parce que quelqu'un s'est mis à hurler dans son dos. Avec horreur, nous avons tous découvert qu'une jeune fille de première année se faisait entraîner dans les airs par une créature de fumée pourvue de longs doigts griffus. Et pire encore : qu'un groupe de sept monstres similaires fonçait droit sur nous.

10. Décidément, les sorts de lumière, ce n'est pas mon truc...

Après deux brèves secondes d'hébétement, Yllen a réagi au quart de tour et invoqué un orbe lumineux qu'elle a projeté sur la créature. Celle-ci a lâché la pauvre fille de première année traumatisée.

-   Elles craignent la lumière ! a hurlé Edryss à travers la cohue.

Malheureusement, personne n'a dû l'entendre parce que tous les étudiants se précipitaient vers les fortifications intérieures en hurlant. Yllen n'avait-elle pas prédit que la soirée serait mémorable ?

À la tête de ce capharnaüm de cris stridents et de corps s'entrechoquant, Tyler disparaissait déjà dans les sous-bois. Double humiliation pour le joueur Merilien au T-shirt tâché de jus de fruits et de Coca-Cola non-light...

Seuls restaient au pied de la tour notre petit groupe, les jumeaux Lupus, Fleur et Jonah. Même les élèves chargés de chaperonner la soirée avaient pris la fuite...

-   Qu'est-ce que ces choses font ici ?! s'est écriée Aria en sortant une lampe de poche de sa sacoche en cuir (l'avait-elle toujours sur elle depuis l'attaque le soir de la pleine Lune ?). Comment ont-elles réussi à nous suivre ?!

-   Ces *choses*, comme tu les appelles, sont des Ombres ! a répondu Jonah en invoquant une petite flamme rougeoyante qui a commencé à danser quelques millimètres au-dessus de la paume de sa main (était-il enchanteur ? Sorcier ?).

-   Comment est-ce que tu sais ça, toi ?! s'est exclamé Edryss en lui adressant un regard glaçant.

-   On verra ça plus tard ! a hurlé Yllen en faisant fuir un monstre qui s'approchait un peu trop d'elle à son goût. Pour le moment, on a d'autres priorités ! Et elles sont huit !

Ma cousine avait raison. Même si je brûlais d'envie d'en découvrir plus sur les Ombres et de savoir comment Jonah pouvait être au courant de leur existence, la priorité était de nous débarrasser d'elles. Ou de sauver notre peau. Et visiblement, lorsque Fleur s'est faite agrippée par l'un des monstres, les jumeaux Lupus ont choisi la deuxième option, abandonnant leur cocktail de sauces en tout genre. Pour le courage, on repassera...

J'ai regardé la fée aux yeux en amandes se faire soulever dans les airs sans rien pouvoir faire, trop occupé à me cacher derrière Yllen pour éviter de me faire attraper.

Je vous parlais de courage il n'y a même pas deux paragraphes, non ? Hurm… Ne suivez pas mon exemple…

Heureusement, Fleur a gardé son sang-froid et de la lumière a irradié de ses paumes, transperçant la nuit. Lorsqu'elle est retombée lourdement sur le sol, la créature qui l'avait attaquée avait disparu. Seules de fines cendres grises témoignaient de sa présence.

- Je… Je crois que je viens d'en détruire une…, a-t-elle balbutié en observant fixement ses mains, à présent éteintes.

- C-Comment ?! s'est écrié Edryss en évitant *in extremis* les griffes d'une autre.

- Elles craignent la lumière, c'est toi-même qui l'a dit ! a expliqué Jonah en en dardant une troisième d'un laser de flammes. Lorsqu'elles y sont exposées trop longtemps ou que son intensité est trop forte, elles se désagrègent ! Et elles peuvent également mourir immolées par le feu.

Je me suis brièvement demandé comment une créature composée de fumée pouvait mourir carbonisée avant de me rappeler du sort que j'avais indirectement infligé à l'une de celles qui nous avait attaqués le soir de la pleine lune, en invoquant mon sapin de Noël tout *illuminé*.

N'y tenant plus, j'allais faire abstraction des conseils d'Yllen et demander à Jonah comment il savait tout ça, mais je n'en ai pas eu le temps parce qu'il m'a plaqué au sol – Dieu soit loué, il avait pris le soin d'éteindre ses flammes ! –, me permettant d'esquiver les griffes d'un monstre qui menaçaient de se refermer sur moi.

- Il en arrive de nouvelles ! a hurlé Aria en pointant sa lampe-torche au-dessus de la vieille tour de pierre au mur ébréché.

- Il faut qu'on déguerpisse d'ici ! a répondu Yllen en entraînant Edryss vers la forêt avec elle.

Jonah et moi nous sommes relevés au moment où mes amis disparaissaient à travers les arbres. Heureusement, nous pouvions les repérer grâce à la lumière qui émanait des mains de Fleur et de l'orbe de ma cousine.

Alors qu'une nouvelle créature fusait sur nous, Jonah m'a agrippé le bras et entraîné à travers les bois. Dans son autre main, il a invoqué une boule de feu que j'ai trouvée majestueuse, et l'a lancée sur le monstre qui l'a esquivée.

- Mince ! a-t-il pesté sans cesser de courir.

Malheureusement, nous avons bien été obligés de nous arrêter lorsque nous nous sommes retrouvés face aux fortifications intérieures. Jonah a palpé le mur avec frénésie, remuant les tiges de lierre tout en regardant par-dessus son épaule chaque trois-quarts de seconde.

- Mince ! Mince ! Mince ! a-t-il une nouvelle fois fulminé.

- Qu'est-ce que tu cherches ? lui ai-je demandé en jetant moi aussi un œil derrière nous (oui ! Encore de manière métaphorique !).

- Il y a une brèche dans le mur quelque part par-là, cachée sous le lierre ! Elle nous permettra de rejoindre le château plus rapidement ! Je l'utilise depuis l'an dernier, mais je ne la retrouve pas !

Rien qu'en observant l'environnement qui nous entourait, je savais que nous n'étions pas au bon endroit. Mais je me suis bien gardé de le lui dire de peur qu'il ne comprenne que nous l'avions suivi deux nuits plus tôt.

- Tu es sûr que c'est ici ? Tu ne veux pas essayer un peu plus loin ? lui ai-je demandé tendu comme un st… comme un arc ! Tendu comme un arc !

- Je suis certain que le passage se trouve dans les parages. Attends, je… Baisse-toi !!

Ayant à peine saisi ce qu'il venait de vociférer, je me suis exécuté et je me suis accroupi *in extremis*, lui permettant de lancer sa boule de feu droit sur l'un des monstres qui venait d'apparaître dans mon dos. Ce dernier s'est lentement consumé, poussant un râle d'agonie qui m'a glacé le sang.

Quatre autres créatures sont alors subitement apparues, prêtes à nous dévorer tout cru. Jonah, désarçonné, a essayé de les repousser à l'aide de ses flammes, mais j'ai vite compris qu'il retenait ses sortilèges pour éviter de faire flamber le bois. Encerclés, il ne restait plus qu'une solution pour nous sortir de là. Essayant tant bien que mal de faire abstraction de la situation dans laquelle nous nous trouvions, j'ai pris une profonde inspiration et j'ai fermé les yeux, dessinant le plus rapidement possible le sort de lumioles dans ma tête. Me rappelant ce que le professeur Spellgard m'avait appris sur le dosage du mana, je me suis imaginé en train d'ouvrir les vannes de mon énergie magique et j'ai rapidement senti de forts picotements me chatouiller les doigts.

- Ferme les yeux ! ai-je hurlé à l'élève de deuxième année juste à côté de moi.

- P-Pardon ? a-t-il hoqueté.

- FERME LES YEUX !!

Et sans savoir s'il m'avait obéi ou non, j'ai tendu les bras devant moi et ai détourné le regard. De mes mains a alors émané une lumière si intense qu'on se serait cru dans le désert du Sahara, le soleil à son zénith. Puis, aussi vite qu'elles s'étaient allumées, mes mains – un bref instant changées en projecteurs de stade surpuissants – se sont éteintes, me laissant contempler l'étendue des dégâts qu'avait occasionnés mon sortilège.

Sous mes yeux, la moitié des bois était en train de se consumer, léchée par d'immenses flammes ardentes et affamées. La première chose qui m'a traversé l'esprit quand j'ai découvert ce spectacle horrifiant a été : « Oh non. Pas encore ?! ». Puis, lorsque j'ai repéré les petits tas de cendres fumantes qui jonchaient le sol : « Dans le mille, man ! ».

- Elrick ! Qu'est-ce que… ?! a bredouillé Jonah en découvrant la scène.

- Le meurtre du Père Noël, ai-je répondu pour qu'il évite de me questionner. Tu peux l'éteindre avec ta magie ?

À la grimace qu'il a faite, j'ai bien compris qu'il n'avait pas saisi l'allusion au Père Noël. De toute manière, c'était fait exprès.

- Je… Je ne suis pas enchanteur...

- Quoi ?! Mais… et le feu ?

- Je suis un élémentaliste, m'a-t-il répondu. Un élémentaliste de feu !

- Donc si je comprends bien, tu ne maîtrises pas l'eau ?

Si j'avais pu déchiffrer le regard qu'il m'a lancé à ce moment-là, je suis certain qu'il m'aurait dit « À ton avis, *biiiiiip* ». Évidemment, je vous censure les noms d'oiseaux potentiellement employés.

Comme nous nous apprêtions à finir rôtis comme les saucisses que Grand-père grillait au barbecue, j'ai de nouveau fermé les yeux pour imaginer un sortilège d'eau cette fois. Mais heureusement pour nous – et aussi, très certainement, pour l'Histoire de l'humanité –, le proviseur Mandragorn et le professeur Spellgard sont arrivés et mon instructeur de magie a éteint les flammes à l'aide d'un enchantement aquatique.

- Que s'est-il passé, ici ?! s'est écrié le directeur en nous toisant de son regard le plus noir.

Je vous confie que si je n'étais pas en train de transpirer à grosses gouttes à cause de la chaleur provoquée par l'incendie, je me serais très certainement fait pipi dessus...

J'ai dégluti, m'apprêtant à assumer les conséquences de mes actes, mais Jonah m'a devancé.

- Nous nous sommes fait attaquer par les étranges créatures que les Obscurs appellent Ombres, a-t-il répondu sans perdre son sang-froid.

D'un geste de la main, il a désigné les petits tas de cendre maintenant trempés, disséminés tout autour de nous.

- Alors les rumeurs étaient belles et bien fondées…, a lancé Spellgard avec gravité.

- Et comment expliquez-vous l'incendie ?! a rugi M. Mandragorn en indiquant les arbres calcinés derrière lui d'un signe de tête.

J'allais répondre que tout était de ma faute, mais l'élève de deuxième année m'a encore une fois devancé.

- Nous avons découvert, pendant notre fuite, que ces monstres craignaient la lumière, alors nous avons essayé de les repousser. Hélas, j'ai embrasé la forêt avec mes sortilèges de flammes…

- Pourquoi vous être engagés dans ces bois !? En tant qu'élémentaliste de feu, vous saviez très bien qu'il s'agissait d'une mauvaise idée, M. Taylor !

- Nous étions acculés, a-t-il répondu en baissant les yeux. Nous n'avons pas eu le choix…

Mandragorn l'a regardé d'un air si sévère qu'il m'a rappelé celui que Grand-mère arborait lorsqu'elle nous surprenait à rentrer après le couvre-feu. Cette pensée, bien qu'elle m'ait fait frissonner, m'a serré le cœur. L'autre monde, celui dans lequel j'avais grandi, commençait à me manquer.

- Bon, a repris le proviseur après avoir soupiré, quelques dizaines de secondes plus tard. Au moins, avez-vous réussi à détruire quelques-unes de ces horribles créatures.

- Monsieur le directeur, a-t-il osé lui répondre. Si elles sont parvenues à entrer dans le domaine une fois, elles recommenceront. Il faudrait augmen…

- Ce ne sont pas vos affaires, M. Taylor ! l'a froidement coupé l'homme aux larges épaules. Occupez-vous plutôt de choisir les trois étudiants que vous voulez emmener avec vous à Neseris la semaine prochaine ! Et d'ici votre départ, vous me nettoierez le réfectoire chaque soir après le dîner ! Je veux pouvoir m'admirer dans les carreaux.

Alors que je pensais qu'il allait se retourner pour regagner le château, il a fixé son regard sur moi.

- Quant à vous, M. Fox, je vous conseille de faire plus attention en lançant vos sortilèges. De nombreuses étudiantes sont venues se plaindre de pâte à Gluant fixée dans leurs cheveux ou tâchant leurs vêtements.

J'ai approuvé d'un signe de tête avant de baisser les yeux à mon tour. Puis le directeur s'est éloigné à grandes enjambées.

- Je... Je suis désolé pour ce sermon, s'est excusé le professeur Spellgard, penaud, une fois le proviseur disparu. Mais il faut comprendre M. Mandragorn. Apprendre que des Ombres ont attaqué les élèves au sein même du domaine de l'académie n'est pas une nouvelle facile à digérer.

- Ne vous en faîtes pas, professeur, a répondu Jonah en esquissant un sourire de circonstance. Nous comprenons.

- Bien. Dans ce cas, je vous invite à regagner le château et à vous calfeutrer dans vos chambres pour la nuit, au cas où ces monstres reviendraient.

Nous avons acquiescé et avons traversé la végétation noircie par les flammes afin de regagner l'arche qui permettait l'accès aux fortifications intérieures. Après ce que nous venions de vivre, je n'allais pas hésiter à suivre le conseil de mon professeur de magie. J'allais certainement même laisser une bougie ou une lampe de chevet allumée jusqu'au lever du jour.

***

La tête pleine d'images et de questions, je me suis retourné pour la quarante-septième fois et ai soupiré en laissant mon regard dériver vers la lampe de chevet éclairée, à demi dissimulée derrière l'armoire du fond. L'attaque des créatures que Jonah avait appelées Ombres, défilait en boucle dans mon esprit, m'empêchant, pour changer, de trouver le sommeil. Pendant le bref compte-rendu que l'élémentaliste avait fait au proviseur, il avait sous-entendu que les Ombres étaient liées aux Obscurs, ces gens peu recommandables qui avaient assassiné mon grand-père. Et, à en croire ce que nous avions vu deux nuits auparavant, avec qui Jonah était en relation. Mais pourquoi diable avait-il tué ces monstres s'il était du côté des Obscurs ?

Trop de questions se bousculaient dans ma tête et je ne parvenais à trouver que trop peu de réponses.

Conscient que Jonah était encore de garde cette nuit, je me suis levé en prenant soin de faire le moins de bruit possible, et j'ai actionné la poignée de la porte au moment où Edryss ronflait comme un camion. Mais comment faisait-il pour dormir après tout ce qui nous était arrivé ?!

Par miracle, ni le furet ni le loup ne se sont réveillés lorsque j'ai ouvert la porte. Aussi, je l'ai refermée au moment où mon ami émettait un nouveau ronflement digne d'une locomotive.

À pas de loup, j'ai traversé le couloir et me suis engagé dans la salle commune. À peine en avais-je franchi le seuil que Jonah, installé dans le fauteuil sous la lampe à abat-jour, a levé les yeux de son roman et m'a observé.

- Tu ne dors pas ? m'a-t-il demandé à voix basse.
- Je n'y arrive pas, ai-je répondu sur le même ton en m'asseyant sur le siège juste à côté du sien.

Sans que je ne lui demande, il a glissé son marque-page dans le livre, a retiré ses petites lunettes argentées, et a délicatement déposé le tout sur la table basse devant nous.

- Quelque chose te tracasse ? m'a-t-il demandé en plongeant ses magnifiques yeux dorés dans les miens (je déteste quand il fait ça ! Ça a le don de me mettre mal à l'aise !). Ça a un rapport avec ce qui s'est passé cette nuit ?

Plus gêné qu'intimidé, j'ai détourné le regard avant de lui répondre.

- Comment est-ce que tu connaissais ces créatures ? Je veux dire... Tu savais comment elles s'appelaient. Et tu savais également qu'elles avaient un lien avec les Obscurs.

- Je lis beaucoup, Elrick. Et je traîne aussi beaucoup dans les couloirs. Il m'arrive donc d'entendre les professeurs discuter des rumeurs qui circulent dans les bourgs voisins.

Je savais qu'il me mentait, mais je ne le lui ai pas fait remarquer. J'ai préféré enchaîner avec d'autres questions.

- Qui sont ces Obscurs ? Et quel est leur lien avec ces monstres sanguinaires ?

- Tu en as déjà croisés, n'est-ce pas ?

Mon sang n'a fait qu'un tour et j'ai senti mon cœur battre la chamade dans ma cage thoracique. Comment savait-il que j'avais déjà eu affaire à ces créatures ? Était-il le fils caché de Sherlock Holmes ?

- C-Co... Comment... ? suis-je seulement parvenu à balbutier.

- Tes amis et toi connaissaient leur point faible, m'a-t-il répondu. Et vous n'avez pas paniqué comme l'ensemble des élèves qui se trouvait à la soirée. Ces créatures, comme tu le sais maintenant, s'appellent des Ombres. Ce sont les âmes des combattants qui ont péri pendant la guerre opposant les dragons et les démons, il y a de cela des décennies. Elles se nourrissent des âmes des vivants. Et je crois que c'est pour ça que les Obscurs les ont invoquées. Eux aussi tu les as déjà croisés, je me trompe ?

Hébété, je suis resté interdit un instant. J'étais à la fois époustouflé par son sens de la déduction – il faudrait sérieusement que j'apprenne à dissimuler mes émotions – et horrifié par ce qu'il venait de m'apprendre. Ces monstres étaient donc les âmes d'anciens soldats ramenés à la vie pour dévorer les vivants.

- Je... Oui, lui ai-je avoué en soupirant une fois mes esprits retrouvés. Le soir où mon grand-père a été assassiné par des Ombres, il s'est entretenu avec trois personnes qui portaient des masques noirs. L'un d'entre eux s'appelait Orgon.

- Orgon, tu dis ?

J'ai été étonné par sa réaction, bien trop soudaine à mon goût.

- Tu... Tu le connais ? me suis-je inquiété.

- Il s'agit du chef des Obscurs. Enfin... de leur chef adjoint. Les Obscurs sont une secte criminelle qui, au début des années quatre-vingts, a tenté de provoquer un coup d'État en prétextant se battre pour l'égalité des espèces qui, à l'époque, laissait encore plus à désirer qu'aujourd'hui.

Je n'ai pas compris ce qu'il entendait par là, mais j'ai préféré le laisser continuer de peur qu'il ne s'arrête en si bon chemin – allez, Sherlock, dis m'en plus ! –.

- Mais depuis quinze ans, l'organisation n'a plus fait parler d'elle, a-t-il continué sans que je n'aie besoin de demander. Et avant il y a quelques semaines, aucune Ombre n'avait été vue dans tout le royaume.

Mon cerveau carburait à mille à l'heure pour tenter d'emmagasiner toutes les informations dont il me bombardait. Quinze ans de pause. Pas d'Ombres avant ces dernières semaines. Deux questions m'ont alors subitement brûlé les lèvres.

- Mais pourquoi ressurgissent-ils maintenant après d'aussi longues années d'inactivité ? Et pourquoi en compagnie de ces créatures ?

Face à moi, Jonah a marqué une courte pause, comme pour mesurer l'importance de ce qu'il s'apprêtait à me révéler. La lumière tamisée qui nous éclairait n'a fait que renforcer la gravité de ses propos, me provoquant des frissons dans le dos.

-   Ils sont de retour parce que leur chef, le Masque Blanc, s'est évadé de prison il y a quelques semaines. Et c'est lui qui a libéré les Ombres.

11. Je passe mon baptême de l'air... à dos de pégase

Le reste de la nuit, tout autant que les suivantes, a été... compliqué. Je ne cessais de ressasser tout ce que Jonah m'avait appris sur les Ombres dévoreuses d'hommes, sur la secte des Obscurs et sur leur chef, le Masque Blanc. Était-ce l'homme que j'avais rencontré dans la forêt de Pertevoie quelques jours plus tôt ? Bien sûr que c'était lui. Quelle question ? Dans ce cas, deux problèmes se posaient. Le premier, mais il n'était pas nouveau : comment connaissait-il mon nom ? Et le second, totalement inédit : s'il était le chef d'une secte criminelle, pourquoi m'avoir sauvé la vie ? Pourquoi n'avait-il pas essayé de m'enrôler ? Était-ce son intention, mais en avait-il été empêché par l'arrivée d'Edryss ?

Désireux de partager mes questionnements avec quelqu'un, je m'étais entretenu en privé avec Yllen le lendemain pour connaître son avis, omettant, bien entendu, de lui parler de ma rencontre avec l'homme au masque dans la forêt. Ma cousine avait été surprise d'apprendre que le jeune homme avait rencontré un membre des Obscurs en pleine nuit, mais plutôt que de cataloguer Jonah au rang de personne peu fréquentable comme l'avait fait Edryss, elle préférait, au contraire, apprendre à le connaître afin de percer ses secrets.

- Il semble en savoir bien plus qu'il ne t'en a raconté, m'avait-elle dit ce jour-là. Peut-être qu'en gagnant sa confiance, il nous en dévoilera plus sur les Obscurs et les Ombres.

« Et de ce fait, peut-être en apprendrons-nous davantage sur les circonstances de la mort de Grand-Père ». Elle ne l'avait pas dit, mais c'était sous-entendu.

Aussi, lorsque Jonah était venu nous trouver à la bibliothèque alors que nous travaillions, Caleb, Yllen et moi – bien que le furet ne soit pas très efficace puisqu'endormi sur la table –, sur un devoir d'Histoire et Géographie de Merilian, nous avions saisi l'opportunité.

- Vous n'êtes pas sans savoir que M. Mandragorn m'a assigné une mission à l'extérieur du domaine, nous avait-il dit à voix basse, évitant d'attirer l'attention sur notre groupe, bien qu'installé à l'écart. Une mystérieuse disparition dont la guilde de Neseris n'a rien à faire. La fille du disparu se fait un sang d'encre.

- Où veux-tu en venir ? avait demandé Yllen pour qu'il aille à l'essentiel.

- Eh bien, j'ai carte blanche pour constituer l'équipe qui va m'accompagner. Je dois choisir trois étudiants qui ne purgent pas de punition attribuée par les professeurs, pour mauvais comportement. J'ai déjà présélectionné Fleur Gardner, mais il me reste deux places. Et puisque vous êtes cousins, plutôt malins et que je vous aime bien, j'ai pensé à vous.

- Tu veux qu'on t'accompagne en mission ? avais-je demandé en baissant encore plus la voix.

- Oui, nous avait-il confirmé. D'autant que vous savez comment vaincre les Ombres et que nous risquons d'en croiser sur notre route. Même si je ne le souhaite pas. Qu'en dites-vous ?

Yllen et moi nous étions brièvement regardés avant qu'elle ne l'interroge.

- Pour quand est prévu le départ ?
- Samedi matin.
- On est partant, avait-elle alors répondu pour nous deux.

Si le jeune homme avait réglé les problèmes liés aux absences en prévenant nos professeurs, nous nous étions sentis obligés d'informer nos amis de notre disparition imminente. Et, comme nous nous en doutions, Edryss n'avait pas apprécié la nouvelle.

- Comment pouvez-vous l'accompagner alors que nous savons qu'il est en contact avec les Obscurs ?! s'était-il indigné.

- On l'accompagne pour avoir des réponses, figure-toi ! avait froidement répliqué Yllen. Et il me semble que nous sommes assez grands pour faire nos propres choix ! Nous n'avons pas besoin de toi pour nous superviser.

Notre ami était resté muet un instant avant de tourner la tête, piqué.

- Eh bien, alors, allez-y ! avait-il lâché entre ses dents. Mais s'ils vous arrivent malheur à cause de Jonah, je vous aurai prévenus !

Et il s'en était allé tandis qu'Aria, visiblement affectée par la dispute, nous adressait un signe de tête poli avant de le rattraper au pas de course.

Le samedi matin, nous avons donc rejoint Jonah et Fleur à la porte Nord du domaine de Scaria, là où trônaient d'immenses écuries empestant le crottin de cheval et la sciure de bois. J'étais presque déçu en comprenant que notre moyen de transport allait être si banal. Nous étions dans un monde magique peuplé de créatures plus étranges les unes que les autres et nous allions simplement traverser le pays à dos de cheval ? Pas vraiment à la hauteur de mes attentes. J'avais plutôt imaginé monter un dragon ou un phénix harnaché de telle sorte qu'on ne se brûle pas les fesses au quatrième degré.

En pénétrant dans le bâtiment, Jonah a interpellé un homme blond à la forte carrure et à la barbe drue, vêtu d'une salopette tachée de boue. Ce dernier a ruminé discrètement en se retournant vers nous. À première vue, l'individu m'a semblé complètement normal. Puis, après avoir cligné des yeux pour m'assurer que je ne rêvais pas, j'ai remarqué ses bras. Ses deux paires de bras.

Je l'ai fixé, éberlué, avant de comprendre, au vu du regard qu'il me retournait, que je n'étais pas très discret et qu'être dévisagé de la sorte ne lui plaisait guère.

- C'est pour quoi ? a-t-il demandé à l'élève de deuxième année tout en détournant les yeux.
- Euh... J'ai réservé deux pégases. Je viens les emprunter.
- Je vous en prie, suivez-moi.

J'aurais pu être miné par la mauvaise humeur de l'homme-pieuvre en salopette, mais en entendant le mot « pégase » j'ai été à la fois fasciné et horrifié. Fasciné parce que j'allais monter sur un cheval volant pour la première fois de ma vie. Et horrifié... pour la même raison. Était-on solidement attaché ? Allait-on nous fournir des parachutes ? Qu'arriverait-il si nous nous retrouvions pris dans une tempête ? Ou pire ! Si nous croisions une colonie d'oiseaux migrateurs ?!

À mes côtés, Yllen tirait une tronche de trois kilomètres. Je l'ai interrogé du regard.

- S'ils sont roses avec une crinière arc-en-ciel, je te jure que je quitte le navire ! m'a-t-elle lancé en s'avançant dans le bâtiment.

Heureusement pour les nerfs de ma cousine, les pégases mis à notre disposition possédaient une robe grise et des ailes de plumes assorties qui m'ont fait penser, je l'avoue, à celles des pigeons... Cependant, en jetant un coup d'œil – non, je ne le spécifierai pas cette fois ! – au reste de la bâtisse, j'ai tout de même distingué une touffe de poils violets et un amas de paillettes dont je ne souhaitais absolument pas connaître l'origine, disposés au pied d'un petit ballot de paille.

Un autre homme est alors apparu dans mon champ de vision. Enfin... Plutôt un demi-homme, parce que, comme Luc Cornebouc, il ne possédait pas de jambes comme vous et moi. En fait, il avait un corps de cheval à partir de la taille. Un corps de cheval alezan. Faisant abstraction de ce *léger* détail, je me suis mis à le scruter. Il semblait avoir la cinquantaine, possédait des cheveux châtain mi-longs qui lui tombaient négligemment sur les tempes, des yeux noisette brillants de malice et était affublé d'un chapeau de cow-boy qui lui donnait de faux airs de chanteur de Country. Il entraînait à l'intérieur des écuries, deux chevaux pourvus... d'écailles, vertes pour l'un, bleues pour l'autre, qu'il tirait par une longe. En passant devant le tas de paillettes, il a soupiré.

- Max ! a-t-il hurlé à l'attention de l'homme aux quatre bras qui a pivoté vers lui, plus par obligation que par réelle envie. Je ne te paie pas pour te tourner les pouces, espèce de bon à rien ! Va donc ramasser les pancakes que Joey a visiblement terminé de digérer !

- Tout de suite, Monsieur Ride, a répondu l'homme à la salopette en allant s'emparer d'une pelle disposée contre un mur non loin.

Le dénommé M. Ride, que j'avais identifié comme étant un centaure – conclusion plutôt évidente au vu de son physique –, a ouvert l'un des box vides les plus proches et a intimé aux deux équidés d'y entrer avant de refermer la porte derrière eux.

- Enchanté, Stephan Ride, s'est-il présenté en s'essuyant les mains dans un vieux torchon usé négligemment déposé sur une caisse en bois. Je suis le gérant de ces écuries. Veuillez m'excuser pour le désordre, je suis en train de vidanger le lac. Et puisque l'opération va durer quelques jours, je dois loger nos couples d'hybrippocampes avec les autres chevaux.

En l'espace de quelques minutes, je venais d'apprendre bien trop de nouvelles choses concernant Merilian. La première : qu'il existait des êtres équipés de quatre bras ; la seconde : que les hippocampes étaient bien plus stylés ici que dans l'autre monde ; la troisième : que Scaria abritait un lac que je n'avais certainement pas remarqué parce que je n'avais pas visité l'ensemble du domaine ; et la dernière : que la mode Country ne s'était, hélas, pas arrêtée aux frontières des quelques territoires désertiques du sud des Etats-Unis...

- Vous venez chercher Tim et Dolly pour vous rendre à Neseris ? nous a-t-il demandé tout en s'avançant.

J'ai estimé les noms des deux équidés ailés à respectivement neuf et sept sur dix sur l'échelle du mauvais goût.

— Exactement, a répondu Jonah avant d'ajouter à notre intention : À dos de pégases, il nous faudra à peu près trois jours pour parvenir à Neseris. Aujourd'hui, nous chevaucherons jusqu'à Bercebrise où nous louerons des chambres d'hôtel. Demain, nous survolerons les rives de l'océan jusqu'au royaume de Neseris où nous établirons un campement pour la nuit. Puis, le troisième jour, nous terminerons le voyage et mettrons pied à terre juste devant les remparts de notre destination. Des questions ?

Au fil des explications, Yllen avait sorti une carte – qu'elle avait piquée je ne sais où – de son sac à dos et nous avions suivi la courbe du trajet, intrigués.

— Pourquoi on ne survole pas plutôt la forêt de Pertevoie ? ai-je demandé en m'apercevant de l'affreux détour que nous allions faire. Nous irions plus vite, non ?

— Pour deux raisons, nous a répondu Jonah. La première, c'est l'autonomie de nos montures. Un pégase ne peut voler en moyenne que huit heures en transportant deux cavaliers. La deuxième, c'est l'AMVPA.

— L'AMVPA ? ai-je répété sans comprendre.

— L'Altitude Maximale de Vol en Pégase Autorisée, m'a-t-il spécifié. Elle est bien plus basse que la cime des plus hauts arbres du bois.

Je l'ai regardé, sourcils haussés, m'attendant à ce qu'il s'esclaffe et m'avoue qu'il s'agissait d'une plaisanterie, mais il avait l'air sérieux. Alors les pégases avaient bel et bien une AMP... une altitude maximale de vol autorisée. Quel triste constat pour un monde peuplé d'êtres magiques...

Je m'apprêtais à lui demander s'ils avaient également des limitations de vitesse à respecter sous peine de recevoir une amende, mais je n'en ai pas eu le temps parce que Max, le lad[1],

---

[1] lad : Employé(e) chargé(e) de garder, de soigner les chevaux.

est revenu vers nous, un équipement sur chacun de ses bras et dans chacune de ses mains. Il s'agissait du kit standard du cavalier. Bombe, pantalon et bottes d'équitation.

- Merci bien, Max, l'a remercié M. Ride. J'allais justement te demander d'apporter les équipements. Peux-tu accompagner Triton et Ino du lac jusqu'ici, je te prie ?

L'homme à la salopette de laquelle dépassaient quatre bras musclés, a hoché la tête avant de disparaître à l'extérieur du bâtiment.

J'ai étudié les tenues qu'il venait d'apporter avec attention et tout m'a semblé parfaitement conforme. Cependant, je n'ai remarqué nulle part de baudrier ou de parachute.

- Euh… Comment s'accroche-t-on ? ai-je osé demander, à peu près certain que la réponse ne me plairait pas.

- Eh bien, le cavalier assis à l'avant s'accroche aux rênes et à la selle, et celui à l'arrière s'accroche à celui à l'avant, m'a expliqué Fleur de son habituel ton condescendant. Tu n'es jamais monté à cheval ?

- Euh… Non, ai-je répondu. Et encore moins à vingt-cinq mètres au-dessus du sol !

- Vingt-cinq mètres ? a pouffé Ride en plissant les yeux. Il est marrant le rouquin !

La réaction du centaure en disait long. Nous allions chevaucher à bien plus de vingt-cinq mètres d'altitude. J'ai dégluti bruyamment, m'efforçant de ne pas céder à la panique, pourtant, le petit bonhomme qu'était mon for intérieur courait dans tous les sens en hurlant comme un écorché vif.

Alors que tout le monde enfilait soigneusement son équipement, Jonah nous a sondé Fleur, Yllen et moi.

- L'un de vous est déjà monté à dos de pégase ?

- Il n'y a pas de pégase dans notre monde, le génie, a répondu ma cousine avec cynisme.

- En effet… Et toi, Fleur ?

- Moi oui. À de multiples occasions. J'ai même pris des cours lorsque j'étais petite.

- Je monte avec elle ! s'est écriée Yllen.

- Hé ! me suis-je indigné. On pourrait au moins se décider au Shifumi !

- Au quoi ? s'est étonné Jonah.

Mais nous n'avons pas prêté attention à son interrogation et avons entonné la chanson « Shi fu mi » tandis que nous frappions nos poings droits dans la paume de nos mains gauches.

Évidemment – et je remercie mon karma légendaire ! –, j'ai perdu la première partie.

- On joue en trois points ! me suis-je exclamé.

- Si tu veux.

Et nous avons recommencé à chanter tandis que Jonah, Fleur et Stephan Ride nous regardaient, hébétés.

J'ai gagné la manche suivante. Puis Yllen a gagné à son tour et, alors que la tension devenait de plus en plus palpable à chaque coup-de-poing – j'avais réellement l'impression de jouer ma vie –, j'ai dégainé le signe des ciseaux et elle – je vous le donne en mille… –, celui de la pierre.

- Je monte avec elle, a réitéré Yllen.

- Juste par curiosité…, ai-je commencé, dépité.

- Oui ?

- Si j'avais gagné… ?

- Je serais quand même monté avec elle.

- C'est bien ce que je pensais…

- C'était quoi ça ? s'est enquise Fleur en désignant nos mains d'un geste nonchalant.

- Tu ne connais pas le Shifumi ? a demandé ma cousine en la regardant d'un air de dire : « Elle est stupide, ma parole ! ».

- À vrai dire, personne ne connaît ici, a rectifié Jonah.

Yllen et moi nous sommes regardés, étonnés. Puis subitement, son expression a changé. Elle a d'abord froncé les sourcils, signe qu'une idée naissait dans son esprit diabolique de sorcière des Enfers – oui, j'aime énormément ma cousine –, et enfin, un sourire suffisant s'est imprimé sur ses lèvres.

- C'est un jeu auquel on joue dans notre monde pour départager les gens et prendre des décisions. Le but, c'est de battre le signe adverse. Les règles sont très complexes, mais les statistiques veulent que les gens qui commencent avec les ciseaux soient sûrs à quatre-vingt-dix pour cent de gagner.

J'ai soupiré, comprenant qu'elle allait certainement obtenir beaucoup de nos deux compagnons de voyage en jouant systématiquement la pierre. Ma cousine, ce génie du mal…

- Bon, on embarque ? a-t-elle lancé, tout sourire en désignant les chevaux ailés harnachés juste devant nous.

Hochant la tête, Fleur et Jonah sont montés chacun à l'avant de l'un des chevaux volants et, en grand amateur de sensations fortes qu'il était – pas du tout ! –, Caleb s'est enfoncé dans le sac à dos d'Yllen.

- Si tu vomis à l'intérieur, je te jure que je me sers de ta peau et de tes poils pour me confectionner une sacoche, l'a-t-elle menacé.

Ah, Yllen… Si douce et si tendre…

Le furet n'a pas semblé le moins du monde impressionné parce qu'il est resté à l'intérieur du sac. Il a cependant sorti sa tête pour respirer après avoir été brièvement secoué pendant que ma cousine grimpait sur le dos de Dolly. Ou de Tim. Je n'avais pas bien saisi qui était qui et je me refusais de vérifier par moi-même.

De mon côté, je ne m'en sortais pas – ne vous moquez pas ! Je ne suis jamais monté à cheval ! –. J'ai mis un pied dans l'étrier et ai tenté de pousser sur mes bras, mais je devais me rendre à l'évidence : j'avais autant de force qu'un poussin à peine sorti de l'œuf. Ou peut-être même que l'œuf lui-même…

Sur le deuxième pégase, j'ai entendu les filles s'esclaffer avant que Fleur ne donne un coup de rênes et que l'équidé sorte du bâtiment, au pas, escorté par Stephan Ride et son chapeau de cow-boy.

Face à moi, Jonah m'a tendu la main, souriant. Gêné, je l'ai saisie et, tandis que je poussais de toutes mes forces, il m'a hissé sur le dos du cheval, juste derrière lui.

\- Ne t'en fais pas, m'a-t-il rassuré. Beaucoup de gens ont du mal à grimper la première fois.

J'ai esquissé un sourire pour le remercier avant de détourner les yeux. C'était gentil de sa part, mais je savais que j'étais nul dans de multiples domaines... Je n'arrivais pas à lancer un sortilège correctement hormis celui des lumioles, j'avais un piètre niveau en sport, ... Même pour apprendre à faire du vélo sans les roulettes, j'avais mis une éternité ! Et je ne vous parle pas du nombre d'écorchures que je m'étais faites ! Ni de la fracture du poignet...

J'étais une catastrophe ambulante et je me demandais parfois comment j'avais fait pour survivre aussi longtemps. L'univers et ses secrets...

\- Tu es prêt ? m'a demandé mon ami en actionnant les rênes.

J'ai hoché la tête aussi vigoureusement qu'une vache qu'on emmène à l'abattoir. En vérité, je ne l'étais pas du tout, mais, conscient que je n'avais pas le choix – personne n'allait me proposer de voyager jusqu'à Bercebrise en calèche –, j'avais préféré mentir.

Chose que j'ai amèrement regrettée à peine trente-sept secondes et dix-huit centièmes plus tard.

Une fois les chevaux alignés à l'extérieur du bâtiment, Yllen s'est solidement accrochée à la taille de Fleur et Jonah m'a intimé de l'imiter. Ce que j'ai fait non sans gêne. C'était la première fois que j'enlaçais, si j'ose dire, un garçon. J'étais à deux doigts de virer au rouge-pivoine lorsque Ride a donné un coup de cravache sur l'arrière-train des pégases qui se sont élancés au triple-galop sur ce qui ressemblait à une piste de décollage. Mais passer de l'arrêt aux soixante-dix kilomètres-heure en trois secondes et demie n'était pas encore le pire. Pour le moment, je me sentais bien. Enfin… Disons que mon estomac tenait le coup. Ce qui est devenu bien plus difficile lorsque les chevaux ont commencé à battre des ailes et à s'élever dans les airs.

- Si tu dois vomir, penche-toi sur le côté et essaie d'éviter de régurgiter sur les ailes, m'a crié Jonah pour que je l'entende par-dessus le bruit du vent qui martelait mes oreilles.

J'ai hoché la tête – avec la vitesse, j'ai eu l'impression qu'elle pesait une tonne. Ou alors ça venait du casque... ? –, mais j'ai tout de même essayé de ne pas rendre mes tripes dans l'instant.

Nous nous sommes encore élevés de plusieurs mètres – je n'avais aucune foutue idée de l'altitude à laquelle nous nous trouvions – et, alors que mon compagnon de voyage me disait que je m'en sortais très bien, je me suis penché sur le côté et ai expulsé ce que j'ai estimé être les trois-quarts de mon petit-déjeuner. Et non, aucun morceau de toast à moitié digéré n'a atterri dans les plumes du pégase !

- Nous arrivons bientôt à notre altitude de croisière, m'a rassuré Jonah. Tu verras, ce sera bien plus tranquille là-haut.

Et alors que je me penchais à nouveau pour vomir le reste du repas le plus important de la journée, notre monture s'est redressée et s'est stabilisée, se laissant tranquillement planer au gré du vent.

- Et voilà, m'a lancé Jonah. Soixante kilomètres-heure à soixante-dix mètres du sol.

Une fois mon compte-rendu… rendu, justement, je me suis redressé et ai admiré le paysage. Je ne saurais pas expliquer pourquoi, mais mes nausées se sont dissipées d'elles-mêmes alors que mon regard vagabondait dans les environs. Juste derrière nous, le domaine de Scaria, juché sur son coteau au milieu des vastes prairies verdoyantes de Merilian, s'éloignait et rapetissait à mesure que nous avancions. À environ un ou deux kilomètres à l'ouest de la place-forte, une gigantesque mer s'étendait à perte de vue. Si nous avions volé plus haut, j'aurais certainement pu en distinguer tous les contours, mais soixante-dix mètres, c'était bien suffisant.

Sur notre gauche, l'immensité de la forêt de Pertevoie s'étendait jusqu'au pied d'une immense chaîne de montagnes tantôt rocailleuses tantôt couvertes de sapins et autres espèces de conifères. Les montagnes m'étaient parfois dissimulées par des bosquets de végétation bien plus hauts que les limites des feuillages. Ça m'a fait penser à des îles qui dépassaient d'une mer émeraude en altitude. Je comprenais maintenant pourquoi la lumière du jour ne parvenait pas jusqu'au sol. Si la forêt de Pertevoie s'étendait en longueur, elle s'étendait également en hauteur.

Je me demandais quels genres de créatures pouvaient vivre au sommet des plus hauts arbres des bois lorsque j'ai aperçu ce que j'ai d'abord pris pour un dirigeable, survoler les lieux. En étudiant l'appareil avec plus d'attention, je me suis rendu compte qu'il s'agissait en fait d'un bateau attaché à un ballon ovale qui devait faire la taille d'un camion-citerne.

- Qu'est-ce que c'est ? ai-je questionné mon compagnon de vol en pointant l'engin du doigt, prenant bien garde à ne pas tomber.

Jonah a pivoté la tête dans la direction indiquée avant de me répondre.

- C'est un bateau-dirigeable, m'a-t-il expliqué. Ce sont les seuls engins volants autorisés à naviguer au-dessus de la forêt de Pertevoie.

- Je trouve ça très stylé, ai-je avoué.

- Et en plus, ça ne fait que très peu de bruit. Le problème, c'est que plus ces engins sont gros, plus ils sont lents… Certains ne dépassent pas la vitesse de croisière d'un pégase…

J'ai admiré le bateau volant jusqu'à ce qu'il disparaisse derrière une longue île constituée d'un amas d'arbres qui dépassait de la surface de cette immense mer émeraude.

Au crépuscule, alors que mon ventre gargouillait rivalisant certainement avec les ronflements d'Edryss, une ville de taille moyenne, encerclée par de hautes murailles de pierres, est apparue en contrebas. Juste derrière elle, l'océan s'étendait à l'infini, la lumière orangée du soleil couchant se reflétant sur sa surface miroitante telle une œuvre d'art intemporelle.

Jonah, à l'instar de Fleur sur le dos de Dolly – ou de Tim, je n'avais toujours pas osé vérifier qui était qui… –, a amorcé la procédure d'atterrissage.

Soulagé que le premier tiers du voyage soit terminé, j'ai soupiré bruyamment. J'avais survécu à mon premier jour de vol à dos de pégase et, à part de nouvelles régurgitations de ma part, que pouvait-il bien arriver de plus à ce stade du trajet ? Eh bien, je vais vous le dire.

Un cri suraigu a retenti quelques mètres derrière nous. Jonah, Fleur, Yllen et moi avons tourné la tête d'un seul et même mouvement et avons découvert un troupeau des créatures les plus improbables de l'Histoire de l'humanité. Leur corps était celui d'un loup, mais leurs pattes se terminaient par des serres acérées. Elles avaient une paire d'ailes sur le dos – logique puisqu'elles volaient – et de grands bois de cervidés s'entrelaçaient au sommet de leur crâne. Je pense que même un sanglier avec des ailes de faucon aurait paru moins irrationnel que ces choses. Toujours est-il que les choses susmentionnées nous pourchassaient, avides de faire de nous leur dîner.

- Qu'est-ce que c'est que ces horreurs ? a demandé Yllen en grimaçant. Ça ne ressemble absolument à rien !

Comme indignées par les propos de ma cousine, les horreurs en questions ont hurlé de plus belle.

- Ce sont des Hurleurs du ciel, de dangereux prédateurs volants qui chassent à la tombée de la nuit, a expliqué Jonah en serrant les dents. J'aurais dû m'attendre à en croiser...
- Peut-être bien, oui, a confirmé Caleb.
- T'as une solution pour les semer ? s'est inquiétée ma cousine. Parce qu'ils ont l'air affamés et qu'ils vont plus vite que nous...
- Ces créatures détestent l'eau, a-t-il répondu. On va essayer d'amerrir !

Ces créatures de cauchemar qui détestaient l'eau alors qu'elles n'avaient rien de félins, l'idée de faire amerrir des pégases en pleine mer et l'emploi même du terme « essayer » : rien n'allait dans cette phrase. J'allais d'ailleurs le faire remarquer, mais je n'en ai pas eu le temps parce que Jonah a donné un coup sur les rênes et que Tim – ou Dolly – a subitement accéléré, vite imité par Dolly – ou Tim –.

Nous avons survolé la ville en moins de temps qu'il n'en fallait pour dire « Nous survolons une... Nous avons survolé une ville ! ». Hélas, les aigles-loups-cerfs en ont fait autant, réduisant la distance entre eux et nous. Les pégases ont avalé les dernières centaines de mètres qui nous séparaient de l'océan aussi rapidement qu'Edryss engloutissait les pizzas du *Food truck* qui stationnait sur la place de Bornaux-les-Estadillas tous les mercredis soir. Jonah et Fleur ont de nouveau amorcé la procédure d'atterrissage – *d'amerrissage*, du coup – et les chevaux ont commencé à perdre de l'altitude. Manque de chance, l'un des Hurleurs du ciel, plus vaillant que ses congénères, ne s'est pas arrêté au niveau de la plage et a continué de nous traquer. Comme il volait bien plus vite que nous, il nous a rapidement dépassés et j'ai remarqué au blanchiment des jointures de ses mains tenant fermement les rênes, que Jonah était tendu.

Je n'ai cependant pas eu le temps de paniquer parce que les événements qui ont suivi se sont enchaînés à une vitesse bien trop fulgurante.

Le prédateur, au moins vingt mètres devant nous, s'est subitement retourné, fonçant droit dans notre direction. Fleur a hurlé à l'attention de Jonah, mon ami a tiré de toutes ses forces sur les rênes, Tim – ou Dolly – a fait une embardée titanesque et je suis tombé à la renverse.

12. Je fais le grand plongeon malgré moi

La première pensée cohérente qui m'a traversé l'esprit après être passé par-dessus bord a été : « Finalement, nous chevauchions Tim ». Ce n'est qu'après cette constatation que j'ai commencé à hurler. J'ai toujours eu le sens des priorités…

J'ai crié si fort que j'ai effrayé le Hurleur du ciel qui s'est tiré à tire d'aile – oui, je sers aussi d'alarme à mes heures perdues. Ce qui est plutôt une bonne chose étant donné le nombre d'incendies que je déclenche accidentellement. « Cause de l'incendie ? Accident *Elrick*, chef ! » –.

Je l'avoue, ma blague m'a fait pouffer. Puis j'ai été pris d'un fou-rire. Alors que je chutais droit vers l'océan. Bon, peut-être que le fou-rire était nerveux, je vous l'accorde. Tout comme les hurlements dans ma tête. « On va couler !! » me criaient-ils avec la voix française de Léonardo DiCaprio – Quoi ?! J'ai été traumatisé par le film *Titanic*… La scène dans laquelle l'eau s'engouffre dans la cabine de pilotage m'a donné des cauchemars ! Et je ne vous parle même pas de celle du dessin dans laquelle on aperçoit les fesses et la poitrine de Kate Winslet… C'était la première fois que je voyais les fesses d'une fille. Et la dernière, je l'espérais ! Quatorze ans, c'est beaucoup trop tôt… –.

Tout ça pour en arriver à la conclusion suivante : j'allais couler à pic ! Et connaissant mon karma, je risquais fort de faire un plat.

Y penser m'a stimulé. Au prix d'efforts immenses, je suis parvenu à me mettre bien droit juste avant de rentrer en contact avec la surface de l'eau. Et par chance, mes pieds se sont engagés les premiers.

Lorsque j'ai eu fini de m'enfoncer dans les profondeurs au bout de six longues secondes, j'ai battu frénétiquement des bras pour remonter. Problème, j'étais un piètre nageur – comment ça, vous vous en doutiez ?! –. J'ai cependant réussi à atteindre la surface et à prendre une grande inspiration avant que ma tête ne replonge dans l'eau et n'en ressorte au fur et à mesure que je me débattais.

J'ai entendu qu'on criait mon nom. Enfin… J'ai plutôt déduit qu'on criait mon nom parce qu'avec l'eau qui s'engageait dans mes oreilles tous les trente-six dixièmes de secondes, ça ressemblait plutôt à « El- [*fracas des vagues*] -iiiii- [*nouveaux fracas*] -iick ! ». Puis quelque chose a plongé à moins de dix mètres de moi et j'ai senti quelqu'un m'agripper et me soutenir pour garder ma tête hors de l'eau. Quand j'ai ouvert les yeux, j'ai tout de suite reconnu Jonah malgré la mèche blonde trempée qui lui tombait sur le visage.

-   Ça va ? m'a-t-il demandé en plongeant ses magnifiques yeux dorés dans les miens.

Je suis resté muet à cause du trop-plein d'émotions – je vous rappelle que je viens de tomber d'un pégase en plein vol et que j'ai failli me noyer après avoir aperçu l'appareil génital dudit pégase ! De quoi perdre sa voix pour un bout de temps ! –.

-   Alors Ariel ? s'est moqué mon sauveur en riant. On a perdu sa langue ?

J'avais envie de lui répondre « Je valide la référence ! », mais tout ce que je suis parvenu à hoqueter a été « Un mâle. Cétunmâle ! ».

-   Ouch… C'est la panique dans tes neurones.

-   C'est la panique sur les boulevards ! ai-je chantonné, encore groggy.

-   Ouais… Je crois qu'on ferait bien de se dépêcher de regagner la plage.

Et je me suis laissé porter jusqu'au sable.

À peine arrivés à destination, Tim et Dolly ont atterri à moins d'une dizaine de mètres de nous et Yllen s'est jetée sur moi et m'a serré dans ses bras – elle avait dû certainement beaucoup s'inquiéter pour moi parce que notre dernier câlin remontait à… Bah à jamais en fait… –. Caleb est même venu se joindre à nous. Puis, sans transition, ma cousine m'a libéré, a fait monter le furet sur son épaule et m'a administré une gifle magistrale – là, je la reconnaissais ! –.

- Ne me refais jamais un coup pareil, t'entends !?
- Aïe. Ça doit faire mal, a commenté Caleb.

J'ai soudainement eu envie de furet grillé.

- Je voulais savoir si les crabes chantaient sous l'océan, ai-je répondu.
- Ah ! La petite sirène a retrouvé sa voix, on dirait, a fait remarquer Jonah en se levant.

D'un geste presque sensuel, il a retiré son T-shirt et l'a enroulé pour l'essorer, dévoilant son dos musclé. Lorsqu'il s'est tourné, mon regard a tout de suite été attiré par ses pectoraux dessinés. Puis, me rendant compte que je lorgnais sur son corps, j'ai cligné des yeux et me suis concentré sur le sable en rougissant – le choc avait dû être vraiment violent ! –.

- Bon, je crois que nous allons terminer à pieds, a lancé Jonah en riant. Les remparts de Bercebrise ne sont qu'à quelques minutes de marche. Tu penses pouvoir tenir debout, Elrick ?
- Je… euh…

Sans que je ne m'y attende, il m'a attrapé le bras et m'a tiré sans ménagement. J'ai senti mon corps quitter le sol une brève seconde et je me suis retrouvé campé sur mes deux pieds, à à peine quelques centimètres de lui. À l'instar des nunuches dans les romans à l'eau de rose, j'ai senti mon cœur tambouriner dans ma poitrine, puis j'ai réalisé, un instant plus tard, que la situation était gênante. Alors je me suis écarté d'un bond.

- Je peux marcher ! ai-je annoncé comme si de rien n'était.

Et je me suis éloigné en progressant difficilement à cause du sable.

Quelques mètres plus loin, des enfants jouaient dans un terrain de volley-ball aménagé. Yllen a grimacé en les observant hurler et courir en tous sens.

- Des gosses. Quelle horreur.
- Tu n'aimes pas les enfants ? l'a interrogée Jonah en regardant le groupe qui s'envoyait le ballon de part et d'autre du filet.
- J'ai horreur de ces viles créatures, a-t-elle répondu. Ça passe sa vie à brailler et remplir des couches de crottes nauséabondes, et quand ça grandit, ça parle sans arrêt et ça érige des plans machiavéliques pour conquérir le monde. Les enfants, c'est le Mal !

À la façon dont elle l'a dit, tout le monde a perçu le M majuscule au début du mot.

Ma cousine avait une aversion pour les individus âgés de moins de douze ans depuis que, lors d'une après-midi courses avec Grand-mère, un bébé assis dans le siège pliable d'un caddie avait, volontairement d'après-elle, propulsé le contenu d'une brique de jus d'orange sur son précieux Walkman. Geste qu'elle avait considérée comme une véritable déclaration de guerre et qu'elle n'avait jamais pardonné.

- Comment peut-on détester les enfants à ce point ? s'est moqué Jonah. Ils sont si mignons.

Je m'apprêtais à lui raconter la triste histoire du baladeur à cassettes lorsque le ballon de volley a fusé droit sur nous et a, bien évidemment, rebondi sur la tête d'Yllen avant que Fleur ne le rattrape avec adresse.

- Maudits suppôts de Satan ! a-t-elle grommelé en se massant le crâne tandis que deux enfants venaient à notre rencontre.

- On est vraiment désolés, s'est excusé l'un d'eux.

- On peut récupérer notre ballon, m'dame ? a demandé l'autre.

Avant que Fleur ne puisse réagir, ma cousine lui a arraché l'objet des mains et, un rictus sur le visage, l'a fait exploser grâce à un sortilège. Effrayés, les deux gamins se sont enfuis en sanglotant.

\- C'est ça ! Allez donc pleurer dans les jupes de vos mères, sales petits monstres ! a-t-elle hurlé à leur attention.

\- C'est toi le monstre, a répliqué Fleur en la bousculant pour rattraper les enfants terrifiés.

Dans sa course, elle a fait apparaître un ballon tout neuf qu'elle leur a donné une fois parvenue à leur niveau.

\- Elle se prend pour mère Teresa ? s'est étonnée Yllen en grimaçant.

\- C'est une fée, a répondu Jonah en regardant les deux enfants sauter dans les bras de Fleur pour la remercier. Les fées développent très vite un instinct maternel.

\- Alors, je suis bien contente de ne pas en être une ! Bon ! Continuons notre route avant que je n'éprouve l'envie soudaine de démembrer l'un de ces gosses.

Nous sommes passés sous l'arche de Bercebrise à peine quelques minutes plus tard. Avant de pénétrer dans la cité, Jonah et moi nous étions changés en enfilant des vêtements secs emportés en prévision. Inutile de provoquer une émeute en déambulant torse-nu dans les rues – bien que je pensais passer tout à fait inaperçu à côté du corps parfait de mon ami –.

La ville était plutôt petite avec de vieilles, et hautes pour certaines, bicoques de pierre grise. Elle ne comprenait que peu de rues principales, chacune bordée de petits commerces aux vitrines poussiéreuses. Des épiceries, des boulangeries, un tailleur, un cordonnier, ... Nous avons fait un crochet par les écuries locales pour y déposer Tim et Dolly, puis nous avons repris notre chemin à travers les rues. En passant devant la vitrine d'un marchand d'armes, Yllen s'est brièvement arrêtée pour admirer les coutelas lustrés et parfaitement affûtés que le vendeur avait mis en exposition – était-elle en train d'imaginer comment elle pourrait égorger des enfants avec de pareilles armes ? –. Ce n'est qu'en voyant la somme à trois chiffres suivie d'un M majuscule que je me suis rendu compte que je n'avais aucune idée de quelle était la monnaie locale et de comment elle fonctionnait. Je me suis donc empressé de poser la question à Jonah et Fleur. Lesquels m'ont répondu que les transactions s'effectuaient en Merils et qu'il existait trois sortes de pièces. Les Merils de cuivre qui équivalaient à approximativement un Franc, les Merils d'argent qui en valaient dix de cuivre et les Merils d'or qui en valaient cent. Puisque le couteau sur lequel lorgnait Yllen coûtait cent soixante-cinq Merils, elle devrait logiquement débourser un Merils d'or, six Merils d'argent et cinq de bronze. Heureusement pour les enfants de la ville et de ses alentours, elle ne possédait pas une telle somme.

Nous sommes tombés sur une taverne avec chambres quelques ruelles plus loin. Jonah a payé la réceptionniste – je me suis efforcé de retenir combien il avait déboursé pour lui rembourser ma part et celle d'Yllen plus tard –, et celle-ci a sèchement ordonné à quatre êtres aux oreilles pointues qui mesuraient à peu près un mètre de haut – en entier ! Pas que les oreilles ! –, d'aller préparer deux chambres. Puis elle nous a invités à nous asseoir à une table de sa taverne peu fréquentée. Trois bonhommes de petite taille – bien que plus grands que les serviteurs de la réceptionniste – que j'ai estimé être des nains d'après leurs moustaches et leurs barbes proéminentes, étaient installés au comptoir et buvaient allégrement les chopes de bières ambrées que leur servait un elfe à la peau mate de l'autre côté du bar. À l'autre bout de la pièce, une jeune femme brune vêtue d'un long manteau gris, dégustait paisiblement son repas tout en survolant les pages noircies d'un carnet de notes à la couverture de cuir.

-    Mes gnomes vont vous chercher quatre plats du soir, affirma la gérante en dévisageant deux autres petits êtres aux oreilles pointues tandis que Jonah et moi étendions nos vêtements trempés sur le dossier de nos chaises.

Les deux créatures ont disparu derrière une porte à double battant et la réceptionniste s'est éloignée avant que nous ne puissions la remercier.

- Je détesterais travailler pour cette femme, a sifflé ma cousine une fois la concernée trop loin pour nous entendre. Elle traite ses employés comme des esclaves.

- C'est malheureusement comme ça que fonctionne la société de Merilian, a avoué le beau blond en la regardant. La plupart des espèces, comme celles avec qui nous interagissons à Scaria, se considèrent comme pures parce qu'elles sont puissantes et répandues. C'est d'ailleurs comme ça qu'on les appelle : les Purs. Elles stigmatisent alors les races moins communes et plus… atypiques.

- C'est le cas, par exemple, des quabras tels que Max, l'homme d'écurie, a enchaîné Caleb alors que je me demandais comment il savait tout ça. Ou alors comme ces gnomes ou cet elfe-noir qui ressert inlassablement les mêmes poivrots tous les soirs. Cette classe est appelée : les Inferiaux.

- Mais c'est injuste ! a répliqué Yllen, indignée.

- C'est injuste, mais c'est comme ça que ça fonctionne.

J'ai discrètement jeté un coup d'œil au barman qui remplissait une énième fois les chopes vides des nains. Ces derniers le commandaient de se presser en ponctuant leurs phrases de surnoms que je n'ai pas trouvés franchement agréables.

- Aucun d'eux ne s'est encore révolté ? ai-je demandé.

- Ces gens vivent dans la pauvreté et n'arrivent à subvenir à leurs besoins qu'en effectuant des boulots ingrats dont personne ne veut, pour les services d'individus parfois ignobles et violents. Tu en verras un grand nombre travailler dans des écuries, comme à Scaria, dans de modestes tavernes comme celle-ci, ou encore dans des scieries ou dans des fermes. Malgré tout, très peu sont véritablement mal traités par leurs employeurs. La plupart du temps, les Purs se contentent simplement de leur hurler dessus. De plus, leur travail, aussi difficile soit-il, leur rapporte normalement assez d'argent pour se nourrir et se loger. Si tu avais connu les conditions de vie des Inferiaux il y a trente ans, tu te dirais que ceux-là ont de la chance.

- Tu es pour l'inégalité des classes ? s'est offusquée Yllen.
- Non, bien sûr que non ! a-t-il répondu. Je suis plutôt du côté des égalitaristes, mais depuis l'apparition des Obscurs qui se revendiquent comme tels, monter des opérations au nom de l'égalité des Espéciaux est plutôt mal vu...

Même si ce qu'il disait me déplaisait, je ne pouvais que le comprendre. Soutenir une cause, elle-même soutenue par une secte terroriste, n'était pas franchement la meilleure idée du monde si on souhaitait s'intégrer...

Nous avons dû mettre un terme à notre discussion car les gnomes sont revenus dans la vaste pièce, les bras chargés de quatre assiettes garnies de viande, de pommes de terre et de feuilles de salade. Nous les avons remerciés poliment et je leur ai adressé un sourire sincère avant qu'ils ne nous laissent, espérant apporter un peu de joie dans leur cœur.

Dix minutes plus tard, alors que nous terminions nos plats – j'avais donné à Caleb le morceau de pain qui accompagnait mon repas –, la femme installée au fond de la salle a rassemblé ses affaires et s'est levée pour regagner la sortie. En passant derrière notre table, elle a malencontreusement bousculé la chaise de Jonah dont les vêtements sont tombés du dossier.

- Oh ! Je suis navrée ! s'est-elle excusée en se baissant pour les ramasser.
- Ne vous en faites pas, a répondu mon ami en se baissant lui aussi.

Les vêtements remis en place, la femme a quitté la taverne et nous avons tranquillement fini notre repas.

Peu de temps après, deux gnomes nous entraînaient au premier étage pour nous montrer nos chambres. Une pour les garçons et une pour les filles. Elles étaient chacune meublée de deux lits simples soigneusement bordés, de tables de chevet surmontées de lampes à abat-jour et d'une armoire avec penderie et miroir. Au fond de chacune des deux pièces, une porte donnait sur une petite salle de bains toute équipée munie de toilettes.

Éreintés par notre voyage à pégase – oui, rester assis sur le dos d'un cheval qui galope à soixante-dix mètres de haut, c'est plus fatiguant qu'on le croit ! –, nous sommes tous allés nous coucher après avoir convenu de nous retrouver pour le petit-déjeuner à sept heures et demie pétantes le lendemain.

Trop fatigués pour tenir une longue conversation, Jonah et moi avons échangé quelques mots avant de prendre une douche à tour de rôle et de nous endormir.

Je chevauchais paisiblement un labrador géant au pays des songes lorsqu'un bruit m'a tiré du sommeil. Sans faire le moindre mouvement, j'ai à demi ouvert les paupières et ai découvert mon colocataire du soir en train d'enfiler ses chaussures, assis sur le bord de son lit. Dépité que la nuit se soit écoulée aussi vite, j'allais soupirer bruyamment et me redresser lorsque je me suis rendu compte que la luminosité qui pénétrait dans la chambre par la fenêtre exempte de volets – n'existait-il pas un seul endroit dans tout Merilian où les fenêtres étaient équipées de volets ?! –, était bien trop faible pour qu'il soit déjà sept heures et demie du matin.

Face à moi, Jonah s'est levé et, sans un bruit, il a quitté la chambre.

Intrigué, je me suis redressé d'un bond, réveillant au passage Caleb qui dormait paisiblement sur ma poitrine, et me suis emparé de ma montre posée sur la table de chevet. Son cadran indiquait deux heures douze.

-    Qu'est-ce qu'il va faire dehors à cette heure ? me suis-je demandé tout haut.

-    Pourquoi est-ce que tu t'agites comme ça, Rick, m'a interrogé le furet encore vaseux. Il fait encore nuit dehors.

-    Jonah vient de quitter la chambre, lui ai-je répondu en enfilant mon pantalon et mes chaussures à la va-vite (sortir en caleçon, même en pleine nuit, risquait de faire désordre). Je ne sais pas où il va, mais s'il part à la rencontre d'un autre membre des Obscurs, je veux savoir ce qu'ils se disent cette fois.

Et avant même que Caleb ne puisse répliquer, je l'ai fourré dans ma sacoche et me suis précipité dans le couloir.

Quand j'ai ouvert la porte de la taverne qui donnait sur la rue, j'ai vu mon ami s'engager dans une artère à quelques pas. Prudemment, je l'y ai suivi et me suis caché derrière un container afin qu'il ne me repère pas. Chaque dix mètres, Jonah lançait des regards par-dessus son épaule pour vérifier qu'il n'était pas suivi. Si Edryss et les jumeaux l'avaient vu ainsi, ils n'auraient cessé de répéter qu'ils avaient raison sur son compte.

Puisque la ruelle était longue, j'ai décidé de rester dissimulé jusqu'à ce qu'il bifurque dans la grand-rue au bout de celle-ci. Hélas, il n'a pas bifurqué, mais s'est engagé dans une autre petite voie sombre que je n'avais pas remarquée, dans la continuité de celle dans laquelle je me trouvais.

Une fois mon ami englouti par l'ombre de la deuxième ruelle, je suis sorti de ma cachette et me suis élancé en prenant soin que mes pas fassent le moins de bruit possible sur les pavés qui recouvraient le sol, ce qui n'était pas aisé.

J'étais presque arrivé à l'embranchement éclairé par un vieux réverbère lorsque j'ai senti une main m'agripper le bras et une autre se plaquer sur ma bouche.

13. Je me fais (presque) accoster par un dealeur

Mon premier réflexe a été de crier, mais comme une main obstruait ma bouche, j'en ai été incapable. Alors j'ai brièvement fermé les yeux attendant qu'on ait fini de me balloter. Deux secondes plus tard, j'étais plaqué contre un mur. Quand j'ai rouvert les paupières, la personne qui se tenait face à moi m'a donné la nausée. Sa haute stature, ses cheveux blond foncé en bataille, sa barbichette assortie... Et surtout, le haut de son visage dissimulé sous un masque. Un masque blanc.

- Je ne suis pas ici pour te faire du mal, Elrick Fox, m'a-t-il murmuré à l'oreille.

Haletant, j'ai dégluti avec difficulté, essayant de me tasser contre le mur le plus possible afin de m'écarter de lui. Je pouvais sentir son souffle dans mon cou.

- Depuis que les Ombres envahissent Merilian, la ville est surveillée la nuit, Elrick, a repris le criminel. Des soldats patrouillent pour intercepter quiconque enfreint le couvre-feu.

À ces mots, j'ai entendu le bruit caractéristique de bottes qui claquaient contre les pavés. Quelqu'un approchait.

- Si tu ne me crois pas, regarde discrètement en restant bien dissimulé. Deux gardes vont passer d'ici quelques secondes.

Comme pour m'inciter à lui obéir, il m'a lâché et a libéré ma bouche. J'ai rempli mes poumons d'air et l'ai regardé droit dans les yeux. Seules ses pupilles bleu glacier me sont apparues. J'ai immédiatement détourné le regard et j'ai remarqué un détail auquel je n'avais pas fait attention lors de notre première rencontre. Sur sa joue droite, juste au-dessous du masque, une marque sombre zébrait son visage jusqu'à la commissure de ses lèvres. Était-ce des marques de brûlure ? Plus bas, les mêmes traces se propageaient dans son cou et s'engouffraient sous ses vêtements.

- Pourquoi m'observes-tu comme ça ? m'a-t-il questionné.

- À vous promener dans des ruelles en pleine nuit, on pourrait vous prendre pour un dealeur, ai-je répondu machinalement.

Il a ri doucement, ne s'attendant certainement pas à une telle réponse – je n'étais déjà même pas sûr de m'y attendre moi-même... –.

- Je pourrais hurler, ai-je lancé une fois son amusement passé.

- Tu l'aurais fait depuis longtemps si tu l'avais voulu, m'a-t-il répondu.

Vaincu, j'ai précautionneusement jeté un œil dans la ruelle perpendiculaire. Au fond de celle-ci, deux soldats vêtus d'une veste en kevlar et d'un pantalon treillis sont apparus dans mon champ de vision, empoignant le manche de leur épée accrochée à la ceinture. Un instant plus tard, ils disparaissaient à l'angle du mur.

- Pourquoi me protégez-vous ? lui ai-je sèchement demandé.

Il a émis un rire sarcastique avant de me répondre.

- Quelqu'un d'un peu mieux éduqué m'aurait d'abord remercié...

Était-il vraiment le mieux placé pour me parler d'éducation ? Quelqu'un de bien éduqué ne m'aurait pas flanqué une peur bleue au beau milieu d'une ruelle en pleine nuit ! Surtout si ledit quelqu'un ressemblait plus à un narcotrafiquant qu'à un dangereux criminel hautement recherché.

- Pourquoi m'avoir sauvé la vie dans la forêt ?
- Pourquoi ne pas le faire ?
- Vous avez assassiné mon grand-père.
- Faux. Ce sont les Ombres qui ont tué Albann Fox.
- C'est vous qui les avez invoquées.
- Là, je plaide coupable.

Il affichait un sourire narquois qui me donnait envie de lui coller mon poing dans la figure, mais je me suis retenu, conscient qu'il était capable de me tuer avant même que je ne l'atteigne.

La scène était lunaire. J'étais en train de parler, seul, avec le chef des Obscurs – autrement dit : l'homme le plus recherché de tout Merilian –, dans une ruelle en pleine nuit. Et encore, s'il avait vendu de la drogue, nous aurions remporté la palme de l'absurde !

Malgré tout, j'avais bien trop de questions pour prendre mes jambes à mon cou.

D'ailleurs, me laisserait-il faire si je tentais de m'enfuir ?

- Comment me connaissez-vous ? l'ai-je interrogé.
- Tu es le petit-fils d'Albann Fox, Elrick, a-t-il commencé. Le petit-fils de l'homme qui m'a jeté en prison.

Un frisson a parcouru l'entièreté de mon corps. Mon grand-père avait donc contribué à l'arrestation du Masque Blanc. Mais alors… pourquoi ne pas me tuer pour se venger ? Pourquoi me sauver la vie alors qu'un orque pouvait me sectionner avec sa hache ? D'ailleurs, où était-elle passée, cette fameuse hache ? Il l'avait bien emportée avec lui, n'est-ce pas ?

J'allais lui poser de nouvelles questions, entretenir la discussion même si ses réponses n'en étaient pas réellement – je pourrais toujours décoder ses intentions plus tard –, cependant, il m'a devancé.

- Ton grand-père possédait, vois-tu, des informations que je convoitais. Et que je convoite toujours.
- Quel genre d'informations ?
- Un endroit secret où vit la seule personne pouvant m'aider à résoudre un… comment dirais-je ? Un problème de paramétrage.
- Un problème de pa… ?
- Tu n'as pas besoin d'en savoir plus, m'a-t-il coupé en posant son index sur mes lèvres. Et je vois bien à ton expression, que tu ne sais pas de quel endroit je parle. Ce qui ne m'étonne pas. Ton grand-père était bien trop prudent pour divulguer ses

secrets. Il a préféré les emporter dans la tombe. Mais j'ai l'intime conviction que ton chemin te mènera à cet endroit. Et que, grâce à toi, je le découvrirai. Tu m'es donc beaucoup plus utile en vie que mort. Du moins, pour l'instant…

Mon cœur battait la chamade dans ma poitrine tandis que ses yeux, rivés dans les miens, passaient de l'un à l'autre à intervalle régulier. Comme le balancier d'une horloge – peut-être avait-il bien consommé des stupéfiant finalement –. Au moins, me laisserait-il la vie sauve cette nuit. Mais combien de temps lui faudrait-il avant de changer d'avis ? Comment saurais-je quand j'aurais trouvé l'endroit qu'il recherchait si je ne le connaissais pas ?

Après quelques secondes, le mouvement de ses pupilles s'est soudainement arrêté et il a ôté son index de ma bouche.

- Sur ce, Elrick, je te souhaite une bonne nuit. Et si tu veux un conseil : tu ferais mieux de dormir. Tu as autant de cernes qu'un panda.

Et sans que je ne puisse réagir, il a fait volte-face et s'est éloigné, sa longue cape grise claquant au vent. Le souffle court, incapable de bouger, je suis resté seul dans l'obscurité de la ruelle, essayant tant bien que mal de ralentir le rythme de mes pulsions cardiaques qui menaçaient de faire exploser ma cage thoracique.

Caleb a choisi ce moment calme et sans danger pour sortir de ma sacoche. Sale trouillard !

- Ce gars me flanque les jetons ! m'a-t-il dit.

J'avais envie de répliquer « C'est moi qui me suis retrouvé face à lui ! Toi, tu t'es contenté de rester caché ! » avant de l'agripper et de lui tordre le cou, mais je n'en ai pas eu le loisir parce qu'il a ajouté quelque chose qui m'a glacé le sang.

- J'ai déjà entendu sa voix.

À moins que je ne sois pas au courant, Caleb n'avait jamais rencontré le Masque Blanc. Lorsque le criminel m'avait sauvé de l'orque dans la forêt de Pertevoie, le furet se trouvait dans le bus avec Yllen. Et nous n'avions pas recroisé l'homme depuis. Du moins, avec son masque.

Je me suis remémoré la voix de tous les gens blonds que je connaissais. Jonah avait une voix plus claire et plus aiguë. Spellgard avait une intonation spécifique que ne possédait pas le Masque Blanc et ses cheveux étaient moins longs. Quant à Max, le garçon d'écurie, même si sa voix était aussi grave, son visage était bien plus carré. Et détail important : il possédait quatre bras. Ça ne passait pas inaperçu. Sans parler de l'absence de marques de brûlure qui les innocentaient tous les trois.

J'ai fait part de mes réflexions au furet.

- Je ne pense pas qu'il s'agisse de la voix de quelqu'un que nous côtoyons, m'a-t-il répondu. Je… Je n'arrive pas à la resituer, mais je sais que je l'ai déjà entendue.

- À la télé ou dans un film peut-être ?

- Ne sois pas stupide, Rick ! Un acteur de l'autre monde ne prendrait pas le risque d'entretenir des activités criminelles ici. D'autant plus qu'il a passé un bout de temps en prison… Non, je suis certain qu'il s'agit de quelqu'un que nous connaissons. Ou dont nous avons déjà entendu la voix…

Incapable de trouver la réponse à cette nouvelle énigme, j'ai jeté un œil dans la ruelle perpendiculaire. Elle était complètement vide.

- On a perdu la trace de Jonah, ai-je pesté.

- Tant pis, m'a-t-il répondu en escaladant mon buste pour venir se jucher sur mon épaule. Nous ferions mieux de rentrer à l'hôtel. S'il revient et que nous ne sommes plus dans la chambre, il va se poser des questions.

***

Inutile de préciser que ma nuit – ou du moins, ce qu'il en restait – a été blanche.

J'étais parvenu à la chambre d'hôtel quinze minutes avant Jonah, je pouvais donc aisément faire semblant de dormir. Hélas, j'avais passé les heures qui me séparaient du matin à repasser en boucle ma deuxième rencontre avec le Masque Blanc dans ma tête. Quel endroit voulait-il trouver ? Et quel était ce « problème de paramétrage » qu'il devait régler en s'y rendant ? J'ai pouffé nerveusement, me disant que si je devais lister toutes les questions sans réponses qui se bousculaient dans ma tête sur un rouleau de parchemin, il serait aussi imposant qu'un rouleau maxi format de papier toilette molletonné triple épaisseur.

Le matin enfin arrivé, je me suis engagé dans la salle de bains pour faire un brin de toilette et me suis retrouvé face à face avec Jonah, seulement vêtu d'un caleçon, en sortant.

- B-Bonjour, ai-je balbutié en m'efforçant de le regarder droit dans les yeux, ce qui s'est avéré extrêmement difficile.
- Bien dormi ? m'a-t-il demandé en passant une main dans ses cheveux en bataille.
- Pas vraiment… Mais ça commence à devenir une habitude…
- J'imagine… Je connais une recette de thé à la camomille qui favorise le sommeil. Je t'en préparerai en rentrant à Scaria, si tu veux.
- Pourquoi pas.

Et, tout sourire, il s'est enfermé dans la salle de bains. Un bref instant, j'ai été tenté de regarder par le trou de la serrure pour le contempler sans qu'il ne me remarque, mais je me suis vite ravisé, me disputant silencieusement d'avoir osé ne serait-ce qu'y penser.

Une vingtaine de minutes plus tard, nous étions tous regroupés autour d'une table pour prendre le petit-déjeuner. Le mien était constitué d'un simple bol de corn-flakes recouvertes de lait – je clos le débat : les céréales se mettent AVANT le lait ! –, celui d'Yllen d'un croissant et d'un bol de chocolat froid, et celui de Fleur d'une simple pomme et d'un yaourt nature dans un pot en verre.

Le petit-déjeuner de Jonah, quant à lui, n'avait rien de petit... Il donnait plutôt l'impression d'un dîner à volonté. Trois tranches de brioche aux pépites de chocolat, une banane, un muffin aux raisins secs, deux gaufres nappées de sucre, un bol de café au lait et un verre de jus d'oranges fraîchement pressées. Le tout négligemment étalé sur la table, ne nous laissant que peu de place pour déposer nos bols. Je le soupçonnais d'avoir commandé tout ce qui figurait sur la carte et je me demandais, par la même occasion, comment il faisait pour ne pas prendre de poids avec tout ce qu'il ingurgitait.

Puis, une fois notre repas terminé, nous avons quitté la taverne, récupéré Tim et Dolly aux écuries et avons repris notre route pour Neseris.

Le décollage a été moins rude, cette fois. À part une légère nausée juste avant de parvenir à l'altitude maximale, rien d'alarmant. Pas de ballonnements, pas de compte-rendu... Mon corps avait certainement dû s'habituer. Pour mon plus grand plaisir.

Les pégases se sont engagés au-dessus de l'océan, longeant la côte à soixante-dix mètres de haut, me rappelant ma chute vertigineuse de la veille. Instinctivement, j'ai resserré mon emprise sur Jonah. Il a alors lâché les rênes de sa main droite et l'a délicatement posée sur mes bras, solidement agrippés autour de lui.

- Si tu restes accroché à moi, tu ne tomberas pas, Elrick, m'a-t-il lancé.

Son geste protecteur m'a un peu soulagé, je l'avoue. Jonah avait toujours les mots justes lorsque j'avais peur ou lorsque je doutais. Je lui en voulais d'ailleurs un peu pour ça parce que ces moments-là me mettaient mal à l'aise. Comme si je n'assumais pas de lui divulguer mes faiblesses. Je l'avais pourtant fait avec

Edryss, Yllen, Caleb et Aria. Mais avec Jonah, ce n'était pas la même chose…

- M-Merci, ai-je réussi à lui balbutier. Merci de m'avoir sauvé la vie hier…

- Ne me remercie pas, Elrick. Quel genre d'ami serais-je si j'avais laissé se noyer quelqu'un d'aussi formidable que toi ?

J'ai ouvert la bouche pour répondre, mais aucun son n'en est sorti. Ses mots venaient de me transpercer. J'étais à la fois flatté et gêné. Comme souvent avec lui. Mais pourquoi ? Que m'arrivait-il lorsque Jonah et moi étions ensemble ? Pourquoi est-ce que je balbutiais constamment ? Pourquoi est-ce que je rougissais au moindre de ses mots ? J'ai alors réalisé que je devais être rouge comme une pivoine du menton jusqu'au bout des oreilles. Heureusement que je me trouvais dans son dos. J'aurais été encore plus gêné s'il m'avait vu rougir…

- En plus, tu m'as sauvé la vie le soir de la fête d'intégration, a-t-il repris au bout de quelques secondes. Je t'étais redevable.

- Je… euh… Mon sortilège raté m'a également sauvé la vie, ai-je rétorqué. Je n'ai fait que me protéger des Ombres.

- Peut-être, mais tu m'as sauvé et je t'en suis infiniment reconnaissant, Elrick.

Et j'ai senti sa main presser légèrement mon bras.

Dans d'autres circonstances, je me serais immédiatement dégagé, mais, en cet instant, ça n'aurait pas été prudent pour des raisons évidentes. Si je pouvais éviter de manquer de me noyer une seconde fois, ça m'arrangerait.

Nous ne nous sommes posés que lorsque le soleil s'apprêtait à disparaître sous la ligne d'horizon, poussant quasiment nos montures à l'épuisement – et ma vessie par la même occasion –. De sa sacoche magique, Jonah a sorti deux tentes de camping, quatre sacs de couchage, un réchaud à gaz et les provisions que nous avions achetées juste avant notre départ de Bercebrise – il faudrait vraiment que j'investisse dans ce genre d'équipement ! Ça m'éviterait de transporter trois valises à chaque départ en vacances… –.

Yllen et moi avons nourri Tim et Dolly juste avant qu'ils ne s'endorment tandis que Fleur et Jonah montaient les tentes contre un rocher d'environ deux mètres de haut que Mère Nature avait certainement placé là après une soirée bien trop arrosée. Je voyais la scène. « Je veux placer ce caillou précisément ici ! » avait-elle dû dire en titubant. Et elle l'avait disposé là et s'y était appuyée alors qu'elle vomissait… La première cuite de l'histoire de l'humanité.

Nous nous sommes rassemblés trente bonnes minutes plus tard, autour du réchaud que le beau blond a allumé à l'aide de ses pouvoirs avant d'y déposer une conserve de raviolis au bœuf pour deux personnes.

- Nous ferons chauffer une deuxième boîte une fois celle-ci prête, nous a-t-il informés.

C'était la première fois que je campais. Je n'avais jamais dormi dans une tente et je ne savais pas si j'allais pouvoir trouver le sommeil – remarquez, je ne parvenais pas à dormir même dans un lit, alors peut-être, sur un malentendu… –. J'avais d'ailleurs un peu peur de qui serait mon camarade de tente. S'il s'agissait d'Yllen, elle risquait de m'assommer à coup de poêle si je me retournais cent-dix-sept fois par minute. Quoique, peut-être parviendrais-je à dormir comme ça…

Finalement, les filles ont décidé de partager leur tente et je me suis retrouvé, comme à l'hôtel la veille, avec Jonah. J'allais entrer dans l'abri lorsqu'il m'a retenu.

- Tu veux regarder les étoiles ? m'a-t-il demandé.

Comme je n'avais pas sommeil – et que, de toute façon, je risquais de ne pas fermer l'œil – j'ai approuvé. Nous avons installé nos duvets et nos oreillers à quelques dizaines de mètres des tentes et nous sommes allongés côte à côte pour admirer la voûte céleste.

- Tu vois cet amas d'étoiles, juste là ? m'a-t-il demandé en me montrant le ciel du doigt.

J'ai acquiescé d'un « hum », mais il y avait tellement d'étoiles que je n'étais pas certain de savoir de quel amas il parlait.

- Si tu les relies entre elles, elles forment comme un oiseau. On l'appelle la constellation de la colombe ou la constellation des amoureux.

Je me suis alors rendu compte que cette constellation n'existait pas dans le monde d'où je venais. Ou alors, je n'étais pas au courant. Ce qui était fort probable.

- Pourquoi le ciel n'est pas le même là d'où je viens ? ai-je demandé.

- Parce que tu viens d'un monde parallèle à Merilian. La science n'a pas encore réussi à le prouver, mais je suis intimement convaincu qu'il existe une infinité de mondes parallèles qui se superposent les uns les autres. C'est le cas de Merilian et de ton monde qui ne sont reliés que par quelques passages ne s'ouvrant, pour la plupart, que lors des nuits de pleine lune.

- Tu penses qu'il y a d'autres mondes que ces deux-là ?

- J'en suis certain. Et qui sait à quoi ils ressemblent ? Peut-être en existe-t-il un dans lequel les arbres sont en barbe à papa. Ou bien un autre où les fourmis ont la taille d'un cheval. Peut-être même que la Terre du Milieu, que décrit Tolkien dans ses romans, existe bel et bien.

Ces propos m'ont fait penser à une série de livres plutôt récente que j'avais attaquée avant de quitter mon monde, mais dont je ne me rappelais pas le nom. Une histoire avec une fille et un ours en armure qui parle... Peut-être l'avait-il lue ?

Nous sommes restés allongés à regarder les étoiles et à discuter sur l'immensité du monde et de ses mystères pendant de longues minutes, peut-être même des heures... Cette conversation me faisait étrangement du bien et j'aurais aimé qu'elle dure pour l'éternité, mais nous avons fini par nous endormir.

Hélas pour moi, la nuit n'a pas été douce et revigorante, mais plutôt sombre et teintée de cauchemars…

Comme quelques jours plus tôt, je me suis retrouvé allongé dans le landau dans la chambre aux murs à demi recouverts de lambris, que j'avais l'impression de connaître sans être capable de la resituer. Rien ne semblait avoir bougé depuis mon dernier rêve. La porte était fermée, les volets ouverts laissaient s'infiltrer la lumière de la lune, les appliques dorées de l'armoire brillaient faiblement, frappées par les doux rayons de l'astre. Seul un détail a attiré mon attention : la maison était plongée dans le silence. Je ne percevais aucun cri, aucun fracas, l'odeur de brûlé avait disparu. Tout semblait aussi paisible que lorsque je discutais des étoiles et des mondes multiples avec Jonah. J'étais d'ailleurs en train de m'endormir dans mon propre rêve – quelle mise en abîme ! – lorsque j'ai entendu le bruit d'une porte qui s'ouvrait à la volée. Un enfant s'est alors soudainement réveillé et a commencé à sangloter. Puis la voix d'une femme m'est parvenue, trop faible pour que je ne puisse la reconnaître ou la comprendre. Une voix d'homme lui a répondu sèchement juste avant qu'un meuble ne s'écroule dans la maison. La femme a commencé à crier, l'enfant aussi. Puis l'homme s'est mis à vociférer tout en soulevant des meubles et en brisant de la vaisselle. Il hurlait tellement fort que sa voix m'est apparue plus claire qu'elle ne l'avait jamais été. Et je l'ai reconnue tandis qu'un frisson me parcourait le corps.

C'était la voix du Masque Blanc.

14. Nous improvisons une partie de Cluedo avec un chat géant

Je me suis réveillé en sursaut, mais je n'ai pas eu le loisir de réfléchir à ma découverte parce qu'à quelques mètres de moi, un félin au pelage gris pâle d'à peu près la taille d'un ours, était en train de farfouiller dans nos paquetages. Au-dessus de la scène, Tim et Dolly, paniqués, volaient en formant des cercles irréguliers.

Je me suis un instant demandé si j'étais encore en train de rêver – avouez que la scène était plutôt inhabituelle –, puis je me suis frotté les yeux et ai constaté que rien n'avait disparu une fois les paupières rouvertes. Alors, le plus sereinement du monde, j'ai doucement secoué Jonah.

C'est faux. Je l'ai agité avec tant de vigueur que je me demande comment il n'a pas eu le mal de mer. Paniqué, il s'est redressé en hurlant.

- Le colonel moutarde avec une corde dans la cuisine !!

J'ai pouffé en me rendant compte qu'il rêvait d'une partie de Cluedo, mais je suis bien vite revenu à la réalité parce qu'attiré par le cri, le félin s'est tourné vers nous, interloqué. Peut-être était-il parti sur la piste du révérend Olive avec un poignard dans la véranda ?

Ses yeux étaient d'un bleu presque translucide et lorsqu'ils ont croisé mon regard, j'ai senti un frisson parcourir l'intégralité de mon corps – j'ai d'ailleurs découvert des zones dont je ne soupçonnais même pas l'existence –.

- Quelque chose fouille dans nos sacs, me suis-je écrié.

Jonah s'est lui aussi frotté les yeux pour voir ce que j'avais aperçu.

- Un... Un félid ?!
- Un quoi ?

- Un félin géant, si tu veux, m'a-t-il expliqué. Ils sont très rares et encore plus à l'état sauvage parce que les Espéciaux s'en servent comme attelage pour leurs calèches ou pour leurs charrues. Mais qu'est-ce qu'il fait là ?!

J'allais lui demander pourquoi les Espéciaux se déplaçaient en calèche alors qu'il existait des bus, mais l'animal géant s'est à nouveau focalisé sur nos paquetages et a donné un coup de museau dans l'un des sacs qui s'est affaissé, laissant tomber une boîte de conserve et deux casseroles dans un concert de bruits métalliques. Effrayé, il s'est écarté d'un bond.

Une seconde plus tard, le zip de la tente des filles s'est ouvert et Yllen, décoiffée et à moitié réveillée, a sorti sa tête pour regarder ce qu'il se passait. Quelle n'a pas été sa surprise lorsqu'elle s'est quasiment retrouvée nez à museau avec le félid apeuré.

- Madame Pervenche dans le salon du manoir Tudor ! s'est-elle écriée en reculant précipitamment.

Oui, Yllen a toujours de sacrées expressions…

Comme j'étais très déçu de constater que mes amis avaient improvisé une partie de Cluedo sans moi, je me suis écrié :

- Mademoiselle Rose avec une clé anglaise dans la bibliothèque !

- Qu'est-ce que tu racontes ? m'a demandé Jonah en me dévisageant bizarrement.

- Eh bien, je…

Mais j'ai été coupé par un énorme vacarme provenant de la tente. Un instant plus tard, Fleur vociférait telle une ourse qu'on aurait tirée trop tôt de sa période d'hibernation.

- Je vais te faire la peau, Yllen !

- Pose ce chandelier, veux-tu ?! a répliqué ma cousine au moins aussi fort qu'elle.

Le félid a fait un bond en arrière. Qui ne l'aurait pas fait ?

- Calmez-vous les filles ! a ordonné Jonah. Le félid peut devenir dangereux s'il a peur !

Malheureusement, son cri n'a pas rasséréné l'animal qui a jugé bon de se jeter sur nous, toutes griffes et tous crocs dehors – finalement, le meurtre serait commis par le fauve avec ses griffes dans le campement… –. Avant qu'il ne bondisse, mon ami a invoqué une boule de feu, effrayant le fauve qui a commencé à feuler. Mauvais augure selon moi.

Prenant mon courage à deux mains, je l'ai précautionneusement contourné et me suis avancé vers les paquetages. Quelques instants plus tôt, alors que nous dormions, l'animal n'avait pas semblé vouloir nous faire de mal et ne s'intéressait qu'à nos affaires. Sûrement en avait-il après nos provisions. Quant aux deux pégases, ils s'étaient certainement envolés pour être hors de sa portée, affolés par sa présence.

Alors que Jonah jouait au dompteur de lion à quelques mètres de moi, j'ai ouvert sa sacoche et ai farfouillé à l'intérieur, extirpant les premières choses qui me tombaient sous la main. Un carnet de notes, un modèle réduit de camion-citerne en plastique, une… balançoire – pourquoi ? –, un Cluedo de poche – ah ! Je me disais bien aussi !! – et ENFIN un morceau de viande crue enveloppé dans du film étirable. Attiré par l'odeur, l'animal a fait volte-face et l'a regardé avec des yeux ronds.

- Tout doux le chat, lui ai-je lancé en m'approchant lentement de lui. C'est ça que tu veux ?

Comme pour répondre à ma question, le félid s'est léché les babines – évidemment que c'était ça qu'il voulait ! Qu'aurait-il voulu d'autre ? La balançoire ?! –.

- Alors assis ! lui ai-je ordonné. Sinon je range l'escalope.

J'essayais d'être le plus confiant possible, mais mes jambes tremblaient comme les voiles d'un bateau pris dans une tempête. Puis le fauve a soudainement bondi et j'ai fermé les yeux, réalisant un peu tard que me pavaner devant un lynx géant affamé avec un morceau de côtelette – ou je ne savais quelle autre partie du corps de je ne savais quel animal – n'était pas la meilleure idée que j'avais eu de ma vie. Comme quoi, j'étais capable de provoquer des catastrophes même sans utiliser mes pouvoirs...

Je m'attendais à ce qu'il me déchiquette le bras avec voracité, mais je n'ai rien senti. Alors j'ai rouvert les yeux. L'animal, toujours obnubilé par le morceau de viande, était sagement assis à une trentaine de centimètres de moi. Il salivait.

Amusé, j'ai déchiré le film étirable et ai posé la pièce à mes pieds. La bête s'est empressée de la dévorer tandis que j'osais lui caresser la tête.

- Il est plutôt gentil, ai-je réalisé. Vous pouvez vous rapprocher, il ne vous fera rien.

Et alors que je m'éloignais pour récupérer un deuxième morceau de viande – après avoir extirpé une tronçonneuse et un canard en plastique – de la sacoche, Jonah a fait disparaître sa boule de feu, les deux pégases ont cessé de s'agiter et se sont posés, et les filles sont sorties de leur tente couvertes de bleus.

- Qu'est-ce que... ? s'est étonné l'élémentaliste.

- Cette idiote est tombée sur mon sac de couchage ! a râlé Fleur.

- Alors déjà, tu vas te calmer et tout de suite arrêter de me traiter d'idiote ! Et ensuite, si tu n'avais pas changé quinze fois ton duvet de place pendant la nuit, ça ne serait jamais arrivé !

Je me suis esclaffé et j'ai donné le deuxième morceau de viande au félid qui l'a englouti en deux temps, trois mouvements.

- Euh... Elrick ? T'es au courant que c'était notre repas de demain midi ? m'a demandé Jonah.

- Tu préférais faire office de dîner à un félid affamé ?

- Hum... un point pour toi.

Et l'animal s'est redressé et a frotté son museau contre moi, manquant de me renverser.

- On dirait qu'il t'aime bien, a commenté Fleur. Tu devrais peut-être l'adopter. Après tout, une monture de plus nous serait utile.

-   Le personnel de Scaria ne risque pas de désapprouver ? me suis-je enquis.

-   Je pense que tu auras simplement interdiction de le faire pénétrer dans les dortoirs, m'a répondu Jonah. Mais il y a des écuries. Et plus tard, tu pourras avoir ton propre appartement si tu veux. Ou même une colocation.

Je me suis retourné vers le lynx de la taille d'un ours et lui ai rendu ses caresses.

-   Qu'en dis-tu ? Tu veux te joindre à nous ?

Pour seule réponse, il a miaulé avec enthousiasme.

-   Il dit que tant que tu lui donnes de la viande régulièrement, il te suivra partout, a traduit Caleb perché sur l'épaule d'Yllen.

J'allais lui demander comment il pouvait comprendre le félid lorsque je me suis souvenu qu'il parvenait aisément à communiquer avec Bob, le dragon de Komodo de Grand-père.

-   Tu devrais lui trouver un nom, maintenant qu'il t'appartient, m'a encouragé Jonah, tout sourire.

-   Hum… Que dirais-tu de Flaubert ? ai-je demandé à l'animal. Ça te plaît ?

-   Euh… Très objectivement, Flaubert pour un chat, ou tout autre animal d'ailleurs, c'est naze ! est intervenue Yllen.

-   Moi j'aime bien, a admis mon ami. En plus j'ai beaucoup aimé *L'éducation sentimentale*.

-   Pourquoi je ne suis pas étonnée ?

L'animal géant a miaulé une seconde fois et Caleb, en bon interprète qu'il était, s'est empressé de traduire.

-   Il dit qu'il aime beaucoup.

-   Eh bien, si ça te convient, Flaubert, bienvenue parmi nous !

Personne n'a relevé mon jeu de mot avec « minou ».

***

Le lendemain, j'avais essayé de monter Flaubert, ce qui, curieusement, s'était avéré plutôt simple. Monter un félid n'était pas plus difficile que de monter à dos de pégase. C'était même étrangement similaire. À la différence près qu'on ne se trouvait pas à soixante-dix mètres de haut. Chose que mon estomac appréciait tout particulièrement.

Nous sommes parvenus aux abords de Neseris un peu avant la tombée de la nuit. À l'instar de notre escale à Bercebrise, nous avons laissé nos montures ailées à la première ferme croisée, mais comme Flaubert ne semblait pas vouloir se séparer de moi, nous l'avons gardé à nos côtés – tant pis s'il attirait le regard –. Puis nous avons pénétré dans la ville.

Elle était bien plus imposante que celle qui trônait de l'autre côté de la forêt de Pertevoie. Les maisons étaient plus hautes, les échoppes plus nombreuses et certaines rues bien plus larges. Le nombre d'habitants était également drastiquement plus élevé. Alors que nous passions devant une boulangerie et que mon estomac gargouillait à la vue des gâteaux en exposition dans la vitrine, Jonah a farfouillé dans sa sacoche et en a sorti une enveloppe ornée du sceau du domaine de Scaria. Il l'a ouverte et a parcouru rapidement la missive qui se trouvait à l'intérieur.

- Nous devons nous rendre au numéro 4, Fairyway Street.
- Tu as un plan ? lui ai-je demandé.
- Ça, j'avoue que je ne l'avais pas prévu, m'a-t-il dit. Mais regardez, il y a une librairie juste là. Peut-être pourrons-nous en trouver.

Quinze minutes plus tard, nous sortions de la boutique, carte en main. Nous avons suivi les indications du plan et sommes parvenus dans une petite ruelle sombre et miteuse bordée de bicoques biscornues aux façades délavées. Celle qui portait le numéro quatre était en plus piètre état que les autres. Jonah a appuyé sur le bouton de la sonnette, préférant éviter de frapper de peur que l'édifice ne s'effondre – il n'aurait manqué plus que ça ! –. Quelques secondes plus tard, une fillette à la peau brune et aux cheveux ramenés en deux chignons de chaque côté de sa tête, nous a ouvert.

-   B-Bonsoir, a-t-elle balbutié.

Elle semblait éreintée et terrifiée. Et la vue de Flaubert n'a pas dû l'aider…

-   Bonsoir, a répondu Jonah en souriant poliment (était-il capable de ne pas sourire ?). On a reçu une lettre au sujet d'une disparition. On vient du domaine de Scaria.

La fillette l'a regardé puis a détourné les yeux et a étudié le félid avec inquiétude.

-   Il est gentil, lui ai-je assuré. Il ne fait de mal à personne tant qu'il a sa ration de viande.

-   J'ai un poisson dans le réfrigérateur, qui risque de passer si je ne le mange pas rapidement.

Derrière moi, le lynx géant s'est mis à ronronner aussi bruyamment qu'un moteur de voiture – encore quelqu'un qui pourrait rivaliser avec Edryss… –.

-   Ça fera parfaitement l'affaire, lui a assuré Caleb.

La petite fille a prudemment sorti la tête de la maison, a inspecté les deux côtés de la ruelle comme pour vérifier que personne ne nous espionnait, et nous a finalement invités à entrer.

-   J'ai… J'ai des biscuits, a-t-elle annoncé en nous indiquant une cuisine exiguë plongée dans l'obscurité.

-   Avec plaisir, a répondu Jonah.

J'ai intimé à Flaubert de rester dans le hall d'entrée – il aurait pris bien trop de place dans la cuisine – et j'ai pénétré dans la petite pièce, constatant qu'Yllen et Fleur étaient déjà installées sur une vieille banquette en bois. Tandis que Jonah prenait place sur une chaise juste à côté d'elles, la fillette a fait traîner un tabouret et l'a escaladé pour atteindre un placard en hauteur et en sortir une boîte métallique remplie de cookies qu'elle a disposée sur la table. Puis elle a ouvert le frigo et m'a tendu un vieux poisson qui commençait à empester. Écœuré, je l'ai saisi par la queue et je l'ai donné à Flaubert qui n'a pas demandé son reste. Enfin, je me suis lavé les mains sans lésiner sur le produit vaisselle et me suis assis sur la dernière chaise libre alors que la fillette prenait place sur le tabouret et ouvrait la petite boîte en métal.

- Ça fait déjà presque trois semaines que mon père a disparu, a-t-elle commencé alors que je m'emparais d'un biscuit aux pépites de chocolat pour calmer ma faim. J'ai prié la guilde de Neseris d'enquêter, mais ils m'ont envoyée paître. Je vous en supplie, aidez-moi à le retrouver.

Alors qu'elle commençait à sangloter, je me posais deux questions. La première : qu'était donc la guilde de Neseris ? La deuxième : comment une enfant de son âge pouvait-elle bien connaître l'expression « envoyer paître » ? Venait-elle d'un autre siècle ?

- Je me demande pourquoi la guilde n'a rien fait, s'est étonnée Fleur.

- C'est quoi la guilde de Neseris ? a demandé Yllen qui semblait aussi déroutée que moi.

- C'est une instance rassemblant des Espéciaux de toutes les espèces, censée apporter son aide aux Meriliens en détresse, m'a expliqué Fleur. Il y en a une dans chaque grande ville.

- Ils m'ont expliquée qu'ils avaient des problèmes bien plus importants à régler, a avoué la petite fille.

- Quel genre de problèmes ? a demandé Jonah.

- Ils ont dit que j'étais trop jeune pour comprendre... Mais je suis certaine que ça a un rapport avec les monstres de la nuit et les gens masqués. C'est eux qui ont enlevé Papa. Mais personne ne veut me croire...

- Ton père a été enlevé par les Obscurs ? lui ai-je demandé en m'apprêtant à prendre un second cookie.

Malheureusement pour moi, Yllen m'a assené une tape sur la main et m'a adressé un regard que j'ai traduit par « Laisse donc ces biscuits à cette pauvre fillette ! Elle en a bien plus besoin que toi ! ». Et elle n'avait pas tort – n'allez surtout pas lui répéter que j'ai dit ça ! –.

- Je les ai vus faire.

- Tu les as vus enlever ton père ? s'est étonnée ma cousine.

- Pas mon père, non. Mais en regardant discrètement par la fenêtre, je les ai vus emmener deux autres hommes qui ont disparu. Je ne sais pas où ils les emmènent, mais je suis certaine que ce sont eux qui ont kidnappé mon papa.

Fleur s'apprêtait à poser une autre question lorsque Jonah s'est levé, coupant court à la discussion.

- C'est tout ce qu'on avait besoin de savoir, a-t-il dit. Nous ferons le maximum pour retrouver ton père et te le ramener.

- Quoi ?! s'est égosillée la fée. Mais… On ne sait presque rien ! Comment veux-tu que…?

- J'ai une piste sérieuse que nous devons creuser, lui a-t-il répondu. Trouvons-nous une auberge et je vous en parlerai.

Et sans rien ajouter, il a remercié la fillette pour son hospitalité et a disparu dans le hall d'entrée.

Nous l'avons suivi jusqu'à une auberge située à quelques rues – la présence de Flaubert n'a, contre toute attente, posé aucun problème –. Là-bas, nous avons pu prendre un dîner copieux – Dieu soit loué, je commençais à dépérir ! –. Fleur a passé l'intégralité du repas à questionner notre ami, mais celui-ci n'a pas décroché un seul mot.

Puis, d'autres employés – de notre taille cette fois – nous ont conduits jusqu'à nos chambres et nous y avons déposé nos affaires. Nous nous sommes ensuite réunis dans celle que je partageais avec Jonah, et Flaubert – pour une question de confort et de place, Caleb avait décidé de s'installer avec les filles. Mais d'après moi, son choix avait fortement été influencé par le fait que la fée dormait avec une simple brassière de sport… –.

- Bon ! Tu vas enfin te décider à nous partager ta piste ?! s'est impatientée Fleur.

À vrai dire, elle trépignait depuis à peu près une heure maintenant, mais puisqu'elle n'était pas encore au stade « Parle ou je t'arrache les yeux ! », j'ai estimé qu'elle s'impatientait seulement.

Jonah, faisant mine de n'avoir rien entendu, s'est mis à fouiller dans sa sacoche et, alors que la brunette s'apprêtait à l'insulter de toute une flopée de noms d'oiseaux aussi raffinés qu'élégants, il en a extirpé deux masques noirs étrangement similaires à ceux portés par les Obscurs.

- Nous allons les infiltrer pour glaner des informations, nous a-t-il expliqué en portant l'un des loups devant son visage.

15. Nous infiltrons un réseau de prêtres psychopathes

Si Fleur en est restée bouche-bée, de mon côté, je me demandais plutôt comment il s'était procuré ces masques – même si j'avais connaissance de ses étranges rencontres nocturnes avec les membres de la secte –. Comme d'habitude, Yllen a posé la question qui me brûlait les lèvres, mais que je n'avais pas le courage de poser moi-même.

- Qu'est-ce que tu fiches avec ces trucs ? lui a-t-elle demandé en plissant les paupières.

- Je les ai piqués à des Obscurs saouls il y a quelques semaines, a-t-il répondu. J'étais persuadé que ça pouvait servir. Ils nous seront utiles ce soir parce que, d'après certaines informations que j'ai réussi à obtenir, les Obscurs se réunissent cette nuit dans une église désaffectée dans le quartier nord de la ville. Et je me disais que…

- Arrête un peu de nous raconter des bobards ! l'a sèchement coupé ma cousine. On ne te croit pas, Jonah ! Elrick et moi sommes au courant de tes rencontres clandestines avec l'un des membres des Obscurs !

Il s'est retrouvé décontenancé face aux accusations. Remarque, je me dois de préciser que Fleur et moi sommes aussi tombés des nues. Elle parce qu'elle n'était pas au courant et moi parce que je ne pensais pas qu'Yllen répondrait de la sorte. Bon… Après réflexion, j'aurais peut-être dû m'y attendre venant de quelqu'un qui avait autant de tact qu'un enfant soumis aux effets d'une potion de vérité… Déjà qu'un enfant et le tact ça fait trois…

- Qu'est-ce que… ? Comment ? a balbutié Jonah en nous regardant à tour de rôle.

- Euh… Edryss et moi, on t'a surpris en train de quitter les dortoirs une nuit, alors on t'a suivi, lui ai-je avoué. C'est là qu'on t'a vu en train de parler avec un individu masqué.

Jonah a soupiré bruyamment puis s'est laissé tomber sur le lit, croisant ses jambes en tailleur.

- Je vous dois des explications…

- Je crois, oui, a approuvé Yllen en s'asseyant sur le lit attenant.

- La… La personne que je rencontre régulièrement est ma mère.

Fleur, Yllen, Caleb et moi sommes restés pantois. Je ne savais pas si Flaubert comprenait tout ce qu'on se disait, mais s'il l'avait pu, je suis certain qu'il aurait, lui aussi, eu la même réaction. Mais pour le moment, il se contentait de nous observer, roulé en boule sous la fenêtre.

- Il y a quelques années, avant même que je ne vois le jour, mon père a rejoint les rangs des Obscurs, persuadé de s'engager dans une lutte en faveur de l'égalité des Espéciaux. Par soutien et par amour, ma mère l'a suivi et a, elle aussi, intégré la secte. Hélas, au fil des années, mon père est devenu complètement cinglé, il a aidé le Masque Blanc à commettre des crimes atroces et à échafauder un coup d'État. En grandissant, je me suis rendu compte que les Obscurs étaient loin d'être des enfants de chœur et je suis parvenu, tant bien que mal, à m'extirper de cette congrégation. Malheureusement, ça n'a pas été le cas de ma mère. Alors, en attendant de trouver un moyen de fuir les Obscurs, elle m'aide à les démanteler en me dévoilant certains de leurs plans. La femme qui m'a bousculé dans la taverne de Bercebrise il y a deux soirs, c'était elle. Elle est volontairement rentrée dans ma chaise afin de me faire passer la date et le lieu de la prochaine réunion des Obscurs.

Il a sorti un morceau de papier froissé de l'intérieur de la poche de son pantalon. La date du lendemain y figurait, suivie d'une heure écrite en chiffres – « 02h00 » – et de la mention : « Eglise St Georges, Neseris ».

- Ça explique donc toutes tes allées et venues en pleine nuit, a dit Caleb en étudiant Flaubert qui venait de s'endormir.

- Je sais ce que vous pensez de moi, a repris Jonah, l'air désespéré. Mais je ne suis pas de leur côté. Je vous l'ai caché parce que j'avais peur que vous ne compreniez pas et...

- On comprend, l'a coupé Yllen. On comprend et on te fait confiance. Du moins, moi, je te fais confiance. Si tu étais de leur côté, tu ne te serais pas donné autant de mal pour tuer des Ombres et pour t'engager dans une mission en sachant pertinemment que tu devrais lutter contre ton camp.

- Je te fais confiance aussi, ai-je lancé pour le rassurer.

- Et maintenant que je connais ton histoire, moi aussi, a annoncé Caleb.

Jonah nous a souri en baissant les yeux en signe de gratitude. Je me suis surpris à penser qu'il était super mignon quand il faisait ça et que j'avais presque envie de le prendre dans mes bras.

Tous les regards se sont alors dirigés vers Fleur qui n'avait pas encore exprimé son avis. Elle avait le visage fermé et les sourcils froncés. Cependant, elle a pris une grande inspiration avant de soupirer et de s'asseoir sur le lit à côté d'Yllen.

- Balance ton plan, James Bond, lui a-t-elle lancé. On n'a pas toute la nuit.

Peu avant deux heures du matin, nous étions parvenus au nord de la ville, dans un quartier sale et miteux. Tous les volets des bâtisses – ah ! Donc ils connaissaient les volets ici ! – étaient soit fermés soit solidement barricadés avec des planches et des clous, ce qui ne m'avait pas vraiment inspiré confiance. On devait se trouver dans un endroit où la criminalité était élevée. Pourtant, autour de nous, tout avait l'air calme. Bon, d'accord... C'était peut-être aussi dû au fait qu'il était deux heures du matin...

Nous arrivions au bout d'une ruelle mal éclairée qui sentait bien trop l'urine à mon goût – quel genre d'ivrogne pouvait bien venir se soulager ici ? La taverne la plus proche devait se trouver à une dizaine de rues ! –, lorsque Jonah nous a arrêtés d'un geste de la main. Il a porté son index à sa bouche, nous intimant de garder le silence, puis nous a fait signe d'avancer lentement jusqu'à l'angle du mur. Quand j'ai précautionneusement passé la tête de l'autre côté, j'ai découvert une vieille église semblant désaffectée. Seule une lueur tremblante – résultant certainement de centaines de bougies – qui se reflétait sur les vitraux colorés indiquait une présence à l'intérieur de la bâtisse. Devant l'imposante porte en bois qui y permettait l'accès, un homme de large stature dissimulé sous une longue cape et un masque noir, contrôlait les entrées et sorties. Lorsque deux autres individus équipés de masques similaires sont arrivés à sa hauteur, il s'est légèrement décalé et les a laissés passer.

- Voilà ce qu'on va faire, nous a expliqué Jonah en murmurant. Elrick et moi allons enfiler les masques que j'ai dans ma sacoche et nous allons pénétrer dans cette église pour en apprendre plus sur les agissements des Obscurs. Le gardien n'a pas l'air de parler avec les gens qui se présentent à la porte et ne leur ouvre que s'ils portent un masque. Nous devrions pouvoir rentrer sans problème.

- Pourquoi y aller avec Elrick ? s'est enquise Fleur. Il ne sait pas contrôler ses pouvoirs.

Même si j'en étais conscient, j'ai été comme piqué. Je savais très bien que je provoquais plus de cataclysmes que je ne réussissais parfaitement de sortilèges, mais je n'avais pas besoin qu'on me le fasse remarquer chaque trente-six secondes et demie...

- Justement, lui a répondu notre ami. Si jamais les choses tournent mal, il provoquera une catastrophe qui sèmera la panique et nous pourrons nous enfuir aisément.

Que venais-je de vous dire au sujet des remarques toutes les trente-six secondes et demie ?

- Ton plan est foireux, a commenté Yllen. Mais j'aime bien.

- Euh… Merci.

Sans perdre une seconde, il a sorti les masques de son sac – comment réussissait-il à les sortir du premier coup ?! La dernière fois, j'en avais extirpé une balançoire avant de trouver ce que je cherchais. Une balançoire !! – et m'en a tendu un. Je l'ai passé sur mes yeux et ai noué le ruban noir fixé aux deux extrémités.

- Houla…, a laissé échapper ma cousine avant d'activer ses pouvoirs.

D'un mouvement du doigt, elle m'a jeté un petit filet de magie dans les cheveux puis elle a fait apparaître un miroir de poche qu'elle m'a tendu. À travers la surface miroitante, j'ai dû étudier mon reflet une bonne dizaine de secondes avant de m'apercevoir de ce qui avait changé. Je n'avais plus les cheveux roux, mais châtain foncé.

- Comme ça, tu passeras plus inaperçu qu'avec ta crinière flamboyante.

- Et en plus, ça te va bien, m'a complimenté Fleur.

- C'est vrai, a admis Jonah. Mais je préfère quand même la tignasse rousse.

J'ai baissé les yeux et j'ai rougi, gêné.

- Bon, et si on y allait ? m'a dit mon ami en me donnant une légère tape sur l'épaule. Les filles, vous restez ici et vous intervenez si besoin, ça vous va ?

Elles ont approuvé d'un signe de tête et, alors que Caleb sautait sur l'épaule d'Yllen, Jonah et moi nous sommes avancés vers l'édifice religieux.

J'avais peur que quelque chose tourne mal, que nous soyons démasqués – dans les deux sens du terme, pour le coup –, mais l'homme qui gardait l'entrée nous a laissés passer.

J'ai tremblé de tout mon corps en découvrant l'intérieur de l'église. Les bancs avaient été saccagés, ou simplement déplacés pour les derniers survivants, des dizaines de bougies avaient été allumées et disposées aux quatre coins de la bâtisse, sur chaque autel, chaque meuble, chaque banc encore en état. Je me suis surpris à penser que si jamais l'une d'elle tombait, elle provoquerait un incendie considérable. Et pour une fois, ce ne serait pas de ma faute. Au centre de la nef, une trentaine d'individus vêtus de noir et portant des masques vénitiens à long nez assortis, étaient regroupés et semblaient attendre quelque chose ou quelqu'un. Allions-nous voir apparaître le Masque Blanc ?

Je transpirais à grosses gouttes à mesure que nous nous approchions du groupe – mais qui avait décrété que cette idée était bonne ?! –. Plus j'avançais dans la gueule du loup, plus j'étais d'accord avec ma cousine. Ce plan était foireux !

Au même moment, comme s'il sentait que j'étais tendu, Jonah, enroulé dans une longue cape similaire à celles des Obscurs, s'est rapproché et m'a saisi la main sous les plis du vêtement.

Le contact de sa peau m'a rassuré et m'a fait plus de bien que je ne le pensais – pourquoi fallait-il qu'il fasse et dise exactement ce dont j'avais besoin quand j'en avais besoin ?! –.

Je n'ai cependant pas eu le temps d'être gêné car un homme est sorti d'une arrière-salle et tous les bavardages du groupe ont cessé d'un coup.

-   Bonsoir, chers membres de l'organisation ! a-t-il tonné.

Mes poils se sont hérissés lorsque j'ai reconnu sa voix. L'homme qui se tenait face à nous n'était autre que celui avec qui s'était entretenu mon grand-père, le soir de son décès. Orgon.

Il était large d'épaules, faisait à peu près la même taille que Jonah, possédait un visage carré et des cheveux d'un blond foncé couleur blé.

À côté de moi, mon ami est resté totalement stoïque, comme si rien ne pouvait l'effrayer. D'un côté, j'admirais son courage. Mais d'un autre, je savais qu'il intériorisait comme il le faisait tout le temps. Ça ne devait pas être facile pour lui de dissimuler toutes ses émotions négatives.

- Je vous remercie d'être venus si nombreux pour cette petite réunion, a repris l'homme. Vous le savez comme moi, notre communauté a connu des jours plus heureux. Mais ce qui compte, c'est que nos plans semblent, pour l'instant, fonctionner correctement. Malgré de légers contretemps que nous nous empressons de régler, bien évidemment. Pour l'instant, le Miroir semble fonctionner normalement. Et les Ombres qui en sortent restent sous notre entier contrôle. Hélas, les premières salves que nous avons invoquées se sont enfuies et errent en Merilian telles les âmes égarées qu'elles sont.

Alors qu'un brouhaha de murmures envahissait l'église, j'en ai profité pour partager ma détresse et mes questionnements avec Jonah.

- Ils ont perdu le contrôle de leurs créatures ? ai-je chuchoté.

- Ce n'est pas étonnant. Je te rappelle que les Ombres sont des monstres sanguinaires affamés. Il ne leur suffit que de quelques âmes pour échapper à tout contrôle.

- C'est quoi le miroir dont il parle ? À l'entendre, on dirait qu'il s'agit de la porte qui permet d'invoquer ces monstres.

- Je crois qu'il s'agit justement de ça.

Le dénommé Orgon s'est raclé la gorge pour signaler sa présence et réclamer le silence. Silence qui est revenu en moins d'une seconde, dix centièmes.

- Si certaines vous attaquent, essayez d'en prendre le contrôle, a-t-il continué. Et si vous n'y parvenez pas, n'hésitez pas à les détruire. Ce que nous voulons, c'est conquérir le monde à l'aide des Ombres. Pas que les Ombres conquièrent le monde à notre place.

Sa tirade m'a glacé le sang. Dans un cas comme dans l'autre, ses dires ne m'enchantaient pas vraiment. Laisser le monde en paix et vivre tranquille, c'était une bonne idée aussi !

- Sachez également que les hommes enlevés résistent bien plus que ce que nous l'espérions. Le Miroir aspire leur essence vitale pour atteindre l'énergie nécessaire à l'invocation des Ombres. Nous pensions, au début de l'expérience, qu'en faisant se relayer les otages, ceux-ci perdraient la vie en moins de deux semaines, mais visiblement, certains s'y accrochent tels des oiseaux s'agrippant aux branches des arbres lors des tempêtes. Mais ce n'est pas plus mal. Cela nous permet de fournir moins d'effort pour kidnapper des sources d'énergie vitale potentielles.

J'ai senti la colère bouillir dans mes veines à mesure que je comprenais que le père de la gamine, et certainement nombre d'autres hommes, avaient été enlevés pour permettre l'invocation des Ombres, au dépens de leur vie. J'avais comme envie d'incendier cette église pour réduire tous ces criminels sans cœur en cendres, mais je me suis retenu. Je n'avais pas vraiment envie d'avoir des problèmes avec le grand barbu qui vivait là-haut…

- Le Miroir est-il en sécurité, Orgon ? a demandé un homme à la voix plus grave que toutes celles que j'avais entendues de ma vie.

- Parfaitement, lui a-t-il répondu. En plus des galeries labyrinthiques du Réseau au fond desquelles il est dissimulé, une bonne poignée d'Obscurs, dont je fais partie, veille à ce que personne ne s'en approche. Si nous avons besoin de renforts, je vous ferai bien évidemment signe. Sur ce, je n'ai rien de plus à vous annoncer, nous pouvons trinquer à notre future victoire.

Le groupe s'est avancé vers un autel au fond de la nef sur lequel étaient posées trois bouteilles de rhum et des calices dorés ornés de pierres précieuses – n'était-ce pas une offense à Dieu de boire dans une église ? –.

Jonah et moi avons hésité entre les suivre ou nous éclipser en douce, et sans que nous nous en rendions compte, un homme de taille moyenne, aux longs cheveux châtain négligemment coiffés sur le côté gauche, s'est éloigné de l'assemblée pour s'approcher de nous.

Je ne sais pas pourquoi, mais j'ai senti que les choses allaient se corser au moment où il nous a adressé la parole.

-    Vous ne vous joignez pas à nous ?

Sa voix trop fluette a sonné dans ma tête comme une sirène d'alarme.

-    Euh... non merci, a répondu Jonah. Nous... Nous sommes fatigués. Nous allons rentrer nous reposer pour être en forme pour... pour la suite des opérations.

-    Hum... Je comprends, lui a répondu l'homme.

Mon instinct me dictait de prendre mon ami par le bras et de l'entraîner à l'extérieur, très loin de l'église. Malheureusement, je n'ai pas été assez réactif parce que l'homme a hurlé à l'intention des autres membres de la secte.

-    Des intrus se sont infiltrés parmi nous !!

16. Caleb réinvente le Scrabble

C'est fou cette capacité que les choses ont d'aussi vite mal tourner dans ma vie. À peine une seconde d'inattention et c'est l'apocalypse... Je me répète, mais je me demande sérieusement ce que j'ai pu faire dans mes vies antérieures pour avoir un tel karma.

Tous les Obscurs se sont retournés vers nous et certains ont même commencé à activer leur magie – leur temps de réaction était vachement impressionnant –. Jonah m'a jeté un regard et, puisqu'il comptait sur moi pour créer une nouvelle catastrophe dont j'avais le secret, j'ai fermé les yeux afin de me concentrer. Enfin... Plutôt afin de laisser divaguer mon esprit.

Lorsque j'ai estimé qu'il avait assez voyagé – c'est-à-dire six secondes plus tard –, j'ai activé mes pouvoirs et j'ai lancé mon sortilège. Je ne savais pas du tout ce qui allait en découler, mais j'espérais du plus profond de mon cœur que mon enchantement allait foirer. Au moins pour provoquer la panique générale au sein de l'église. Si nous avions été en compagnie de vrais prêtres, il aurait suffi que Jonah enlève son haut pour provoquer l'affolement. Mais que voulez-vous, nous n'étions pas en compagnie de religieux...

Alors que les premiers criminels se dirigeaient vers nous, un chœur de gospel – oui, rien que ça ! – est apparu entre eux et nous et a entonné « *Cotton Eye Joe* », le classique de country – décidément ! – en canon. Et franchement, ce n'était pas désagréable à entendre. Je serais même resté pour écouter si une trentaine d'Obscurs ne commençait pas déjà à les contourner pour se jeter sur nous.

Jonah est alors sorti de sa transe et m'a entraîné en courant vers la grande porte. Problème : le gardien, attiré par le concert improvisé, était entré et nous barrait la route. Que pouvions-nous faire contre une telle montagne de muscles ?

- Elrick ! Une idée ? m'a hurlé Jonah.

J'aurais préféré que *lui* ait une idée. Mais visiblement, ce n'était pas le cas. Alors j'ai de nouveau lancé un sortilège. Et avant même que nous parvenions au niveau de la réincarnation terroriste de l'incroyable Hulk, un tuba – l'instrument de musique – est apparu juste au-dessus de lui et lui est tombé sur la tête. Bloqué à l'intérieur de l'instrument, il s'est affairé comme un beau diable pour se libérer, mais nous avons eu le temps de quitter les lieux avant qu'il n'y parvienne.

Les filles nous ont vus dévaler les marches quatre à quatre et foncer sur elles à fond de train.

- C'était quoi ce raffut ? s'est inquiétée Yllen à mi-voix.

La cavalcade de criminels est sortie de l'édifice exactement au même moment.

- Une longue histoire, on vous expliquera en chemin. Courez ! a répondu Jonah en agrippant le bras de Fleur qui semblait comme pétrifiée.

Au bout d'une dizaine de minutes de course effrénée dans le dédale de rues qui composait la ville de Neseris, nous avions semé nos poursuivants. Et Yllen avait perdu son souffle.

- Je suis… en train de… faire une crise ! a-t-elle hoqueté en sortant son inhalateur de la poche à zip de son pantalon. C'est de votre… faute !!

- On est désolé, Yllen, s'est excusé Jonah en s'adossant contre le mur le plus proche pour reprendre sa respiration. Mais je crois que ça en valait la peine. On a appris pas mal de choses. Mais rentrons à l'auberge pour en parler sans risquer d'être entendus.

- D'accord. Laissez-moi… deux minutes… histoire que j'aie… une chance de… survivre.

Trente minutes plus tard, nous étions réunis dans la chambre que je partageais avec Jonah. Flaubert, que nous avions préféré laisser à l'auberge pendant notre opération d'espionnage, s'était réveillé à cause du bruit, mais s'était très vite rendormi. J'envie la capacité qu'avaient les chats de trouver le sommeil plus rapidement que n'importe quel autre être vivant.

Le grand blond a raconté en détail notre intrusion dans l'église désaffectée et les filles sont restées sans voix – pourtant, Yllen avait retrouvé une respiration normale –.

- Tu es en train de nous dire que les Obscurs capturent des gens et se servent d'eux pour... invoquer des Ombres ? a répété Fleur à voix basse pour être certaine de bien comprendre.

- Tout juste, lui a-t-il répondu. Et ce miroir duquel sortent ces créatures, pompe l'énergie vitale des captifs...

- Donc on peut supposer que le père de la gamine fait partie des prisonniers, a fait remarquer ma cousine.

- Et donc, pour mener à bien notre mission, nous devons infiltrer le Réseau et trouver l'endroit où il est retenu afin de le libérer et de le ramener à sa fille, a conclu Jonah.

- Autrement dit : pas la mission la plus facile du monde, a ajouté Fleur.

Nous nous sommes tous regardés en silence, nous laissant le temps de digérer la masse d'informations nouvelles.

Au bout d'une minute néanmoins, Yllen s'est tournée vers moi.

- Un chœur de gospel ! Rien que ça ?

- Et talentueux en plus ! me suis-je vanté. Si tu les avais entendu jou...

Je n'ai pas eu le loisir de terminer ma réplique parce que Jonah m'a interrompu :

- Le Réseau est un enchevêtrement de tunnels et de galeries qui serpentent sous les montagnes. On y trouve de nombreux villages souterrains, des sites d'extractions de matières premières ou de pierres précieuses et tout un tas d'écosystèmes uniques dans lesquels vivent des créatures qu'on ne retrouve nulle part ailleurs. Y pénétrer est très simple puisqu'il existe de multiples entrées, mais y trouver le Miroir des Ombres reviendrait à chercher une aiguille dans une botte de foin.

- Tu as dit qu'il y avait des villages dans le Réseau, non ? l'a interrogé Caleb en bondissant sur le lit de Jonah.

- Oui.

- Alors nous pouvons commencer par nous rendre dans l'un d'eux pour glaner des informations. Peut-être que les habitants auront croisé la route des Obscurs.

- C'est une bonne idée, lui a répondu le blond.

- Je ne voudrais pas paraître rabat-joie, est intervenue Fleur, mais il me semble que cette mission devient bien plus dangereuse qu'elle ne l'était au départ. Vous ne pensez pas qu'il serait préférable de rentrer à Scaria pour prévenir le directeur de ce qu'il se passe ?

- Personnellement, j'ai un compte à régler avec les Obscurs, a répondu Jonah en faisant référence à ses parents. Je ne lâcherai pas cette mission.

- Quant à nous, a ajouté Yllen, ce sont les Obscurs et les Ombres qui ont tué notre grand-père. Nous sommes autant concernés que Jonah.

- Si tu ne veux pas nous suivre, rien ne t'empêche de rentrer à l'académie avec les pégases pour prévenir le directeur, lui a dit le grand blond. Mais nous, nous allons faire un petit tour dans le Réseau.

***

Le lendemain, Yllen, Flaubert, Jonah et moi avions quitté la ville pour nous rendre dans le Réseau dont l'entrée la plus proche se trouvait dans la forêt à l'est de la cité. Fleur, réticente à l'idée de s'engager dans les galeries sans prévenir la direction de Scaria de nos plans, avait préféré récupérer Tim et Dolly et rentrer au domaine sans nous. Nous ne l'avions ni retenue, ni accompagnée. Nous étions bien trop curieux d'en apprendre plus sur le fameux Miroir des Ombres et sa localisation. Et accessoirement, nous étions aussi inquiets pour les otages dont l'énergie vitale était drainée...

La forêt de Neseris – oui, c'est comme ça qu'elle s'appelait – n'avait rien à voir avec la dense et gigantesque forêt de Pertevoie qui, finalement, portait bien son nom. Celle-ci ressemblait plutôt à un cimetière d'arbres morts plutôt qu'à une forêt. Du moins, pour la majeure partie parce qu'à travers les branches nues, je parvenais à distinguer de la verdure au loin.

- Euh... elle a légèrement cramé, non ? a demandé Yllen en découvrant le tableau.

- Eh bien, figure-toi que non, lui a répondu Jonah. Personne n'arrive à l'expliquer, mais les arbres poussent comme ça. Et encore, tu n'as rien vu. Plus loin, on trouve même de gigantesques massifs d'épineux quasiment infranchissables. Heureusement, nous n'aurons pas besoin d'aller jusque-là.

Ses explications ont fait naître une étrange curiosité en moi. J'avais presque envie d'explorer les bois avant de pénétrer dans le Réseau. Mais je me suis rapidement ravisé lorsqu'un hurlement strident et glaçant nous est parvenu. Encore une forêt qui devait grouiller de créatures toutes mignonnes et inoffensives... J'en venais presque à regretter les hiboux farceurs de l'autre monde...

- Euh... On devrait peut-être y aller, non ? ai-je balbutié, peu rassuré.

- Trouillard, m'a lancé ma cousine en me dépassant.

Je les ai suivis alors qu'ils s'engageaient à travers les troncs secs. Mes jambes flageolaient un peu, mais la présence de Flaubert, tout en muscles et en puissance, me rassurait. Si jamais un oiseau géant essayait de m'agripper dans ses serres, il n'hésiterait pas une seconde à lui sauter dessus pour le dépecer. Enfin... je l'espérais. J'ai prié intérieurement pour ne pas rencontrer de chiens ou de loups géants qui pourraient l'effrayer…

Nous sommes parvenus à l'entrée du Réseau un peu moins d'une heure plus tard. Il s'agissait de l'extrémité d'un long boyau sombre qui s'engageait dans les entrailles des montagnes. Chaque je-ne-sais-pas-combien de mètres, une lanterne accrochée aux armatures en bois qui soutenaient les galeries, illuminait les lieux. Il y en avait suffisamment pour qu'on puisse se déplacer sans problème, mais par endroit, le tunnel devenait plus sombre et je n'étais pas franchement rassuré.

Vous ai-je déjà dit que j'avais peur du noir ? Et d'autant plus maintenant que je savais que des créatures avides de manger l'âme des vivants pouvaient y être tapies.

Dans les parties obscures, Jonah invoquait de petites flammèches qu'il laissait danser au bout de ses doigts. J'allais lui demander s'il lui était déjà arrivé de se brûler ou s'il avait développé une résistance à la chaleur, mais je n'en ai pas eu le temps parce que nous sommes parvenus au bout d'un coude et avons découvert le plus magnifique spectacle auquel il m'avait été donné d'assister. Nous venions de pénétrer dans une vaste salle illuminée par des champignons géants bleus luminescents qui devaient approximativement faire deux fois et demie la taille de Jonah. Au milieu de la pièce serpentait une rivière souterraine limpide qui continuait sa course dans les profondeurs mystérieuses du Réseau.

- Waouh ! s'est exclamé Caleb, juché sur mon épaule. C'est… C'est… C'est…

- Je crois que le mot que tu cherches est « magnifique », le rongeur, lui a soufflé Yllen.

- Non, en fait, j'allais dire « incroyable », mais « magnifique », ça marche aussi. Sauf que ça fait beaucoup moins de points au Scrabble.

- Faux ! Ton mot fait vingt-trois points et le mien vingt-deux, a-t-elle répliqué. Un point de différence, ce n'est pas ce que j'appelle « beaucoup moins ».

- Ah ouais ?

- Ouais.

- Dès notre retour à Scaria, la blondinette : toi, moi, le plateau et les lettres. On verra bien qui est le plus fort pour faire des mots.

- Quand tu veux, le rongeur.

J'ai soupiré intérieurement, désespéré par leur comportement. Savaient-ils au moins qu'il était impossible de poser des mots aussi longs en une seule fois ?

Au vu de l'expression qu'affichait Jonah, il devait certainement partager mon avis au sujet des gamineries de mes proches…

À une vingtaine de pas de nous, la rivière s'élargissait et de petites embarcations en plastique rigide étaient amarrées à de vieux piquets certainement installés là depuis des millénaires.

Alors que Caleb lançait un « Je vais tellement te battre à plat tricot que tu vas pleurer toutes les larmes de ton corps » et qu'Yllen lui répondait « On dit « à plate couture », le rat ! », je me suis empressé de leur couper la parole.

- Ces rivières mènent à des villages ?

- Certainement, a répondu Jonah. Mais elles sont parsemées de rapides et de cascades… Les emprunter n'est pas simple quand on n'a jamais fait de kayak.

- Kayak, trente-deux points ! s'est écrié le furet, meurtrissant mon tympan.

- Si tu savais jouer au Scrabble, tu saurais qu'il n'y a qu'un K dans le jeu ! a rétorqué Yllen avec suffisance.

- Je te défie avec deux jeux !

- Tu as déjà fait du canoë-kayak ? m'a demandé Jonah.

Qu'espérait-il que je lui réponde ? Je n'étais jamais monté à cheval et, de surcroît, je savais à peine nager ? Pensait-il réellement que j'avais déjà posé mes fesses dans une embarcation flottante ?

Encore une fois, je n'ai pas eu le temps d'ouvrir la bouche pour exprimer le fond de mes pensées parce que des cliquetis de plus en plus audibles nous sont parvenus depuis l'entrée d'une galerie proche. Je commençais d'ailleurs à en avoir un peu marre que des gens, des monstres ou des incendies me coupent la parole ou interviennent à chaque fois que j'essayais d'énoncer des informations importantes !

Moins de trois secondes plus tard, deux énormes créatures pourvues d'une cuirasse brune et de centaines de pattes chitineuses ont pénétré dans la cavité. Elles ressemblaient à des insectes que j'avais en horreur. Des scolopendres. Mais des scolopendres qui auraient abusé des biscuits « mangez-moi » dans *Alice au pays des merveilles*. Ils étaient presque aussi gros que Flaubert ! Et bien sûr, beaucoup plus longs.

- Des… Des scolopendres !! s'est effarée ma cousine.
- Scolopendres, dix-sept points… Peux mieux faire…
- Si tu ne la boucles pas, je te transforme en brochette de furet ! l'a-t-elle menacé.

Les monstres ont joué de leurs mandibules pour nous effrayer – ce qui n'était pas nécessaire puisque nous étions déjà terrorisés – et j'ai aperçu de la salive verdâtre qui s'échappait de leur bouche. Il ne fallait pas être Einstein pour comprendre qu'ils étaient affamés et qu'ils nous convoitaient pour leur repas.

- Dis-moi que ces créatures sont gentilles et inoffensives et qu'elles ne font que passer, a demandé Yllen à Jonah.
- Ces créatures sont gentilles et inoffensives et elles ne font que passer.
- C'est vrai ?
- Malheureusement, non, lui a-t-il répondu.

Et les myriapodes géants se sont jetés sur nous.

17. Je m'essaie au canoë-kayak souterrain

Croyez-le ou non, mais voir deux scolopendres de la taille d'un camion-benne se jeter sur vous n'est pas si impressionnant que ça. Enfin... Je veux dire... C'est impressionnant, mais pas autant que de tomber de soixante-dix mètres de haut lors d'une course-poursuite à dos de pégase et de manquer de se noyer. Et comme j'avais déjà expérimenté la chose...

Voilà la raison pour laquelle je n'ai pas bronché lorsque les arthropodes géants nous ont foncés dessus. Ça et aussi parce que j'avais peur de me faire pipi dessus si jamais j'écartais les jambes pour prendre la fuite. Pas très très classe...

J'espérais presque que Flaubert grogne et les fasse fuir, mais il était ridiculement petit face à de telles créatures. Et puisqu'il avait la queue entre les jambes et qu'il tremblait, lui aussi, de tous ses membres, il ne nous serait pas d'une grande aide.

- Commencez par bouffer le rongeur ! a hurlé Yllen en désignant Caleb perché sur mon épaule.

- Quoi ?! Non ! Pas moi ! Je suis le plus petit d'entre nous ! Et je ne suis même pas un rongeur ! Mangez plutôt la fille ! Elle a goût Roquefort ! Elle est pourrie à l'intérieur !

- Pourrie à... ?! a répété ma cousine entre ses dents. Oh toi, je vais te faire la peau !!

- Les embarcations ! a coupé court Jonah en m'agrippant par le poignet pour m'entraîner vers les canoës.

Miraculeusement, ma vessie a tenu le coup – encore un mystère du corps humain –.

Alors que Jonah sautait dans la première embarcation, je me suis arrêté sur la rive, hésitant.

- Qu'est-ce qu'il y a ? m'a demandé mon ami, paniqué, tandis que Caleb lui bondissait sur l'épaule pour la première fois.

- Je... Je n'ai jamais... enfin... je..., ai-je balbutié.

Vous vous doutez bien que le destin n'a pas attendu que je finisse ma phrase. Yllen est arrivée derrière moi comme une furie et m'a violemment poussé. Je l'ai entendu crier « La ferme et embarque ! » pendant que je me vautrais sur le kayak. Puis elle a embarqué elle aussi et Jonah a sorti un canif de sa sacoche – sans en sortir ni balançoire, ni camion-citerne miniature –. Il s'est alors empressé de couper tant bien que mal la corde qui nous rattachait au rivage. À peine le lien rompu, le canoë a été emporté par le courant et nous nous sommes éloignés du bord tandis que Flaubert, trempé, nous suivait à la nage – depuis quand les chats aimaient-ils nager ?! –.

L'instant d'après, les deux myriapodes pilaient. Du moins, ils essayaient de le faire parce que lorsqu'on possède une centaine de pattes, la tâche ne doit pas s'avérer des plus simples. Aussi, l'un d'entre eux est tombé à l'eau dans un plouf retentissant. Heureusement, nous étions déjà loin.

Je ne suis parvenu à me relever que lorsque le radeau s'est engagé dans un tunnel très peu éclairé.

- Aïe, ai-je bredouillé en me massant les côtes. Yllen, tu aurais pu être un peu plus délicate…

- Déli-quoi ? m'a-t-elle demandé tout sourire.

- Délicate, onz… a commencé Caleb.

- Si tu t'avises encore une fois de faire une référence au Scrabble, je te jette à l'eau ! l'a-t-elle coupé.

- Jonah ! Ne la laisse pas me toucher ! s'est écrié le furet en se cachant sous le T-shirt de mon ami.

Je me suis surpris à penser que, moi aussi, j'aurais beaucoup aimé me cacher sous le T-shirt de Jonah, mais j'ai vite réprimé cette idée avant que mes joues ne s'empourprent.

- Qu'est-ce que tu essayais de me dire avant qu'Yllen te bouscule, Elrick ? s'est-il enquis.

- Euh… Que je n'avais jamais fait de canoë avant aujourd'hui. Mais pour le moment, c'est plutôt agréable.

Évidemment, pile à ce moment-là, Jonah a écarquillé les yeux. J'ai d'abord pensé qu'il était choqué par ce que je venais de lui annoncer, mais j'ai réalisé que ce n'était pas le cas lorsqu'un bruit caractéristique s'est fait entendre. Le bruit – je vous le donne en mille – d'une cascade. Saleté de karma !

- Euh… Jonah ? s'est inquiété Caleb en remarquant que la cascade en question se rapprochait dangereusement. On fait quoi, maintenant ?

- Euh… Je…

- J'ai compris, a soupiré Yllen en levant les yeux au ciel. Il faut toujours tout faire ici.

Et elle a activé sa magie avant de fermer les yeux.

J'ai prié autant que possible pour qu'elle parvienne à lancer son sortilège avant que l'embarcation ne bascule, mais lorsque nous sommes arrivés à moins de trois mètres du précipice, j'ai perdu tout espoir. Alors j'ai jeté un dernier regard à Flaubert qui tentait de faire machine arrière, et j'ai fermé les yeux avant de tomber, une nouvelle fois, dans le vide.

Étrangement, cette fois-ci, tout de même, je ne me suis pas retrouvé immergé. Fait encore plus bizarre, j'ai eu l'impression de rebondir. J'ai donc rouvert les yeux pour voir ce qu'il se passait. C'est alors que je me suis rendu compte que nous flottions tous – à l'exception de Flaubert. J'espérais de tout cœur qu'il avait réussi à sortir de l'eau ! – dans une bulle gigantesque à quelques dizaines de mètres de hauteur. Bulle que ma cousine s'efforçait de conserver intacte le temps qu'elle ne touche le sol. Ce qui ne devait pas être aisé au vu des gouttes de transpiration qui perlaient sur ses tempes.

Mais elle y est arrivée. Du moins, jusqu'à ce que nous parvenions à moins d'un mètre cinquante de la terre ferme. À cette hauteur, le sortilège a éclaté et je me suis écrasé sur le dos – je l'ai senti passer –. Et comme si ça ne suffisait pas, Jonah m'est tombé dessus – avec tout l'espace qu'il y avait dans la cavité dans laquelle nous étions parvenus, il avait fallu qu'il tombe exactement *sur* moi ! *SUR* MOI !! –.

-   Ouille…, a-t-il gémi en se massant le crâne.

-   Jonah ? lui ai-je demandé avec le plus de douceur possible (ce qui relevait du miracle parce qu'à l'intérieur, je maudissais la Terre entière. Étais-je en train de me transformer en Yllen ?).

-   Ouais ? m'a-t-il innocemment demandé, comme s'il ne se rendait pas compte qu'il m'écrasait.

J'ai été partagé entre l'envie de le frapper et celle de l'embrasser. Mais je me suis contenté de lui répondre calmement.

-   Tu peux te relever s'il te plaît ? Je ne peux plus respirer.

-   Oh ! Désolé…

Et il s'est redressé tant bien que mal, me permettant enfin de remplir mes poumons d'air. Une fois debout, il m'a tendu la main et m'a aidé à me remettre sur mes pieds. Quel gentleman !

-   Bon…, a soufflé Yllen en s'époussetant (elle semblait avoir atterri sur ses deux jambes. La vie est si injuste !). Où est-ce qu'on est ?

Intrigué, j'ai étudié l'endroit dans lequel nous venions d'échouer. Il s'agissait d'une vaste cavité, moins large mais bien plus haute que celle dans laquelle nous avions fait la rencontre des mille-pattes géants – rien que d'y penser, ça me donnait des frissons ! –. Derrière nous, la haute cascade s'écrasait dans un large point d'eau qui continuait sa course, quelques mètres plus loin, dans une nouvelle galerie que je n'avais pas du tout envie d'explorer – tomber d'une cascade une fois, pourquoi pas, mais pas deux ! –. Face aux immenses chutes d'eau, un gigantesque mur s'ouvrait sur une seule galerie sur le plafond de laquelle étaient englués des toiles d'araignée bien trop importantes pour avoir été conçues par des arachnides taille standard. Ces cavernes grouillaient-elles d'horribles insectes géants ? Non, parce que si c'était le cas, je préférais ressortir tout de suite !

J'ai eu le cœur serré en me rendant compte qu'il n'y avait aucune trace de Flaubert nulle-part. Mon nouvel ami s'était certainement noyé en tentant d'échapper au torrent qui s'abattait à quelques mètres. Des larmes commençaient à perler à mes paupières lorsque j'ai entendu un miaulement quelque part au-dessus de nous.

- Flaubert ? l'ai-je appelé d'une voix tremblante.

Nouveau miaulement. Cette fois, j'avais la certitude que c'était lui. Mais j'avais beau regarder dans les moindres recoins de la cavité, je ne le voyais pas.

Il a miaulé une nouvelle fois.

- Traduit ! ai-je ordonné à Caleb qui reprenait ses esprits, vautré à quelques pas de moi.

- Quoi ? a-t-il demandé à moitié dans les vapes.

- Traduit ce que dit Flaubert !

Le furet s'est difficilement redressé et s'est avancé à mon niveau pour essayer de percevoir les miaulements répétés du lynx malgré le tumulte provoqué par les chutes d'eau.

- Je crois qu'il dit qu'il se trouve à l'extrémité d'un boyau qui débouche derrière la cascade.

- Il y a un moyen d'y accéder ? a demandé Yllen.

- Je pourrais m'invoquer des ailes, mais je ne suis pas certain de pouvoir voler entre la paroi et la cascade, a répondu Jonah. Caleb, demande-lui comment il est arrivé là et s'il voit d'autres passages.

Caleb s'est empressé de traduire et de feuler aussi fort qu'il le pouvait. Quelques secondes plus tard, de nouveaux miaulements se sont fait entendre.

- Il dit qu'il a réussi à sortir de l'eau au moment où nous avons chuté et qu'il a trouvé un tunnel qui mène là où il se trouve. Il dit qu'il y a un autre boyau, mais qu'il ne sait pas vraiment où il mène.

- Vous pensez qu'il rejoint le tunnel derrière nous ? nous a interrogé Yllen.

- Aucune idée, ai-je répondu. Mais je crois qu'il n'y a qu'un moyen de le savoir.

Et sans réfléchir, je me suis élancé dans la galerie. Derrière moi, j'ai entendu Jonah qui hurlait « Ne bouge-pas Flaubert, on arrive ! » juste avant que ma cousine et lui ne s'élancent à ma poursuite.

Au bout de quelques mètres, j'ai atteint une intersection. Je m'y suis arrêté le temps que mes amis me rattrapent. D'un côté, le boyau continuait sa course, le plafond maculé de toiles gluantes, de l'autre, des marches inégales semblaient grimper sur des centaines de mètres.

- La logique voudrait qu'on monte, a indiqué Caleb perché sur l'épaule de Jonah (Était-ce en train de devenir une habitude ? L'avait-il adopté ?).

- Je vous préviens, nous a lancé Yllen en nous pointant du doigt, personne ne court dans les escaliers. Je ne veux pas faire une nouvelle crise d'asthme.

J'aurais préféré m'élancer et avaler les marches trois par trois, mais je n'avais pas envie qu'Yllen ait de nouveaux problèmes respiratoires. D'autant plus que nous étions dans une grotte et que, bien que l'air y circulait je ne savais comment d'ailleurs, il n'était pas aussi facile de respirer qu'à la surface. Et puis, je me connaissais. J'étais capable de me casser la figure quinze fois avant d'arriver au sommet des escaliers. Alors nous avons pris notre temps pour grimper.

Une fois au sommet, nous nous sommes aperçus avec soulagement que le tunnel revenait en arrière. Au bout d'une centaine de mètres, une fente d'une trentaine de centimètres de haut, s'est ouverte à hauteur d'yeux sur l'un des murs et nous y avons distingué la cascade. Nous étions sur le bon chemin.

Quelques minutes plus tard, nous sommes parvenus à une nouvelle intersection dont les deux ouvertures débouchaient sur des escaliers. La première volée de marches, celle de droite, montait sur plusieurs mètres. L'autre descendait avant de continuer à plat.

-   Flaubert ! ai-je hurlé dans l'espoir qu'il m'entende.

Un miaulement m'a répondu. Je pensais le voir surgir du chemin qui descendait, mais il est arrivé par l'autre et s'est frotté contre moi, heureux de me retrouver.

-   Moi aussi, je suis content de te voir, mon grand, lui ai-je lancé en lui caressant le dessus du crâne.

-   Flaubert, qu'est-ce qu'il y a là-haut ? a demandé Yllen.

Il a miaulé et Caleb a traduit.

-   Il dit qu'il y a un tunnel qui mène à la rivière que nous avons empruntée, et un autre qui débouche derrière la cascade.

-   Donc, si nous voulons trouver un village, nous avons plus de chance d'y parvenir en prenant le chemin qui descend, a conclu ma cousine.

-   Ou en empruntant celui recouvert de toiles d'araignée que nous avons découvert à la dernière intersection.

Nous nous sommes tous regardés et avons décidé de manière unanime d'emprunter les escaliers qui descendaient. Aucun d'entre nous n'avait visiblement envie de se retrouver face à une araignée de la taille d'une locomotive. Bon point !

Au bout de ce que j'ai estimé être deux ou trois heures au cours desquelles nous avons au moins rencontré une trentaine d'intersections, nous avons enfin atteint les abords d'un village. Nous venions de déboucher au fond d'une pièce exiguë qui ne comportait aucune autre issue que le passage par lequel nous étions arrivés, à l'exception d'une toute petite faille qui laissait ruisseler un léger filet d'eau à nos pieds. Ce dernier continuait sa course dans le boyau d'où nous venions. Une trentaine de mètres au-dessus de nos têtes, deux corniches étaient reliées l'une à l'autre par un vieux ponton en bois. Sur celle de droite, nous pouvions distinguer les façades de deux bicoques rudimentaires. Nous ne pouvions pas voir plus loin, mais nous étions presque certains qu'il s'agissait d'un des nombreux villages qui parsemaient le Réseau. Assis au bord du précipice, un homme pêchait étrangement à la ligne dans le vide. Je me suis demandé s'il n'était pas fou pour ne pas remarquer l'absence d'eau au bout du fil, lorsqu'un grondement sourd a résonné juste derrière moi. Nous nous sommes tous retournés d'un même mouvement et avons constaté que la seule issue venait de se refermer, nous emprisonnant.

Inquiet, Jonah s'est avancé et a fait de grands gestes de bras pour que le pêcheur le voie.

- Eh là-haut ! a-t-il hurlé. La voie vient de se refermer derrière nous ! On est bloqué ! Vous pouvez nous aider ?

Mais l'homme n'a pas bronché et s'est contenté de ramener sa ligne et de la lancer une nouvelle fois dans le vide.

- Eh oh !

- Ça ne sert à rien, Jonah, l'a arrêté Yllen. Il n'a pas l'air de nous entendre. Et si c'est le cas, il se fiche royalement de nous.

- Mais comment va-t-on sortir de là ?

- Aucune idée, a-t-elle répondu. Je ne pense pas avoir assez de magie pour tous nous faire grimper. Mais voyons le bon côté des choses : au moins, il n'y a ni monstre ni autre danger ici. Dans l'immédiat, nous ne risquons rien.

Évidemment, le destin ne l'a pas entendu de cette oreille. À peine deux secondes et demie après les mots d'Yllen, un deuxième grondement a fait trembler les murs de la cavité et la fente d'où sortait l'eau s'est élargie, transformant le léger filet qui en coulait en véritable torrent. Et puisque la seule issue qui permettait de l'évacuer venait de se refermer brusquement, nous allions très certainement nous noyer.

18. Nous rencontrons un étrange pêcheur

- Qu'est-ce que… ? s'est effaré Jonah en comprenant ce qui était en train de se produire. L'eau… Le niveau de l'eau va… il va…

- Oui, Einstein, a confirmé ma cousine, usée. Le niveau de l'eau va monter et si nous ne nageons pas, nous allons nous noyer.

- Mais… mais je ne sais pas bien nager…, ai-je gémi en constatant que l'eau m'arrivait déjà aux chevilles.

Flaubert a miaulé.

- Flaubert dit que tu peux monter sur son dos, a traduit Caleb. Il nagera le temps que l'eau arrive à la corniche.

- Et quand nous y serons ? nous a interrogés Jonah. Comment est-ce que nous éviterons de nous noyer ?

- Eh bien, il faut espérer qu'il y ait de quoi se mettre à l'abri là-haut, a lancé Yllen.

Je me suis empressé de grimper sur Flaubert et, tandis que le niveau de l'eau grimpait dans la cavité, nous nous sommes élevés lentement.

Quand nous avons quasiment atteint la corniche, nous nous y sommes agrippés et nous y sommes hissés, nous extirpant des eaux souterraines glacées. Comme mes amis étaient presque à bout de forces, je les ai aidés à se relever pour nous mettre en sécurité, mais le pêcheur nous a arrêtés d'un geste du bras.

- L'eau ne monte jamais plus haut, nous a-t-il informés en ramenant sa ligne.

Un énorme poisson rouge et gris y était accroché. Il s'est dépêché de le libérer du hameçon, y a attaché un asticot et a relancé la ligne qui, cette fois, est tombée dans l'eau dans un « gloup » retentissant.

- Les trappes s'ouvrent et se ferment à intervalles réguliers, nous a-t-il expliqué en rajustant sa casquette sur sa tête.

En l'étudiant de plus près, je me suis rendu compte qu'il s'agissait d'un... chat ? Enfin... pas vraiment d'un chat mais... disons qu'il avait la corpulence d'un humain et était vêtu comme tel, mais qu'il possédait une tête de chat et que son pelage s'étalait sur tout son corps. Il avait des sourcils blancs fournis et de longues moustaches assorties. Ses yeux verts étaient perçants et ses pupilles formaient chacune une fente qui semblait tailler l'iris en deux. Il a dû remarquer qu'Yllen et moi le dévisagions parce qu'il nous a fourni l'explication que nous attendions.

- Vous deux, j'ai l'impression que vous ne venez pas de notre monde. Je suis issu d'une espèce nommée Pachara. Nous sommes de grands félins humanoïdes et vivons principalement dans les zones arides et désertiques. Mais certains, comme moi, préfèrent voir le monde et l'explorer. Je vis ici, dans le Réseau, depuis déjà quelques mois. Et j'avoue qu'il y fait bien moins chaud. Puis-je vous poser une question, mademoiselle ?

- M-Moi ? s'est étonnée ma cousine en se pointant elle-même du doigt.

- Oui, vous. Vous êtes enchanteresse, n'est-ce pas ? Votre odeur me le confirme. Pourquoi ne pas avoir invoqué un bateau ou une bouée ou quelque chose dans le genre ? Ça aurait été bien moins fatiguant que de battre des bras et des jambes pendant que l'eau montait.

Yllen, désemparée, s'est retournée vers moi. Dans la panique aucun de nous n'avait songé que la magie aurait pu nous aider à sortir de la situation critique dans laquelle nous nous trouvions.

- Je... Je n'y ai pas... pensé..., a-t-elle avoué.

- Ça vous aurait évité de vous épuiser à nager pour garder la tête hors de l'eau, a repris le chat humain. Bref ! Qu'est-ce qui vous amène en plein cœur du Réseau ? De jeunes gens tels que vous ne s'y aventureraient jamais par les temps qui courent.

- Nous sommes en mission, a prudemment répondu Jonah. Il paraîtrait que les Obscurs se cachent dans les galeries.

Le vieux chat a presque imperceptiblement froncé les sourcils – ils étaient si fournis que je n'en étais pas bien sûr –. Puis il a ramené une énième fois sa canne avant d'attacher la ligne au manche et de se redresser pour nous faire face. L'expression qu'il affichait sur son visage était grave. J'ai d'ailleurs pu le détailler et remarquer qu'il possédait une longue cicatrice qui courait sur sa joue droite, de la base de son nez jusque dans son cou. Au vu de son attitude, j'en ai conclu qu'il devait cette balafre à l'organisation criminelle.

- Vous enquêtez sur les Obscurs, hein ? Vous devez donc être au courant pour les Ombres ?
- Oui, a confirmé Jonah.
- Surtout, méfiez-vous d'elles comme de la peste. Elles se rengorgent en dévorant les âmes des vivants.
- Nous sommes au courant.

Étrangement, sa réflexion m'a fait penser à mon grand-père et à la nuit de son décès. Les images me sont revenues encore claires et précises. La rencontre avec Orgon, Gildas et ses alliés sortant des fourrés, l'Ombre dans les buissons, et ses congénères affluant de la forêt pour nous attaquer. Je n'ai pas su comment – peut-être avais-je affiché une mine triste – mais le chat pêcheur m'a fixé droit dans les yeux.

- Toi, tu les as vues à l'œuvre, m'a-t-il lancé. Elles t'ont pris quelqu'un. Je le vois dans tes yeux.

J'ai frissonné, je l'avoue. Jonah, encore, ça allait, mais voir un parfait inconnu à demi animal, lire en moi comme dans un livre ouvert, était sacrément effrayant. Heureusement pour moi, Yllen a rapidement enchaîné.

- Vous savez où les trouver ? Les Obscurs, je veux dire.
- Personnellement, non, a-t-il répondu sans cesser de me regarder. Je préfère me tenir le plus loin possible d'eux. Par le

passé, je me suis mêlé d'affaires qui ne me regardaient pas et je leur dois cette affreuse cicatrice.

J'ai cligné des yeux pour rompre le contact visuel. S'il avait eu raison en supposant que les Ombres m'avaient arraché quelqu'un, j'avais vu juste au sujet de sa balafre. Un point partout.

- Vous ne savez vraiment rien ? a insisté Yllen. Vous n'avez aucune piste ? Aucune intuition ?

- Aucune. Et c'est tant mieux, a-t-il répondu.

Il a tourné la tête et a longuement observé le pont de cordes et de bois qui permettait de rejoindre l'autre côté de la cavité. Puis, au bout de ce qui nous a paru être une éternité, il a brisé le silence.

- Par contre, je sais qui pourrait vous aiguiller.

- Qui ? s'est enquit Caleb.

Surpris que mon animal de compagnie participe à la conversation, il l'a fixé avec des yeux ronds.

- V... Votre furet vient de... de parler ?

- Oui, je parle, a répondu Caleb avec agacement. Pourquoi n'aurais-je pas droit à la parole alors que vous autres, Pacharas, en êtes doués ?

- Mais... Enfin... Comment ?

- Je suis né comme ça, a-t-il coupé court. Vous nous disiez connaître quelqu'un qui pourrait nous renseigner au sujet des Obscurs.

L'homme-chat a marqué un temps d'arrêt, confus, avant de secouer la tête et de reprendre.

- C'est exact, a-t-il confirmé en tentant de paraître le plus naturel possible. Je connais quelqu'un qui pourra vous aiguiller. Je ne connais pas son nom, mais je sais où vous pourrez le trouver.

- Où ça ?

Le Pachara a lentement levé son bras en direction du pont qu'il nous a indiqué de son index griffu à l'aspect douteux. Il faudrait sérieusement qu'il pense à prendre rendez-vous pour une manucure.

- Il n'est pas là depuis longtemps et ne prévoit pas non plus de rester, mais je sais qu'il a établi son campement dans une cavité non loin, au centre de laquelle s'élève un arbre mourant. On dit qu'il essaierait de le guérir.

Je me suis demandé en quoi un botaniste pourrait nous être utile pour pister les Obscurs, mais je n'ai pas eu besoin de l'interroger parce que le Pachara a répondu à ma question informulée.

- Il paraîtrait qu'il aurait renseigné Albann Fox à l'époque où il traquait le Masque Blanc.

J'étais resté pantois. L'homme que nous allions rencontrer avait donc aidé Grand-père à coincer le Masque Blanc, quinze années auparavant. Je pourrais certainement obtenir de lui des réponses à un certain nombre de mes questions. Du moins, si nous le trouvions…

Le Pachara s'était éclipsé juste après sa réplique et nous avions traversé le vieux ponton brinquebalant avec précaution. J'avais tout de même réussi à poser le pied sur une planche fendue et celle-ci avait rompu sous mon poids, me précipitant dans le vide. Je ne devais mon salut qu'aux incroyables réflexes de Jonah qui m'avait agrippé et remonté à la seule force de ses bras. J'avais, grâce à lui, évité de m'écraser trente mètres plus bas. Et puisque l'issue s'était rouverte au fond de la cavité, le niveau de l'eau était redescendue, et rien n'aurait pu amortir ma chute mortelle. Pourquoi fallait-il toujours que je tombe dans le vide ? Qu'avais-je fait pour le mériter ?

Au bout d'une dizaine d'intersections, nous sommes finalement parvenus dans une vaste pièce au centre de laquelle trônait un immense arbre qui faisait pâle figure. Un trou au plafond, une cinquantaine de mètres au-dessus du sol, laissait pénétrer la lumière du soleil qui permettait au végétal de survivre. Cependant, il n'avait pas l'air en grande forme. Son tronc semblait sec et ses feuilles, certainement or-orangées en temps normal, étaient bien trop brunes et semblaient à deux doigts de s'effriter. Heureusement, derrière lui, coulait une petite rivière souterraine. J'ai prié intérieurement pour ne pas qu'elle déborde comme sa congénère au pied du village voisin.

Grâce à la lumière crépusculaire qui émanait du puits au plafond, j'ai pu me rendre compte de deux choses. La première c'est qu'il faisait presque nuit et que j'étais affamé ; la seconde, qu'une tente et du matériel de camping étaient installés à quelques dizaines de mètres de l'arbre. Mais le bivouac semblait inhabité.

- Bon, on a trouvé le campement du botaniste et l'arbre qu'il essaie de ressusciter, a résumé Yllen. Il ne nous reste qu'à le trouver lui.

- Peut-être qu'il est simplement parti faire une balade, a proposé Caleb, toujours perché sur l'épaule de Jonah (à croire qu'il essayait de me le voler. Ai-je vraiment pensé ça ?!).

- Peut-être, a confirmé le beau blond (il faut vraiment que j'arrête de le décrire comme ça !). Et si nous mangions en l'attendant ? Notre dernier repas remonte au petit-déjeuner et je meurs de faim.

Là, c'était l'hôpital qui se foutait de la charité. Comme à Bercebrise, quelques jours plus tôt, Jonah s'était empiffré pour le petit-déjeuner. Si certains d'entre nous devaient avoir une faim à dévorer un mammouth, c'était plutôt Yllen, Caleb et moi ! Mais je me suis bien gardé de lui faire la réflexion. D'une part parce qu'il était mignon et que je ne voulais pas le vexer – je commence sérieusement à douter de mon hétérosexualité, moi… –, d'autre part parce que je trouvais inutile de le faire. Le sermonner n'aurait rien changé. Alors, laissant mes réflexions de côté, je me suis assis et ai ouvert mon sac pour en sortir une boîte de conserve de pommes de terre. Flaubert s'est couché juste à côté de moi et a bruyamment entrepris de faire sa toilette.

Jonah a alors sorti son petit réchaud à gaz de sa sacoche magique et l'a allumé avec ses pouvoirs d'élémentaliste de feu avant que je n'y dépose la conserve.

Au bout de quelques minutes, nous avons pu déguster notre repas dans des assiettes sorties des méandres de la sacoche de mon ami. Certainement les avait-il trouvées entre la boîte de Cluedo, la balançoire et le modèle réduit de camion-citerne. Nous les avons ensuite nettoyées dans l'onde derrière l'arbre mourant et nous nous sommes décidés à monter notre campement juste à côté de celui du botaniste, priant pour qu'il revienne rapidement.

C'est alors qu'un hurlement nous est parvenu d'un tunnel qui partait vers l'est. Du moins, j'ai estimé qu'il partait vers l'est. Nous avions changé de direction tellement de fois que je n'avais aucune idée d'où se trouvaient les points cardinaux. Peut-être Jonah avait-il une boussole dans la sacoche qu'il avait volée à Mary Poppins ?

Nous nous sommes élancés dans le boyau en question, abandonnant nos affaires derrière-nous. Quelques mètres plus loin, au détour d'un mur, j'ai violemment percuté quelqu'un que je n'ai reconnu que lorsque mes fesses ont touché le sol. L'inconnu des funérailles. Yllen, incrédule elle aussi, l'a aidé à se relever tandis que Jonah me tendait la main.

- Qu'est-ce que... Qu'est-ce que vous faites ici ? a demandé ma cousine au nouveau venu.

Son teint était toujours aussi pâle et ses longs cheveux blancs étaient en désordre. Ses yeux écarquillés et la transpiration qui dégoulinait sur son visage témoignaient qu'il fuyait quelque chose ou quelqu'un.

- Nous... Nous... Nous devons partir ! a-t-il crié hors d'haleine. Ils... Ils arrivent !

- Comment ça ? Qui arrive ? l'a questionné Yllen.

Mais l'inconnu n'a pas eu besoin de répondre. Un grondement s'est fait entendre et à peine quelques instants plus tard, des dizaines de paires d'yeux rouges sont apparues au bout du tunnel. Ce n'est que lorsque les points luminescents sont passés à proximité d'une torche fixée au mur que j'ai compris de quoi il s'agissait. Un troupeau de rats faisant chacun la taille d'une table basse, fonçait droit sur nous.

19. Je pars à la recherche d'une hache magique

Cette fois, j'ai un peu paniqué, je l'avoue. Après tout, une dizaine de rats colossaux nous fonçait dessus à ce que j'ai estimé être la vitesse moyenne d'une mobylette. J'ai donc fait la chose qui me paraissait être la plus logique à faire dans ce cas-là.

- Flaubert, fais quelque chose ! lui ai-je ordonné.
- Maouw.

Et sous nos regards incrédules, il est parti en courant dans la direction opposée.

- Laisse-moi deviner, a lancé Yllen à Caleb. Il a dit un truc du style « Fuyons ! » ?
- À peu près. D'ailleurs, je serais d'avis que l'on suive son conseil.

Et nous avons, nous aussi, pris nos jambes à notre cou. Je me suis demandé à quoi servait d'avoir un lynx d'un mètre cinquante au garrot s'il avait peur des myriapodes et des rats un peu plus gros que la moyenne, mais malgré son caractère peureux, j'appréciais beaucoup Flaubert.

- Elrick ! a hurlé ma cousine hors d'haleine. C'est le moment de... provoquer une catastrophe... dont tu as le secret !

La garce ! Elle ne perdait rien pour attendre.

- Une préférence ? lui ai-je demandé, entrant dans son jeu.
- Un éboulement, un tsunami, ... même un troupeau de... rhinocéros en rut, si tu veux ! N'importe quoi !
- Tu aurais plus de chance que moi de faire s'ébouler le tunnel.
- AAAAAAAAH !

Mes amis et moi nous sommes tous retournés d'un même mouvement et avons découvert avec effroi que l'un des rats avait agrippé un morceau du pantalon de l'inconnu des funérailles avec ses dents. Sans plus tergiverser, j'ai activé ma magie et ai fermé les yeux, priant pour ne pas rentrer dans un mur. Si la galerie tournait subitement, j'étais bon pour un traumatisme crânien. Ou au moins une belle bosse au milieu du front.

J'ai rouvert les yeux quatre secondes plus tard et j'ai attendu, comme mes alliés, de voir ce qui allait se produire. Et aucun d'entre nous n'a été déçu. Un immense plat de saucisses grillées est apparu à quelques pas de nous, détournant l'attention des rats. J'ai d'abord été surpris qu'aucune catastrophe ne se produise, mais, au bout d'une seconde, j'ai remarqué que l'assiette ne contenait pas que des chipolatas fumantes. Parmi la viande se trouvaient trois bâtons de dynamite aux mèches allumées. Me rendant compte qu'il ne restait que très peu de fil au bout des explosifs, j'ai hurlé un « Courez ! » qui a dû retentir en écho au moins jusqu'à Neseris.

Puis la dynamite a explosé, nous propulsant sans ménagement sur une bonne vingtaine de mètres.

Groggy, je me suis massé le crâne avant d'ouvrir les yeux, le corps tout endolori. Et devinez quoi ? Jonah m'était *encore* tombé dessus. Était-ce un signe de l'univers qui me hurlait « Prends ton courage à deux mains et demande lui de sortir avec toi ! » ? J'ai préféré ignorer l'appel.

Le visage de mon ami, encore dans les vapes, était posé sur mon torse et je me suis surpris à trouver la position dans laquelle nous nous trouvions, étrangement confortable. Puis il a gémi avant de prononcer faiblement mon prénom.

- Elrick…

J'ai attendu qu'il continue, le cœur battant.

- J'entends ton cœur.

- Relève-toi, idiot.

Et il a pouffé avant de se redresser. Puis je me suis relevé, bien plus facilement que je ne le pensais.

- C'est bon ? Aurore et le prince Philippe ont bien dormi ? s'est moquée Yllen, déjà campée sur ses deux pieds.

- Qu'est-il advenu des rats ? lui ai-je demandé, me souvenant des circonstances de l'explosion.

- La cavité s'est effondrée et, comme tu peux le voir, certains y sont restés.

D'un geste du doigt, elle nous a désigné la tête ensanglantée d'un rat à la gueule ouverte dont le reste du corps était enseveli sous une tonne de gravats qui obstruait la voie.

- Tout le monde va bien ? s'est enquit Jonah en nous étudiant tour à tour.

- À part un trou dans mon pantalon et certainement quelques bleus dus aux chocs, tout va bien, a répondu l'inconnu des funérailles.

- Qui êtes-vous ? lui ai-je demandé en m'approchant du cadavre de l'animal écrasé (il empestait le rat mort. Ce qui était le cas de le dire).

- Nous nous sommes déjà rencontrés, tu te souviens ? m'a-t-il répondu en nous étudiant Yllen et moi. Le jour où nous avons incinéré votre grand-père.

- C'est votre nom que je veux savoir, ai-je répliqué.

- Tu n'as pas besoin de le connaître pour le moment. Mais tu le découvriras certainement bien assez tôt. L'important c'est de sauver l'arbre et de retrouver les Obscurs.

- Pourquoi tant de mystère ? l'a interrogé ma cousine. Et qu'est-ce que l'arbre a à voir avec les Obscurs, les Ombres, et les enlèvements ?

- Tout ce que vous avez à savoir pour l'instant c'est que l'arbre est un arbre magique dissimulant une arme efficace contre les Ombres, lui a-t-il répondu. Le problème c'est que cette arme ne peut pas être délogée du bois par n'importe qui. J'ai administré au tronc un remède spécial composé d'un peu de sève de l'arbre le plus vieux de toute la forêt de Pertevoie, mais je ne suis pas en mesure de récupérer l'arme moi-même. Parce que je ne suis pas assez lié aux Ombres. Toi, par contre, Elrick Fox, tu devrais y parvenir.

- M-Moi ? me suis-je étonné. Mais... Mais pourquoi ?

- Je ne peux pas encore t'en expliquer la raison. Mais il se peut que tu la découvres bien assez tôt.

Abasourdi, j'ai contemplé les paumes de mes mains comme pour y déceler quelque chose. En quoi étais-je plus lié aux créatures de la nuit que lui ? Parce qu'elles avaient tué mon grand-père ? Impossible, il n'avait pas cité le nom d'Yllen. Alors comment pouvais-je être plus lié aux Ombres que ma propre cousine ?

- Est-ce que cette arme permettrait de détruire le Miroir des Ombres ? a demandé Jonah, m'extirpant de mes réflexions.

- Normalement oui.

- Alors dépêchons-nous d'aller la récupérer. Nous devons arrêter les Obscurs au plus vite.

- Elrick n'est cependant pas la seule condition pour accéder à l'arme, a ajouté le vieil homme en détachant ses longs cheveux blancs afin de les recoiffer. L'arbre n'acceptera de la lui donner que s'il lui assène un coup avec une hache enchantée. La hache de Boisfendu.

Un instant, j'ai cru qu'il plaisantait. Qui aurait eu l'idée saugrenue de donner un tel nom à une hache magique ? Pourtant, j'ai compris, à son expression, qu'il était parfaitement sérieux.

- Et cette hache, on la trouve où ? lui ai-je demandé après quelques brèves secondes de silence.

Il est resté muet un instant, le visage grave, ce qui ne m'a pas franchement rassuré.

- Elle est précieusement gardée par Cerberus, le reptile géant qui terrifie tout le Réseau.

***

Lorsque nous nous sommes réveillés au petit matin – en témoignait la douce luminosité qui s'infiltrait par le puits de lumière au sommet de la grotte –, le vieillard n'était plus là. Il avait plié bagage sans même nous dire au revoir. L'arbre, quant à lui, paraissait aller un peu mieux que la veille. Certaines de ses feuilles commençaient à reprendre des couleurs et l'écorce, tombée par endroits de son tronc, commençait à se régénérer. Le produit du vieillard était efficace.

- Où est-il passé ? a demandé Jonah après avoir scruté l'intégralité de la pièce.

- Il a dû partir pendant notre sommeil, a répondu Yllen en grignotant une barre chocolatée extirpée de son sac à dos.

- Hé ! nous a hélés Caleb juste au pied de l'arbre. Il a laissé quelque chose derrière lui.

Nous nous sommes approchés, curieux, et j'ai saisi ce que le furet venait de trouver. Un petit pendentif orné d'une pierre de jade et un morceau de papier. J'ai déplié la missive et l'ai lue à voix haute.

- « Elrick, je te lègue cette amulette. N'hésite pas à t'en servir lorsque tu auras besoin d'aide. Elle te sera certainement utile. Bonne chance dans ta quête. »

- Et évidemment, il n'a pas signé, a fait remarquer Yllen.

- Il n'a pas vraiment l'air d'avoir envie que nous connaissions son identité, a répondu Caleb.

Sans prendre la peine d'exprimer mon avis, j'ai longuement admiré la pierre verdâtre au bout du pendentif.

- Bon, et si nous déjeunions avant de nous mettre en route ? a proposé Jonah. L'un des boyaux alentour doit bien mener à un village où nous pourrions nous ravitailler et glaner des informations, non ?

Nous avons tous approuvé et j'ai passé le médaillon autour de mon cou.

Après de longues heures de marche – sept ? Huit peut-être ? – et une bonne trentaine de croisements, nous nous sommes retrouvés à surplomber une gigantesque salle. Sur notre gauche, des escaliers construits à flanc de paroi permettaient d'accéder au fond de la caverne, situé au moins une centaine de mètres plus bas. Au centre s'élevait un promontoir rocheux sur une dizaine de mètres. Érigé au sommet de ce dernier : un village aux rues animées. Les environs semblaient plutôt calmes mais il restait un problème : aucune échelle ni aucun escalier ne parcourait l'à-pic cernant la cité. Mais comment faisaient les villageois pour entrer et sortir ?

- Comment on se rend là-bas ? a demandé Yllen en se penchant pour observer la place-forte.

- Aucune idée, lui a répondu Jonah. Les villageois doivent disposer des échelles à certains moments de la journée et doivent les retirer le soir pour éviter que certaines créatures qui rôdent dans les galeries ne les attaquent en pleine nuit.

Je n'ai pas trouvé ces propos très rassurants.

- Il est inenvisageable d'escalader la paroi du promontoire à mains nues, a-t-il continué. D'une part parce que le mur à l'air lisse et glissant et d'autre part parce que nous ne sommes pas équipés.

J'allais lui faire remarquer qu'il aurait été utile de ranger une corde dans sa sacoche plutôt qu'une balançoire, mais je me suis souvenu de deux choses. La première, qu'Yllen et moi – mais surtout Yllen – étions en mesure de faire apparaître tout et n'importe quoi grâce à nos pouvoirs. Une échelle entre autres. La deuxième, que si nous avions besoin d'une corde, il nous suffisait de sectionner celles qui tenaient la balançoire avec le canif de Jonah.

- Nous n'avons qu'à descendre et Yllen invoquera une échelle, ai-je proposé.

- Je ne suis pas certaine de pouvoir invoquer une échelle aussi grande. Et quand bien même j'y parviendrais, il est hors de question que je fournisse autant d'efforts pour atteindre le village. Descendre toutes les marches et grimper à l'échelle sur plus de dix mètres alors que nous venons de passer la journée à marcher ? Mais pour qui tu me prends ? Je te rappelle que je suis la personnification même de la flemme !

Jonah a pouffé. Moi non.

- T'as une meilleure idée, alors ? l'ai-je interrogée, usé.

Pour seule réponse, elle a fermé les yeux pendant quelques secondes. L'instant d'après, un toboggan gonflable similaire à ceux que les avions déployaient en cas d'évacuation, se déroulait jusqu'à notre objectif.

Donc, elle ne pensait pas pouvoir invoquer une échelle de dix mètres, mais un toboggan gonflable bien plus grand, c'était bon ?!

- Grâce à mon sortilège, je n'ai qu'à m'asseoir et me laisser glisser sans fournir aucun effort, m'a-t-elle expliqué avec un sourire satisfait.

- Tu gaspilles vraiment ta magie, Yllen, l'ai-je sermonné.

- C'est *ma* magie, a-t-elle insisté. Et je l'utilise comme je veux. Tu ferais pareil si tu savais maîtriser la tienne.

Ouch ! Coup bas.

Sans rien ajouter, elle s'est assise sur la structure gonflable et s'est laissée glisser. Jonah m'a regardé en haussant les épaules et s'est élancé à son tour, vite imité par Flaubert qui, Dieu merci, a rétracté ses griffes avant de prendre place.

- Tu dois reconnaître que son idée est cool, m'a lancé Caleb, moqueur, en s'infiltrant sous mon T-shirt afin de s'agripper au col.

- Toi, la ferme !

Et je me suis engagé sur le toboggan.

Une fois la glissade terminée, je me suis retrouvé les fesses contre le sol.

- Quelle réception extraordinaire ! s'est moquée Yllen.

Je l'ai ignorée. Je n'étais pas d'humeur à répliquer.

Autour de nous, la majorité des habitations, parfois taillées à même la pierre, avaient les volets fermés. Était-ce déjà la nuit ou ne voulait-on pas de nous dans le coin ?

Nous avons traversé les ruelles toutes plus désertes les unes que les autres et sommes enfin parvenus sur une place où nous nous sommes fait accoster par deux hommes en armure de fer. Deux hommes hauts comme trois pommes, et pourvus d'imposantes moustaches. Certainement des nains. Leur air sévère m'a tout de suite convaincu qu'ils ne nous alpaguaient pas pour nous souhaiter la bienvenue.

- Que faites-vous ici, inconnus ? a tonné l'un d'eux. Et comment avez-vous pénétré au sein de la cité ?

- En toboggan, a naturellement répondu ma cousine. C'était facile d'ailleurs. Vous devriez revoir votre système de sécurité.

Comme j'avais peur que les soldats ne s'énervent et ne nous transpercent avec les sabres qu'ils avaient attachés à leur ceinture, j'ai préféré intervenir.

- Nous ne sommes pas là en ennemis. Nous sommes simplement de passage. Nous cherchons à nous ravitailler et à obtenir des informations au sujet de Cerberus.

Le garde s'est apprêté à répliquer, mais une voix tonitruante derrière lui l'a coupé.

- J'aimerais bien savoir ce que des adolescents tels que vous, fabriquent au cœur du Réseau ?

Une dizaine de mètres derrière les deux soldats, un nain à moitié dévêtu – il portait simplement un heaume de bronze à la visière relevée et un pantalon en toile. Le look le moins crédible du monde... – est sorti de l'une des habitations et s'est avancé vers nous. Il possédait des yeux gris, des sourcils roux fournis et une moustache extravagante qui tombait sur ses pectoraux développés. Certainement devait-elle être difficile à coiffer. Deux tresses rousses dépassaient de son casque.

- C'est... C'est un peu compliqué, a expliqué Jonah non sans hésitation (qui n'aurait pas hésité face à un tel spectacle ?). Nous... euh... Nous sommes sur la piste des Obscurs.

- Sur la piste des Obscurs, a répété le nouvel arrivant en se lissant la moustache. Et quel est le rapport avec Cerberus ?

- C'est une longue histoire, a répondu mon ami. Nous sommes ici simplement pour nous ravitailler et demander notre chemin pour trouver le monstre du Réseau. Nous ne souhaitons pas vous importuner très longtemps.

- Oh, mais vous ne nous dérangez pas. Je serais même très heureux que vous m'expliquiez en détail, le lien qui existe entre les Obscurs et Cerberus. D'ailleurs, je ne me suis pas présenté. Je suis Nordok, le chef de ce village. Je m'apprêtais à prendre le thé. Peut-être voudriez-vous vous joindre à moi afin de me raconter tout ça ?

Mes amis et moi nous sommes regardés, inquiets, conscients qu'il n'était peut-être pas très judicieux de parler des Ombres et de l'arme capable de les tuer au premier inconnu que nous rencontrions. Mon cerveau tournait d'ailleurs à plein régime, tentant de trouver un moyen de nous sortir de cette situation délicate sans provoquer le moindre incident diplomatique, lorsque les torches qui éclairaient la ville se sont brusquement éteintes, plongeant l'endroit dans l'obscurité.

- Chef ! Il faut vous calfeutrer immédiatement ! a hurlé l'un des soldats alors que l'autre soufflait dans un cor qui mesurait plus de la moitié de sa taille.

- Hors de question ! a répliqué Nordok en tirant son sabre de son fourreau dans un bruit métallique. Cette situation a assez duré ! Nous devons vaincre ces créatures !

- De quelles créatures parlez-vous ? s'est inquiétée Yllen en activant sa magie.

- Des viles créatures de la nuit, a répondu le nain.

Et des dizaines d'Ombres ont déferlé sur le village.

20. Les grottes ont une dent contre nous

Les nains ont tout de suite commencé à paniquer, donnant des coups de sabre et de hache dans le vide. De notre côté, habitués à combattre de telles créatures, nous étions plus organisés. Jonah m'a lancé une lampe-torche avant d'invoquer des flammes au creux de ses mains, et Yllen a fait apparaître son fameux orbe lumineux.

-   Qu'est-ce que vous faites ?! s'est étonné Nordok en tentant vainement de tailler une créature en deux.

-   Ces choses sont des Ombres, a expliqué Jonah en immolant l'un des monstres avec un jet de flammes. Elles évoluent dans le noir et dévorent l'âme des vivants pour devenir plus fortes. C'est ça qui les rend si terrifiantes. Mais elles craignent la lumière et peuvent même être détruites si elles y sont trop exposées.

Il a fait une démonstration pour illustrer ses propos et, dans le plus grand des calmes, deux Ombres se sont retrouvées calcinées au dix-huitième degré, terminant leur existence sous forme de cendres sur le parvis de quelque chose qui ressemblait vaguement à une église taille réduite. Les nains en sont restés cois, ce qui pouvait facilement se comprendre.

-   Qu'est-ce que… ? s'est éberlué leur chef. Tout ce temps à voir s'épuiser nos troupes alors que ces monstres ont simplement peur de la lumière ?!

-   Ouais, c'est difficile à accepter au début, a répliqué Yllen avec un air faussement empathique.

La voir se moquer ouvertement du chef des nains a failli me faire mourir de rire, mais je me suis retenu de pouffer. D'une part parce que les circonstances ne s'y prêtaient pas, d'autre part parce que je lui en voulais encore pour sa pique de tout à l'heure.

Nordok s'est équipé d'une torche que Jonah a enflammée d'un simple claquement de doigts, et il s'est jeté dans la mêlée en hurlant des injures toutes plus exotiques les unes que les autres. J'en ai même perçu une à base de graines de papaye.

Au bout d'une quinzaine de minutes, les Ombres encore en vie ont battu en retraite, certainement bien trop effrayées par le demi-homme qui braillait des ignominies, et la cité a recouvré son calme alors que les lumières se rallumaient.

- Nous vous devons une fière chandelle, voyageurs, nous a remerciés Nordok en brandissant fièrement sa torche. Qui aurait cru que ces viles créatures craignaient la lumière ?

J'ai été tenté de répondre « Toutes les personnes pourvues d'esprits logiques vivant dans ce monde », mais je me suis ravisé de peur de le vexer.

- Puisque nous vous avons aidé à combattre ces monstres, peut-être pourriez-vous nous indiquer où nous pouvons trouver Cerberus, a essayé ma cousine.

Le nain a pris un instant pour réfléchir. Du moins, il semblait réfléchir puisqu'il lissait soigneusement sa longue et épaisse moustache rousse. Quel cliché !

- Ces monstres ont-ils un quelconque rapport avec la présence des Obscurs dans le Réseau ? a-t-il fini par demander.

- Oui, a répondu Jonah.

- Et trouver Cerberus vous permettrait-il de faire disparaître ces créatures ?

- La plupart, a confirmé mon ami.

- Alors je vais vous indiquer le chemin. Mais sachez qu'il sera long et semé d'embûches.

***

« Long et semé d'embûches ».

Nordok avait certainement dit ça pour la forme parce que même après deux jours de marche à travers les galeries du Réseau, nous n'avions croisé aucune desdites embûches. Bon… Nous nous étions bien retrouvés face à un pont impraticable qui nous avait obligés à faire un sacré détour... Mais ça n'était clairement pas ce que nous qualifiions d'embûche.

Le deuxième jour, fatiguée de marcher et ne cessant de se plaindre de douleurs aux pieds, Yllen était montée sur le dos de Flaubert et s'y était assoupie. Sa présence était très utile dans notre groupe...

Malgré les intersections régulières, nous savions où nous nous trouvions parce que Nordok avait généreusement pris le temps de nous expliquer ce que nous allions croiser en chemin. Aussi, nous avions bien tourné à droite après la cavité aux mille peintures rupestres, gardé le cap après avoir dépassé les impressionnants amas d'ossements que le nain avait appelés « Cimetière » – avec un C majuscule –, et pris la troisième à gauche une fois au bord du lac aux canards en plastique – oui, oui, voir des canards en plastique d'un mètre de haut, flotter sur un lac souterrain m'a étonné moi aussi ! –.

Au bout du troisième jour de marche, nous sommes parvenus aux abords de la dernière étape de notre périple : les Mâchoires. Pourquoi un tel nom ? Eh bien, tout simplement parce que le sol et le plafond étaient, à de nombreux endroits, recouverts de stalactites et de stalagmites et que l'ensemble formait des dents effrayantes. J'avais d'ailleurs l'étrange impression de me trouver dans la gueule béante d'un monstre prêt à me dévorer tout cru. Et l'odeur pestilentielle qui nous parvenait grâce aux courants d'air venait renforcer mon trouble.

- Ça pue, t'es d'accord avec moi ? a demandé Yllen qui, miraculeusement, ne s'était pas plainte de douleurs plantaires de la journée. Parce que si t'es pas d'accord avec moi, moi, je suis d'accord avec moi. Et c'est le principal.

- Ça pue, je suis d'accord, ai-je répondu pour ne pas la perturber.

- Vous pensez que les Mâchoires peuvent se refermer ? s'est inquiété Caleb.

- C'est une grotte, le rongeur ! lui a répondu ma cousine sur un ton condescendant. Ça ne peut pas se fermer comme ça.

Évidemment – vous commencez, comme moi, à avoir l'habitude –, l'une des mâchoires à quelques mètres de nous s'est refermée d'un coup d'un seul. En fait, les stalactites et les stalagmites ont subitement poussé jusqu'à s'entrechoquer, transperçant une pauvre chauve-souris qui n'avait rien demandé. Puis la grotte s'est rouverte tout naturellement.

Cette fois, pour le coup, c'était totalement le genre de chose que j'appelais « embûche » !

- Ok, alors on va judicieusement éviter de passer au milieu des bouches, pour des raisons évidentes, a rectifié Yllen en s'immobilisant.

Le fait était qu'il nous était presque impossible de traverser la pièce sans passer entre les gigantesques dents.

Quelques mètres devant nous, un rat géant – encore ?! – a déboulé d'une cavité et s'est élancé droit sur nous. À peine a-t-il posé l'une de ses pattes à proximité des stalactites que la mâchoire concernée s'est refermée, lui sectionnant la tête. Celle-ci a roulé sur une dizaine de mètres avant de buter contre un mur et de s'arrêter. Flaubert a feulé de dégoût.

- Quelqu'un a une merveilleuse idée pour atteindre l'autre bout de la caverne en vie ? nous a questionnés ma cousine en nous regardant tour à tour.

Il se trouvait que j'avais une idée. Mais comme je n'étais pas totalement sûr de moi, j'ai préféré expérimenter.

- Jonah, tu as, dans tes affaires, un T-shirt ou un quelconque objet auquel tu ne tiens plus ?

Pour seule réponse, il a enlevé son T-shirt et je n'ai pu me résoudre à ne pas admirer son corps aux muscles bien dessinés.

- C'était un prétexte pour me mater ? s'est-il moqué.

- N-Non, ai-je balbutié en m'empourprant. Je… Je voulais juste… tenter quelque chose.

- Sache que je ne refuserai jamais d'enlever mon haut pour toi, Elrick, m'a-t-il lancé avec un clin d'œil.

J'ai perdu mes moyens pendant un instant, me demandant s'il était sérieux ou s'il se moquait de moi. Au fond, j'espérais qu'il était sérieux même si je ne me l'avouais pas.

J'ai repris mes esprits lorsque son T-shirt a atterri sur ma tête, me brouillant temporairement la vue. J'ai vivement ôté le vêtement de mon visage, me suis penché pour saisir une pierre d'une taille plutôt conséquente et je l'ai jetée à travers les dents. La mâchoire s'est alors refermée dans un écho magistral. Puis, quelques instants plus tard, alors qu'elle se rouvrait, j'ai jeté le T-shirt de Jonah par l'ouverture. Comme je m'en doutais, les dents ne se sont pas abattues sur le vêtement et ont continué leur chemin jusqu'à leur place initiale.

- C'est ce que je pensais, ai-je lancé. Les stalactites et les stalagmites s'activent dès que quelque chose passe au travers des mâchoires, mais elles ne se referment plus tant qu'elles n'ont pas repris leur position initiale.

- Tu veux dire qu'on pourrait traverser tant qu'elles n'ont pas recouvré leur taille normale ? m'a demandé Caleb, impressionné.

- Techniquement, oui, lui ai-je répondu.

- Et il te fallait absolument le T-shirt de Jonah pour mener ta petite expérience ? m'a interrogé Yllen, moqueuse.

- Euh…

J'allais bredouiller une excuse bidon qui ne m'aiderait certainement qu'à m'enfoncer un peu plus, mais heureusement pour moi, mon ami a coupé court.

- Nous ferions mieux d'y aller, a-t-il dit en se baissant pour ramasser une pierre.

Il l'a lancée à travers les dents et celles-ci se sont écrasées les unes contre les autres en moins de temps qu'il en fallait pour dire « Aux abris ! ». Puis, alors qu'elles faisaient chemin inverse, Jonah s'est précautionneusement engagé dans l'ouverture.

J'étais terrifié à l'idée de m'être trompé et de condamner mon ami à une mort douloureuse, mais il a atteint l'autre côté avant que les concrétions ne regagnent leur place de départ. Je n'ai soupiré de soulagement que lorsqu'il a ramassé son T-shirt pour l'enfiler.

Je me suis alors emparé d'une nouvelle pierre et l'ai lancée dans l'ouverture. Caleb a sauté sur le dos de Flaubert lorsque les dents se sont rabattues et ce dernier a bondi de l'autre côté lorsque je le lui ai ordonné. Puis je me suis à nouveau baissé. Hélas, cette fois, il n'y avait plus aucune pierre à portée de main. J'ai alors regardé Yllen.

-   T'as un vêtement à sacrifier ?
-   Plutôt mourir que de déchiqueter l'un de mes T-shirt Disney ! a-t-elle répliqué. Balance plutôt l'une de tes immondes chemises à carreaux. Elles ne manqueront à personne.

Vaincu, j'ai posé mon sac, l'ai ouvert et en ai sorti les chemises que j'avais emportées pour le voyage. Il m'a fallu de longues secondes pour choisir laquelle j'allais sacrifier, mais j'ai finalement opté pour la rose avec les carreaux bleu azur. Mon cœur s'est serré quand je l'ai jeté dans les mâchoires de la grotte.

Une fois parvenus de l'autre côté, Yllen a affiché un air suffisant tandis que je ramassais la moitié de mon vêtement tombée du bon côté de la gueule qui n'en était pas vraiment une.

-   Yllen : un, les immondes chemises d'Elrick : zéro ! a-t-elle lancé. Laquelle vas-tu sacrifier dans la prochaine mâchoire ?
-   Aucune autre, me suis-je renfrogné, un peu triste d'avoir détruit l'une des chemises que j'affectionnais. Je vais continuer avec les restes de celle-ci. À la sacrifier, autant le faire jusqu'au bout.

Nous avons atteint l'extrémité de la grotte à peine quelques minutes plus tard. Et ce, sans que personne ne perde le moindre membre ou ne meure décapité. Chose qui aurait été appréciable si nous avions été en compagnie de Tyler, par exemple. Est-ce que je suis quelqu'un de rancunier ? Peut-être bien... Toujours est-il que nous avons continué notre chemin comme si de rien n'était, ce qui n'était pas des plus simples puisque nous avions failli nous faire croquer par les dents d'un tunnel...

Un peu plus loin, alors que la fatigue commençait à se faire sentir, nous sommes arrivés dans une vaste pièce au plafond en cloche. Au centre, un liquide fumant – qui sentait la menthe ?! – évoluait dans le lit asséché d'une rivière. Yllen s'en est approché et s'est penché au-dessus de l'onde pour la sentir et même la goûter. J'espérais de tout mon cœur pour elle qu'il ne s'agisse pas de l'urine d'un monstre quelconque !

- C'est bien ce que je me disais, a-t-elle annoncé. C'est du thé à la menthe. J'en bois les soirs d'hiver quand je lis un bon livre sur l'appui de fenêtre de ma chambre au manoir, ou lorsque je regarde un film, emmitouflée dans un plaid.

- Je suis plutôt team chocolat chaud, a commenté Jonah.

- Moi aussi ! me suis exclamé avec bien trop d'enthousiasme à mon goût.

- Qu'est-ce que vous attendez pour vous marier ? s'est moquée ma cousine, à moitié désespérée.

Mes joues se sont immédiatement empourprées et Jonah et Caleb ont éclaté de rire. Flaubert, qui n'avait certainement pas compris, est venu se frotter contre moi. Au moins, lui, il était réconfortant !

Malheureusement, l'hilarité de mes amis a été de courte durée parce qu'un grognement rauque nous est parvenu de la galerie sombre au fond de la pièce. Nous avons tous dégluti et nous sommes regardés, peu rassurés. Flaubert a même essayé de se cacher derrière moi. Quel courage !

- Qu'est-ce que c'était ? s'est inquiétée Yllen.

- Ton karma, ai-je répondu du tac au tac. Il vient te punir parce que tu te moques de moi toutes les trente-six secondes et demie.

- Faux ! a-t-elle répliqué. Je me moque de toi toutes les dix-neuf secondes trois-quarts.

- Ça revient au même ! me suis-je impatienté.

Nous avons été contraints de nous taire lorsqu'un nouveau grognement s'est fait entendre, plus important que le précédent. La chose qui s'approchait était en colère. Était-ce Cerberus ?

Le tunnel obscur à une quarantaine de mètres de nous, seule autre issue de la salle dans laquelle nous nous trouvions, n'était que peu éclairé sur le premier tronçon. Mais nous pouvions distinguer de la lumière qui provenait de juste derrière le coude qui le concluait. Une faible lueur qui éclairait le mur.

Un troisième rugissement a résonné moins d'un instant plus tard et une ombre a commencé à s'étaler sur la paroi. Une ombre peu commune. Celle d'un monstre qui avait l'air gigantesque à mesure qu'il se rapprochait. Et qui, de surcroît, possédait trois têtes reptiliennes. Nous étions condamnés.

21. Nous prenons le thé avec un monstre schizophrène

Au quatrième grondement, j'ai franchement hésité à prendre mes jambes à mon cou, quitte à laisser mes amis en plan – oui, je sais. Je suis la définition même du courage ! –. Mais je me suis ravisé en me rappelant de la salle avec les bouches géantes qui tranchaient les rats et les chemises en deux. Je n'avais pas vraiment envie de finir en kébab pour tunnel affamé. Alors je suis resté là, immobile, à côté de mes amis au moins aussi terrifiés que moi.

L'ombre du monstre enflait de plus en plus sur la paroi et notre peur s'accentuait à mesure que la créature se rapprochait. Nous ne savions pas du tout à quoi nous attendre. Cerberus était-il un monstre à la gueule remplie de crocs tous plus imposants les uns que les autres ? Était-il une créature polymorphe capable de changer de forme à volonté ? Ou encore un homme titanesque à la carrure imposante et dont les cheveux enflammés étaient si chauds qu'ils viraient au bleu – ne me jugez pas, Yllen et moi avons récemment regardé la version Disney de *Hercule* ! –.

J'ai hésité à fermer les yeux pour éviter de découvrir à quoi le monstre ressemblait – peut-être disparaîtrait-il si je faisais semblant de ne pas le voir ? –. Hélas, ma raison m'a dicté de les garder ouverts parce qu'ils pourraient m'être utiles si jamais nous décidions de combattre ou de nous enfuir. Ma raison est vachement perspicace !

Enfin, au bout de ce qui nous a semblé être une éternité, mais qui a certainement duré quatre secondes et demie, la créature est apparue au bout du coude et s'est avancée lentement vers nous. Très lentement. Et c'est exactement à ce moment que nous nous sommes trouvés ridicules d'avoir eu peur.

Le monstre terrifiant n'était en fait qu'une tortue qui avait certainement dû abuser des biscuits « Mangez-moi » d'*Alice au pays des merveilles*, elle aussi. Elle était en tout point identique aux tortues les plus communes à deux exceptions près. La première, c'est qu'elle possédait trois têtes – voilà donc d'où elle tenait son nom –. Et la seconde, c'est que sa carapace n'était pas vraiment une carapace. Enfin, la base si ! Mais le sommet ressemblait à une théière verte ornée de motifs floraux sur tout le pourtour, et même sur le bec verseur. Au bout de ce dernier, j'ai d'ailleurs remarqué un manche en bois qui dépassait. Quelque chose obstruait l'orifice.

- Qui ose me déranger dans mon sommeil ?! a tonné la tête centrale d'une voix caverneuse qui nous a tout de même glacé le sang.

- Pourquoi *ton* sommeil ? l'a interrogé la tête de gauche avec une voix plus fluette. Nous aussi on dormait que je sache !

- Je confirme ! On dormait ! a affirmé la tête de droite.

- Mais c'est une façon de parler, idiots ! a répliqué la tête du centre en soupirant. Nous avons un seul et même corps donc quand je dis « mon sommeil », je parle implicitement de *notre* sommeil ! Et puis de toute façon, nous avons déjà eu cette conversation au moins mille fois !

- Eh bien, nous l'aurons une mille et unième fois ! s'est exclamée la tête de gauche.

- Une mille et unième ! a répété celle de droite.

La tête centrale a levé les yeux au plafond et soupiré longuement tandis que je jetais des regards interrogateurs à mes amis. Qu'était-il en train de se passer ? Discutions-nous réellement avec une tortue-théière géante atteinte de trouble dissociatif de l'identité ?

- … que tu ne t'intéresses qu'à toi ! tonnait la tête de gauche alors que je reprenais le fil de la discussion.

- Qu'à toi ! a répété celle de droite.

- Mais bien sûr que non ! s'est défendue celle du milieu. Mais nous sommes un tout ! Il est donc normal que je parle de nous à la première personne !

- Je suis d'accord avec l'emploi de la première personne, a répondu la tête de gauche. Mais celle du pluriel !
- Euh... Excusez-nous de vous déranger, a osé intervenir Jonah, non sans crainte. Nous cherchons Cerberus.

Les trois têtes se sont alors tues et tournées vers nous d'un seul et même mouvement. J'ai senti le poids de leur regard sur mes épaules.

- Il se tient devant toi, lui a répondu la tête centrale.
- Tu veux dire « Ils se tiennent devant toi » ! a rectifié la tête de gauche.
- Ils se tiennent ! a répété celle de droite.
- Attendez, attendez, attendez ! les a arrêtées Yllen, visiblement perdue. Vous êtes tous les trois Cerberus ?
- Oui, ma petite demoiselle, a confirmé la tête de gauche. Je m'appelle Cérès, l'égoïste au centre s'appelle Bertrand et le débile du fond, Eustache. Mais nous préférons nous faire appeler Cerberus parce que c'est plus simple. Et puis c'est le nom de notre chorale ! On travaille en ce moment sur une version a cappella de *My Heart Will Go On*, la bande originale du film *Titanic*. Vous voulez l'entendre ?
- Très peu, non, a répondu ma cousine.
- Vous ne savez pas ce que vous ratez, jeune fille ! s'est offusquée Cérès. Le résultat est, pour le moment, très beau.
- Très beau ! a beuglé Eustache.

J'avais du mal à réaliser ce qu'il se passait, aussi je n'ai pris que très peu part à la conversation, préférant écouter attentivement et essayer de retenir le maximum d'informations.

- On nous a dit que vous gardiez une hache magique nommée Hache de Boisfendu, a commencé Jonah.
- Effectivement, a répondu Bertrand. Mais cette fichue hache est actuellement coincée dans le bec de notre théière. Ce qui, soit dit en passant, est très désagréable et me... *nous* rend très facilement irritable. Nous avons essayé de demander de l'aide aux habitants du Réseau, mais ils s'enfuient ou se

calfeutrent à chaque fois que nous approchons. Et ça a le don de *nous* énerver !

- De *t'*énerver, a rectifié Cérès.

- Je croyais que tu voulais que je nous considère comme trois personnes différentes ?! s'est offensé Bertrand.

- Oui, mais la situation n'énerve que toi. Pas nous.

- Pas nous ! a répété Eustache.

- Tu commences à sérieusement me casser les pieds, Cérès.

- Ne sois pas si désagréable, Bertrand. Je ne fais que dire ce que je pense.

- Moi aussi, figure-toi !!

- Si on vous aide à déloger la hache de votre... théière, vous seriez d'accord pour qu'on vous l'emprunte quelques jours ? a demandé Yllen, coupant court à leur dispute.

- Pourquoi voudriez-vous emporter cette satanée hache ? s'est étonnée Cérès. Elle n'a aucun pouvoir et son état est déplorable.

- Nous avons du petit-bois à refendre, a répondu Caleb, ce qui a presque failli faire pouffer ma cousine.

- Une hache ordinaire ferait parfaitement l'affaire, a répliqué Bertrand. Pourquoi vouloir cette hache en particulier ?

- Écoutez, a insisté Jonah. Je vous propose un deal. Si nous arrivons à déloger cette hache de votre théière, nous vous en débarrassons. Comme ça, elle ne se coincera plus jamais nulle part. Ça vous convient ?

Les trois têtes ont échangé des regards interrogateurs puis se sont approchées les unes des autres afin de délibérer à voix basses. Je me suis d'ailleurs demandé pourquoi trois têtes sur le même corps avaient besoin de délibérer. Ne possédaient-elles pas le moyen de communiquer... je ne sais pas moi... par télépathie ?

- Nous acceptons, a enfin lancé Bertrand. Mais sachez que cette hache est aussi difficile à déloger que l'épée magique coincée dans le rocher de la légende. Rrrroh, comment s'appelait-elle déjà ? Et le gamin qui l'en a retiré ?

- Excalibur et Arthur, a répondu Yllen.

- Non... C'était plus comme...

- C'était l'épée d'Excelsior, pauvre idiot ! lui a répondu Cérès. Et le gamin qui l'a tirée de la pierre s'appelait Albert.

Yllen et moi avons échangé un regard interrogateur – oui, nous nous interrogions tous beaucoup à ce moment-là –. Visiblement, les légendes de Merilian n'étaient pas exactement les mêmes que celles de notre monde...

- Par contre, aucun d'entre vous n'a l'air en mesure de retirer l'épée de notre carapace, a fait remarquer Cérès. Sans vouloir vous vexer, bien entendu.

Elle avait raison. En tout et pour tout, notre groupe était constitué d'un furet, d'un chat géant, d'une fille asthmatique, d'un gringalet roux et d'un beau gosse fan de littérature classique. D'ailleurs, ledit beau gosse était le plus à même de déloger la hache de Boisfendu. Mais, contre toute attente, il s'est adressé à moi.

- Elrick, tu devrais grimper pour retirer la hache.

Yllen a explosé de rire. Je l'ai mal pris.

- Et pourquoi pas le rongeur, tant qu'on y est ? s'est-elle esclaffée.

- Eh ! s'est indigné l'intéressé.

- Non, mais soyons réalistes, a repris ma cousine. Elrick a autant de force qu'un moustique !

- C'est humiliant, mais je confirme, ai-je approuvé, les épaules voûtées.

- Elrick, a repris Jonah en posant sa main sur mon épaule et en plongeant ses yeux dans les miens (mon cœur s'est emballé, je l'avoue). Si tu es le seul à pouvoir ouvrir l'arbre, alors, quelque chose me dit que tu es aussi le seul à pouvoir récupérer cette hache.

J'ai dégluti et j'ai pris une grande inspiration. Jonah croyait en moi, et même si j'étais certain d'échouer, ses encouragements me poussaient à grimper sur le dos de Cerberus, au moins pour essayer. Alors, j'ai entamé mon ascension. Si on m'avait dit que j'allais un jour escalader la carapace d'une tortue-théière géante pour déloger une hache pourvue d'un patronyme ridicule de son bec verseur, je ne l'aurais jamais cru.

Certain que je n'allais pas réussir, Cerberus n'a même pas fait l'effort de se mettre à genoux pour me faciliter la tâche. Heureusement, je suis parvenu à l'escalader. D'ailleurs, sachez qu'une carapace en porcelaine, c'est extrêmement glissant. J'ai failli me casser la figure au moins une bonne demi-douzaine de fois avant de parvenir au sommet.

Une fois là-haut, j'ai tendu le bras afin de saisir le manche de l'outil. Je l'ai tiré, m'attendant à devoir user de toutes mes forces – c'est-à-dire très peu – pour le décoincer, mais en fait, il est venu tout de suite et je suis tombé en arrière, me retrouvant les fesses contre le sol. Heureusement, la hache est tombée quelques mètres plus loin. Il aurait été compliqué de graver « Ci gît Elrick Fox, mort décapité par la hache qu'il venait de déloger du bec verseur de la carapace d'une tortue-théière à trois têtes atteinte d'un trouble dissociatif de l'identité » sur ma pierre tombale. Ou alors il en aurait fallu une très grande.

- Ce gamin a… il a… il a… ? s'est éberlué Bertrand.
- Le mot que tu cherches est « réussi », a répondu Cérès. Oui, il semble bien qu'il ait délogé cette maudite chose. Parfait ! Nous allons pouvoir servir le thé !
- Le thé ! a hurlé Eustache.

De la vapeur s'est échappée du bec verseur et une bonne odeur de menthe s'est installée dans la grotte. Yllen s'est avancée vers l'instrument à la lame tranchante et l'a saisi. Elle n'avait rien de bien exceptionnel. Un manche en bois, une lame en fer. Seul un petit B majuscule – certainement pour Boisfendu – était gravé à la base du tranchant.

- Une question me vient, est alors intervenue ma cousine. Comment cette hache s'est-elle retrouvée dans le bec de votre théière ?

Les trois têtes se sont empourprées.

- Une longue histoire, a éludé Cérès. Jeunes gens, allez donc chercher des tasses dans le buffet au fond de la pièce. Le thé est presque prêt.

Yllen, en parfaite personnification de la flemme qu'elle était, avait demandé, lors du goûter, si Cerberus pouvait nous indiquer un chemin plus court et moins dangereux pour rejoindre l'arbre. Et je l'en ai remerciée. Je n'avais pas très envie de risquer une nouvelle fois ma vie à passer au travers des Mâchoires dévoreuses de chemises.

Les trois têtes reptiliennes nous avaient répondu qu'il existait, effectivement un passage bien plus court, mais de dangerosité relative. Chose qui ne m'avait pas rassuré. Elles n'avaient rien voulu ajouter au sujet de cette fameuse dangerosité relative, même après nos supplications, prétextant qu'elles avaient déjà été assez gentilles avec nous en nous permettant d'emprunter la hache – alors qu'elles voulaient s'en débarrasser… –, en nous offrant le thé et en nous indiquant un autre chemin pour rejoindre notre destination.

Nous étions donc partis dans la direction qu'elles nous avaient indiquée.

Au bout d'une heure cependant, nous nous sommes retrouvés au sommet d'une immense falaise. Il n'y avait, autour de nous, aucun moyen de rejoindre la terre ferme. Aussi, j'ai tout naturellement demandé à Yllen d'invoquer à nouveau son toboggan gonflable. Ce à quoi elle m'a tout naturellement répondu qu'elle n'était pas certaine d'avoir assez d'énergie pour garder son sortilège ancré dans la réalité le temps que nous parvenions tous en bas. Ce qui était tout de même une très bonne excuse. Je n'avais pas vraiment envie de faire une chute de cent-trente mètres de haut en sachant pertinemment que du sol graniteux m'attendait à l'atterrissage.

- Quelqu'un a une autre idée ? a demandé Caleb en s'approchant précautionneusement du bord. Puisque Miss Flemme est dans l'incapacité de nous aider...

- Quelqu'un veut savoir si les furets peuvent voler ? a demandé ma cousine, désapprouvant la réflexion du mustélidé.

Je n'ai jamais vu Caleb courir aussi rapidement. En moins d'une demi-douzaine de secondes, il a bondi loin d'Yllen et s'est élancé vers Jonah pour se percher sur son épaule – mais quelle était donc cette manie ?! Pourquoi ne venait-il plus sur la mienne ? J'en deviendrais presque jaloux... –.

- Je crois que j'ai un drap dans ma sacoche magique, a annoncé Jonah. Peut-être pourrions-nous en faire un parachute ?

- On pourrait se servir de la corde de la balançoire pour les attaches, ai-je ajouté. Mais le problème, c'est que nous risquons d'être bien trop lourds pour ton drap... Et en plus, Flaubert sera incapable de s'accrocher.

- Flaubert ne sera pas un problème, a rétorqué ma cousine. Je pense avoir assez de magie pour le miniaturiser jusqu'à ce qu'on atteigne le sol.

- Et pour ce qui est du poids, je peux m'invoquer des ailes et porter l'un d'entre vous jusqu'en bas, nous a annoncé Jonah. Malheureusement, je pense que je serai incapable de faire deux voyages...

- Bon, eh bien, commençons à confectionner mon parachute, a conclu Yllen. Je sais pertinemment lequel de nous deux Jonah préférera enlacer le temps du voyage.

J'ai rougi – décidément, ça m'arrivait souvent en ce moment ! –, mais heureusement pour moi, mon ami n'a fait aucune réflexion.

Au bout d'une heure d'acharnement et de travail minutieux, le parachute d'Yllen était fin prêt. Il était vraiment rudimentaire, mais nous étions certains qu'il tiendrait le coup jusqu'au sol. Avec les cordes, Jonah et moi avons solidement harnaché ma cousine qui, après l'avoir miniaturisé, serrait fermement Flaubert dans ses bras – qu'il était chou à l'état de chaton !! –.

- Maouw ! avait-il miaulé, effrayé.
- Ne t'en fais pas Flaubert, l'avait rassuré Yllen. Nous arriverons en bas en un seul morceau.

Un bruit étrange est alors parvenu à nos oreilles. Un bruit métallique.

- Qu'est-ce que c'est que ça ? ai-je demandé en me retournant.
- Maouw !
- Qu'est-ce qu'il dit ? a demandé Jonah à Caleb.
- Il demande à Yllen de se dépêcher de sauter, lui a-t-il répondu. À ce propos... Yllen ?
- Ouais ?
- N'ouvre pas ton parachute.
- Crève, sale rongeur.

J'ai levé les yeux au ciel et ai soupiré bruyamment, usé par les disputes incessantes de mes deux amis. Je m'apprêtais d'ailleurs à leur signaler lorsqu'un nouveau son métallique m'est parvenu, bien plus proche que le dernier.

- Mais qu'est-ce que c'est que ce bruit ? me suis-je inquiété en jetant un œil dans la cavité d'où nous venions.

Le boyau sombre était totalement vide.

- On dirait quelque chose de métallique qui tape contre la paroi, m'a répondu Jonah. Quelque chose comme une pioche.
- Il y a des gisements métallifères par ici ? s'est enquise Yllen. Parce que je n'en ai pas vu depuis notre entrée dans le Réseau.
- Il y en a, a répondu Jonah. Mais je ne pense pas que nous en soyons proches.

Le tintement a recommencé, encore plus près cette fois-ci.

- Alors qu'est-ce qui fait ce bruit ?! me suis-je énervé.

Finalement, je pense que j'aurais mieux fait de tenir ma langue. Parce qu'au moment où j'ai fini de poser la question, la réponse m'est apparue en chair et en os. Enfin... En chair et en métal...

Au bout du tunnel, une créature répugnante est sortie du coude et s'est avancée vers nous, menaçante. Il s'agissait d'une espèce de serpent gigantesque dont les crochets et le bout de la queue étaient entièrement faits d'acier. Au moins, j'avais la réponse à ma question...

- Oh... Mon... Dieu ! a hoqueté Jonah, me rappelant étrangement l'un des personnages insupportables d'une série américaine comique qu'Yllen affectionnait.

- Saute, Yllen !! lui ai-je ordonné en reculant pour m'éloigner le plus possible du monstre qui se rapprochait de plus en plus vite – la perspective de faire de nous son repas du soir, certainement –.

Ma cousine s'est approchée du bord et a regardé le vide, hésitante.

- Qu'est-ce que t'attends !? l'ai-je sermonné. On va se faire bouffer !

- J'aimerais bien t'y voir ! m'a-t-elle hurlé. Je me tiens au sommet d'un précipice d'au moins douze kilomètres de profondeur !

Yllen, toujours dans l'exagération.

Le serpent, maintenant à moins de trente mètres de nous, s'est redressé et a sifflé, menaçant. Si nous ne faisions rien, il ne s'écoulerait qu'une minute avant que nous nous retrouvions dans l'estomac du reptile.

- Yllen ! ai-je crié.

- Une minute !!!

- Utilise le médaillon, Elrick ! m'a ordonné Caleb. C'est notre seul moyen de gagner du temps !

J'ai un instant baissé les yeux sur le pendentif orné de la pierre de jade que m'avait confié l'inconnu des funérailles. Je n'avais aucune idée du pouvoir qu'il renfermait, mais l'homme m'avait dit que je pourrais l'utiliser lorsque j'aurais besoin d'aide. Et visiblement, le moment était venu.

Alors, tandis que le serpent sifflait une nouvelle fois, j'ai porté la main au pendentif et une vive lumière verte nous a tous éblouis.

22. Je deviens le meilleur ami des plantes

Je ne savais pas du tout ce qui allait se passer. Aussi, je ne m'attendais à rien. Et j'ai tout de même été déçu...

Lorsque la lumière s'est atténuée et que nous avons retrouvé l'usage de nos yeux, nous avons tous remarqué l'étrange petit bonhomme tout vert, le corps pourvu d'épines – un cactus humanoïde ? – qui se tenait entre le serpent et moi. Il portait un T-shirt blanc – celui d'une poupée, certainement – avec écrit « Qui s'y frotte s'y pique » en grosses lettres noires. Ce qui était plutôt drôle étant donné qu'il s'agissait d'un cactus.

Comme s'il se fichait éperdument de la présence du monstre, le petit être végétal s'est tourné vers moi et m'a salué en posant un genou à terre. Attendez... Pouvons-nous réellement parler de genou dans ce cas ?

- Bonjour, cher nouveau maître, m'a-t-il dit avec autant de fioritures dans la voix qu'un aristocrate britannique. Mon nom est Andreï Anton Stanislas Marcusovitch de la Pampa.

- Je... euh... À vos souhaits, ai-je répondu, hébété (ne pouvait-il pas simplement s'appeler Stan ?!).

- Je n'ai pas éternué, mais je vous remercie, m'a-t-il répondu en fronçant les sourcils (parce que oui, il avait des sourcils). Si vous le souhaitez, vous pouvez m'appeler Marcus. Les gens m'appellent tous comme ça.

- Comme c'est étonnant, a ironisé Yllen qui n'avait toujours pas sauté de la falaise.

- Je ne vous le fais pas dire, Mademoiselle. Je n'ai jamais compris pourquoi. Mon nom est si facile à retenir.

Je n'ai pas réussi à savoir s'il était sérieux ou non. Et la présence du serpent qui se tenait immobile et qui lorgnait sur l'esprit cactus de mon pendentif ne m'a pas aidé. D'ailleurs, le monstre a rappelé sa présence en sifflant et en faisant tinter sa queue contre le mur. Ne pouvions-nous pas avoir une discussion tranquille ?!

Puis il s'est étrangement dandiné avant de ramener sa tête en arrière pour prendre son élan.

Mon corps a été comme traversé par un choc électrique. D'une pensée, j'ai ramené Marcus de la Pampa dans le pendentif – ne me demandez pas exactement comment, je n'en ai pas la moindre idée ! –, et j'ai poussé Yllen qui a chuté dans le vide en me gratifiant d'une bonne trentaine de noms d'oiseaux – c'était ma vengeance pour le jour où elle m'avait poussé sur le canoë-kayak. J'ai savouré cet instant ! –. Puis, j'ai pris la main de Jonah et l'ai entraîné avec moi à la suite de ma cousine.

Nous avons entendu un énorme « Boum » dans notre dos, témoignant que le serpent avait certainement préféré s'assommer plutôt que de se jeter dans le vide. Je l'ai remercié d'être si prévenant.

Le parachute improvisé d'Yllen semblait fonctionner normalement parce qu'elle planait sereinement quelques mètres au-dessus de nous. Sans cesser de m'insulter, bien entendu. Jonah et moi, par contre, tombions à une vitesse bien trop indécente. Mais point positif : nous nous tenions la main. Je suis vraiment le gars le plus niais de l'univers…

- Jonah ! ai-je crié. Tu n'as pas dit que tu savais voler ?!
- Ah si ! s'est-il souvenu (comment pouvait-on oublier un tel détail lors d'une chute mortelle ?!).

Il m'a entouré de ses bras, pour ma plus grande joie, je l'avoue, et m'a serré contre lui tandis que des flammes rougeoyaient dans son dos. L'instant d'après, deux ailes aux écailles écarlates étaient rattachées à ses omoplates. D'un mouvement, il a stoppé notre chute et nous nous sommes élevés. Et bien évidemment, mon estomac s'est retourné. Heureusement, ses bras qui m'entouraient me faisaient du bien. Je me suis même surpris à penser que j'aurais bien aimé que le vol dure plus longtemps. Seulement le risque de lui vomir dessus était bien trop important. Vomir sur quelqu'un n'a jamais été le meilleur moyen de lui avouer ce que l'on ressent… À tous mes lecteurs qui souhaitent se jeter à l'eau : achetez simplement un bouquet de fleurs et passez de la musique romantique.

Nous nous sommes posés environ une minute plus tard et mon ami m'a libéré de son étreinte, à mon plus grand dam, avant de s'asseoir pour reprendre son souffle. Puis Yllen s'est posée à côté de nous, a lâché Flaubert qui a immédiatement récupéré sa taille normale, et s'est débarrassée de ses liens avant de me fuser dessus telle une furie. Elle m'a agrippé par le col de mon T-shirt.

- T'es malade ou quoi ?! m'a-t-elle hurlé, meurtrissant mes tympans. Tu aurais pu me tuer ! Je suis ta cousine, bon sang !!

- Yllen, tu étais harnachée à un parachute.

- À un vulgaire drap attaché avec de la corde !! Il pouvait rompre à tout moment !!

- Regardez ! nous a lancé Caleb juste au moment où ma cousine s'apprêtait à me gratifier d'un coup de poing magistral en plein visage.

Intriguée, elle m'a libéré et nous nous sommes avancés vers le boyau que fixait le furet parlant. Le passage donnait directement sur la cavité au centre de laquelle trônait l'arbre qui renfermait l'arme censée détruire les Ombres.

- Mais… ? s'est effarée Yllen. Ce tunnel n'était pas là lorsque nous sommes passés il y a quelques jours. Si ?

- Je ne me souviens pas l'avoir vu, a confirmé Caleb.

- C'est parce que le Réseau est vivant, nous a expliqué Jonah en se redressant pour nous rejoindre, s'aidant de la proximité de Flaubert.

- Qu'est-ce que tu entends par « Le Réseau est vivant » ? l'ai-je interrogé.

- Imagine que l'ensemble des galeries soit une seule et même entité et que cette entité soit douée de raison. Le Réseau est capable d'ouvrir ou fermer des passages pour permettre ou non l'accès à différents endroits. Il doit sentir que nous avons de bonnes intentions à son égard parce qu'il vient de nous aider à rejoindre notre destination.

- Attends, l'a interrompu ma cousine. Je ne te suis pas, là. S'il est capable de sentir qui a de bonnes intentions ou non, pourquoi a-t-il laissé les Obscurs pénétrer dans ses galeries ?

- Je pense qu'il ne peut pas contrôler toutes les galeries…, a répondu mon ami. Un peu comme toi et ton corps. Tu peux contrôler tes membres, mais certaines choses, comme la digestion, sont automatiques, et d'autres, impossibles. Tu es normalement dans l'incapacité de faire un angle de plus de cent quatre-vingts degrés avec tes coudes et tes genoux.

J'avoue, j'ai dû réfléchir pour comprendre son histoire d'angles. Je ne suis pas bon du tout en mathématiques…

- Ça voudrait dire que les Obscurs ont étudié la configuration du Réseau pour savoir quels tunnels sont susceptibles de disparaître ou non afin d'élaborer une carte et de s'y repérer, a présumé Yllen.

- Exactement.

- Donc, théoriquement, si on demande aux galeries de nous aider à retrouver les Obscurs pour les aider à s'en débarrasser, elles devraient nous aider ?

J'avoue que j'ai été soulagé qu'elle interroge Jonah. Avec toutes ces répétitions du verbe « aider », je n'avais rien compris.

- Euh… Je t'avoue que je ne me suis jamais posé la question, a répondu Jonah. Mais on pourrait essayer. Une fois l'arme récupérée, bien entendu.

Et sans perdre une seconde de plus en explications, il s'est engagé dans la galerie qui menait au végétal.

Une fois arrivés, mes amis sont restés en retrait, me laissant avancer vers le tronc. Nous avions tous bien compris que j'étais l'élu – allez savoir pourquoi ? –.

Hésitant, je me suis emparé de la hache extirpée du bec verseur de la tortue-théière schizophrène. J'allais asséner un grand coup dans l'arbre qui semblait en bien meilleure forme par rapport à la fois dernière, lorsque le pendentif de l'inconnu des funérailles s'est mis à briller. Intrigué, j'ai posé la hache et ai invoqué Marcus de la Pampa qui m'a tout de suite barré le chemin, les poings sur les hanches et l'air sévère. Ce qui était assez drôle d'ailleurs, étant donné qu'il ne devait mesurer qu'une quarantaine de centimètres à tout casser.

- Tu comptes réellement faire du mal à un être végétal en ma présence ?! s'est-il offusqué.

- Euh… À la base, tu étais enfermé dans le pendentif…

- Même lorsque je ne suis pas là, je suis là, tu m'entends ! a-t-il répliqué.

J'ai souri en songeant que cette phrase aurait très bien pu sortir de la bouche de ma cousine. D'ailleurs, il m'a semblé l'entendre pouffer à ce moment-là.

- Moi vivant, je ne te laisserai jamais abattre cet arbre ! a continué Marcus de la Pampa, faisant fi de nos rires.

- Je ne compte pas l'abattre, me suis-je défendu. Je dois simplement l'entailler pour qu'il libère l'arme qui va nous débarrasser des Ombres.

- Qui t'a raconté de pareilles sottises ?

- Ton ancien maître.

Marcus de la Pampa est resté muet un instant. Puis son visage s'est allégé et il a soupiré.

- Bon… Si c'est lui qui l'a dit, alors ce doit être vrai.

Et il s'est écarté de ma trajectoire. J'aurais très bien pu atteindre l'arbre même s'il était resté planté là, mais comme je n'avais pas vraiment envie qu'il fasse un câlin à mes jambes – par rapport aux épines, vous avez compris –, le voir s'éloigner m'a rassuré. J'aurais pu profiter de sa présence pour lui soutirer des informations sur l'inconnu des funérailles, mais j'ai jugé le moment mal choisi. D'autant plus que j'aurais largement le temps de le faire une fois notre mission terminée. Je me suis alors à nouveau saisi de la hache et l'ai brandi derrière moi telle une batte de baseball, histoire de donner un côté plus épique à la situation.

- Allez, Elrick, m'a faussement encouragé Yllen. Donne tout ce que tu as !

Et j'ai asséné un coup au tronc avec la lame de l'outil.

Je n'avais pas l'impression d'y avoir été fort, pourtant la lame s'est incrustée dans le bois sur plusieurs centimètres, l'immobilisant. J'ai tenté de la déloger, en vain. Je n'avais pas assez de force. Décidément, cette maudite hache se coinçait partout !

- Un problème, moustique ? s'est moquée Yllen en approchant.

- Je n'arrive pas à la déloger, lui ai-je répondu, honteux.

- Ah ah ! a-t-elle pouffé. Pousse-toi, minus. Je vais m'en charger.

Et elle s'est emparée du manche tandis que je me reculais précautionneusement. Évidemment, elle a eu beau se démener comme un beau diable, elle n'a pas obtenu plus de résultats que moi.

- Mais c'est quoi son problème !? s'est-elle énervée en prenant appui sur le tronc avec ses pieds pour tirer plus fort. Pourquoi elle se coince partout ?!

- Voulez-vous bien ôter vos pieds sales de mon corps, je vous prie ? lui a intimé une voix qui ne venait de nulle part.

Effarée, Yllen a lâché le manche et est lourdement tombée les fesses contre le sol – le karma ! –.

- Ouille…, a-t-elle gémi en se redressant.

- Ça vous apprendra à marcher sur les gens, lui a répondu la voix.

- Qui… Qui êtes-vous ? a demandé ma cousine en examinant les moindres recoins de la salle.

Inutile de vous dire qu'il n'y avait personne d'autre que nous dans la pièce, vous l'aviez compris.

Comme par magie, la hache s'est soudainement décoincée du bois et est tombée dans un fracas métallique. Puis, la fissure dans l'écorce de l'arbre s'est agrandie, formant une bouche semblable à celles que les enfants taillent dans les citrouilles pour Halloween avec l'aide de leurs parents.

- Êtes-vous idiote en plus d'être impolie ? lui a demandé la bouche en se tordant dans tous les sens.
- Vous... Vous parlez ? a-t-elle demandé, incrédule.
- Est-ce si étonnant ? est intervenu Marcus de la Pampa.

Yllen en est restée sans voix. Je commençais à réellement apprécier ce petit cactus.

- Que voulez-vous, étrangers ? nous a demandé le végétal ressuscité en écartant ses branches comme si elles étaient des bras.
- Euh... Nous venons récupérer l'arme enchantée que vous protégez, ai-je répondu en ramassant la hache de Boisfendu qui portait bien son nom.
- Et pourquoi accepterais-je de vous la donner ?

Je ne m'attendais pas à une telle réponse. Quoique je ne m'attendais en fait à aucune réponse de la part d'un arbre.

- Avez-vous déjà rencontré les Obscurs, monsieur... monsieur l'arbre ? a osé demander Jonah.
- Évidemment, jeune homme. Qui m'a rendu malade à votre avis ? En me tuant, les Obscurs étaient certains que l'arme suprême ne pourrait jamais être récupérée par qui que ce soit.
- Nous sommes les ennemis des Obscurs, a continué mon ami. Nous essayons de contrecarrer leurs plans. C'est pour ça que nous avons besoin de ce que vous gardez.
- Je ne vous crois pas, a répliqué l'arbre. Vous entretenez un lien bien trop étroit avec ces criminels, jeune homme. Et vous vous refusez d'admettre qui vous êtes. Je ne vais certainement pas vous donner ce que je détiens.

Jonah a baissé les yeux, vaincu. Je suspectais cet arbre d'avoir un don pour clouer le bec des gens. Même s'ils n'avaient pas de bec à proprement parler.

Yllen s'apprêtait à répliquer, souhaitant certainement insulter le végétal de tous les noms, mais je l'ai coupée, tentant le tout pour le tout.

- Je m'appelle Elrick Fox, me suis-je présenté. Il y a quelques semaines, mon grand-père, Albann Fox, a été assassiné par les Ombres au service des Obscurs. Je suis plus que décidé à mettre un terme à leurs agissements. Je suis d'ailleurs celui qui est parvenu à subtiliser la hache de Boisfendu à l'horrible Cerberus.

J'espérais que ma phrase, volontairement tournée de façon héroïque, fasse son petit effet et impressionne l'arbre. Peut-être nous laisserait-il emmener l'arme qu'il gardait précieusement.

Malheureusement, ça n'a pas vraiment été le cas. Au lieu de me vouer un culte, le végétal a ri à gorge déployée.

- AH AH AH ! s'est-il esclaffé. C'est la meilleure blague que j'ai entendue depuis des années !

Ce n'est déjà pas très facile de faire face à quelqu'un qui se moque ouvertement de vous, mais très honnêtement, lorsque le quelqu'un en question pratique la photosynthèse, c'est encore plus blessant.

- Tout ce que vous avez fait, c'est décoincer cet outil de la théière d'une tortue géante qui n'a pas la lumière allumée à tous les étages, a rétorqué l'arbre entre deux éclats. Vous n'avez rien d'un héros, mon petit bonhomme.

- C'est vrai que tu n'as rien à voir avec Superman, a confirmé Yllen.

- J'avais compris la première fois, merci, ai-je répondu, blessé dans mon ego.

- AH AH AH ! Les jeunes sont si drôles de nos jours ! a continué de se moquer le végétal.

Je n'avais pas l'habitude de m'énerver, mais là, je commençais sérieusement à perdre patience. Alors j'ai activé ma magie et mes mains se sont illuminées.

- Si j'étais vous, *face d'écorce*, je nous donnerais l'arme sans broncher, l'ai-je menacé, des flammes dans les yeux. J'ai déjà mis le feu à un sapin de Noël et je n'hésiterai pas à réitérer l'expérience si vous ne coopérez pas.

- Es-*tu* en train d'insinuer que j'ai l'air d'un vulgaire arbre de Noël ? a répliqué l'arbre en s'inclinant légèrement d'un côté.

Mon ultimatum avait dû faire son effet parce que le végétal était passé au tutoiement.

- J'vais vous cramer la gueule, ai-je ajouté tandis que des flammèches apparaissaient au bout de mes doigts.

La vue des flammes a contraint mon interlocuteur à devenir un peu plus raisonnable – ce n'était pas trop tôt ! –.

- Du calme, du calme, demi-héros ! a-t-il répliqué en agitant ses branches. Je vais te la donner ton arme. Pas besoin d'être aussi violent.

Et un deuxième trou s'est ouvert dans son tronc, dévoilant la garde ciselée d'une arme enfermée dans un fourreau en or. Je m'en suis saisi et ai extirpé du tronc ce qui ressemblait à une minuscule épée. À vue d'œil, elle ne devait mesurer qu'une vingtaine de centimètres.

- C'est *ça* que vous appelez « l'arme suprême » !? me suis-je offusqué en m'apprêtant à tirer le coutelas de son fourreau.

Je n'en ai cependant pas eu le temps parce que des branches m'en ont empêché en m'agrippant les mains.

- Je ne ferais pas ça si j'étais toi ! Cette arme est extrêmement puissante. On l'appelle « Incandescence, la dague de lumière ». Elle est capable d'étinceler comme mille soleils.

- Mille soleils ? ai-je pouffé. N'exagérez pas, non plus.

- Libre à toi de me croire ou non. Mais laissez-moi vous donner un conseil, les jeunes. Fermez les yeux lorsque vous utiliserez les pouvoirs d'Incandescence.

Et les fentes du tronc se sont refermées comme elles s'étaient ouvertes.

- Savez-vous par où nous devons passer pour trouver les Obscurs ? ai-je demandé, en vain.

La bouche ne s'est pas rouverte. L'arbre avait décidé de mettre un terme à notre entretien. Usé, j'ai donné un grand coup de pied dans le tronc, mais je n'ai obtenu d'autre résultat qu'une vive douleur aux orteils.

- Maudit arbre ! ai-je craché en m'éloignant.

- Je vous prierai d'être poli avec mes congénères, m'a réprimandé Marcus de la Pampa avec un semblant d'autorité dans la voix.

- Oh, toi, la ferme !

Et je me suis emparé du pendentif afin de l'y enfermer. Offusqué, l'esprit cactus a fait briller l'amulette pour signaler son mécontentement. Je l'ai ignoré et ai dissimulé la pierre de jade sous mon col.

- Bon… Et maintenant ? nous a interrogés Caleb en observant les différentes issues qui permettaient de quitter la cavité. On prend quel chemin pour retrouver les Obscurs ?

Comme en réponse à sa question, la plupart des tunnels se sont refermés sans que nous nous y attendions, ne laissant accès qu'à une seule galerie. Le Réseau nous montrait le chemin.

Puisque je commençais sérieusement à en avoir marre que les objets me parlent, j'ai rangé Incandescence dans mon sac à dos, priant intérieurement pour qu'elle ne soit pas douée de parole elle aussi – avec la chance que j'avais, elle me chanterait un opéra avant même que je l'ai entièrement dégainée –. Puis, sans dire un mot, nous nous sommes tous engagés dans le boyau.

23. Yllen joue au bowling avec des gens

Grâce au Réseau, notre voyage a été bien plus court et bien moins semé d'embûches que nous le pensions. Je ne savais pas combien de temps s'était écoulé depuis que nous avions quitté l'arbre en possession d'Incandescence, la dague de lumière, mais j'étais quasiment certain que vingt-quatre heures n'étaient pas encore passées, principalement parce que je n'étais pas du tout fatigué.

Au bout d'un moment, nous sommes arrivés au sommet d'un gigantesque escalier de pierre qui surplombait une immense cavité animée. Nous nous sommes approchés du bord et nous avons précautionneusement jeté un discret coup d'œil par-dessus une rampe naturelle.

La première volée de marches donnait à l'intérieur d'un tunnel ouvert sur la grotte, qui en faisait presque le tour avant de se terminer par une autre partie qui menait au niveau du sol.

Au centre de la salle, une imposante tour en pierre dorée, sculptée, toute en arches et en courbes, s'élevait sur des dizaines de mètres. Un balcon surmonté d'une cloche en verre couleur ambre trônait en son sommet. Tout autour de l'édifice, des dizaines de personnes portant des masques noirs caractéristiques, grouillaient, entrant et sortant de tentes rudimentaires érigées à la va-vite.

Au bas du premier escalier, quelques paires d'Obscurs surveillaient les lieux, filtrant certainement le passage.

Tout indiquait que nous nous trouvions au bon endroit, pourtant, je n'ai pas remarqué le moindre signe qui trahissait la présence de monstres dévoreurs d'âmes.

- Vous croyez que le Miroir des Ombres est dans cette tour ? nous a interrogés Yllen à voix basse.
- J'en mettrais ma main à couper, a répondu Jonah. L'endroit est tellement gardé qu'il ne peut se trouver qu'ici.

- Comment va-t-on atteindre la tour ? me suis-je enquis sans pour autant leur faire part de mes inquiétudes. La grotte est ultra sécurisée et nous ne possédons que deux masques pour passer inaperçu.

Comme si le ciel m'avait entendu, des bruits de pas ont résonné derrière nous. Rapidement, nous nous sommes dissimulés dans un renfoncement non loin et avons attendu que la personne qui s'approchait arrive à notre niveau. Il s'agissait évidemment d'un Obscur.

Après s'être assuré qu'il était seul, Jonah est sorti de notre cachette et s'est jeté sur lui, le plaquant au sol. Trop surpris pour réagir, le criminel s'est laissé entraîner et est tombé dans les pommes lorsque son crâne a heurté le sol graniteux.

Jonah lui a soigneusement retiré son loup vénitien et s'est avancé vers nous.

- Le problème est résolu. Maintenant, nous pouvons aisément nous faire passer pour leurs acolytes.

Il a extirpé les deux autres masques à long nez de sa sacoche magique et nous les a tendus tandis que Caleb se dissimulait dans mon sac. Yllen s'est attachée les cheveux en un chignon discret avant d'enfiler le sien sur son visage, puis elle a coloré une deuxième fois les miens en brun pour que ma crinière rousse en bataille n'attire pas l'attention. Pendant ce temps, notre ami déplaçait le criminel inconscient dans le renfoncement de sorte qu'il ne soit pas découvert.

Nous étions fins prêts à investir les rangs ennemis. Enfin… à un détail près.

- Que fait-on de Flaubert ? ai-je demandé.
- Je ne suis pas certaine de pouvoir le miniaturiser jusqu'à ce que nous détruisions le Miroir des Ombres, a-t-elle avoué. Je crois que je n'aurai pas assez d'énergie. Surtout si je dois utiliser mes pouvoirs en cas de problème.

- S'il vient avec nous, il attirera bien trop l'attention, a ajouté Jonah. Aucun sbire de cette secte ne doit se balader avec un félid. Je pense qu'il est préférable qu'il nous attende ici.

Je ne sais pas pourquoi, mais j'ai été pris d'un immense sentiment de tristesse, comme si je n'allais jamais revoir Flaubert de ma vie. Aussi, après lui avoir intimé de nous attendre bien sagement au sommet des escaliers, je l'ai longuement enlacé et lui ai caressé le menton comme il aimait tant. Puis j'ai passé le masque sur mon visage et j'ai suivi Yllen et Jonah dans la mission suicide que nous nous apprêtions à mener.

J'ai failli me faire pipi dessus lorsque les Obscurs de garde à l'entrée du tunnel de ronde nous ont adressé la parole.

- La réunion tenue par maître Orgon va commencer d'un instant à l'autre, nous a dit l'un d'eux. Vous feriez mieux de vous dépêcher de descendre.

Nous avons acquiescé d'un vigoureux signe de tête et avons continué notre chemin.

Lorsque nous avons atteint le fond de la cavité, j'ai cru qu'il s'agissait d'un miracle. Pourtant, nous nous y trouvions bien. La plupart des Obscurs se dirigeaient vers l'une des tentes, plus imposante que les autres. Certainement le lieu de la réunion.

- Je pourrais assister au briefing, nous a lancé Jonah à voix basse. Ça nous permettrait d'en apprendre un peu plus sur leurs plans. Malheureusement, je pense que nous séparer est une mauvaise idée.

- Je confirme, a répondu Yllen.

- Essayons plutôt de pénétrer dans la tour et de trouver le Miroir pour le détruire.

Nous avons approuvé en regardant la majorité des bandits s'éloigner vers le baraquement principal. Puis nous avons jeté un œil à la tour. D'en bas, elle était encore plus impressionnante que vue du dessus. En étudiant sa structure, j'ai même réussi à déceler des moulures et des plantes montantes que je n'avais pas distinguées depuis le sommet des marches.

Devant l'immense porte en arc de cercle qui se révélait être le seul moyen de pénétrer à l'intérieur du bâtiment, deux hommes masqués et lourdement armés montaient la garde.

J'ai un instant questionné mes amis du regard et ma cousine a exhalé un long soupir.

- Quand faut y aller, faut y aller, a-t-elle lancé.

Et elle s'est avancée vers la tour, suivie de près par Jonah. Paniqué, je les ai suivis, songeant un instant à les arrêter, mais j'ai préféré faire comme si je savais ce que nous faisions pour ne pas attirer l'attention sur nous. Ce qui était compliqué parce qu'à l'intérieur de ma tête, je hurlais et courais dans tous les sens.

Arrivée à hauteur des deux soldats, Yllen a pris une voix assurée et a annoncé :

- C'est l'heure de la relève, les gars ! Vous pouvez aller vous reposer.

Je me suis figé. Elle était complètement inconsciente. Comment pouvait-elle jouer la carte de la relève alors que nous ne savions même pas depuis combien de temps ces hommes gardaient la porte ? Je m'apprêtais à activer ma magie pour nous défendre – ou plutôt créer une catastrophe qui ferait office de diversion –, mais les gardes ont approuvé et nous ont dépassés pour rejoindre un baraquement excentré.

- Et voilà le travail, nous a-t-elle lancé en ensorcelant l'imposante porte pour qu'elle évite de grincer en s'ouvrant.

Elle a actionné la poignée, a entrebâillé le battant et nous nous sommes infiltrés dans la bâtisse. Lorsqu'elle a refermé la porte, je me suis adossé au mur et ai porté une main à ma poitrine. J'avais l'impression que mon cœur jouait un morceau de Phil Collins.

- T'es complètement malade, l'ai-je sermonnée.

- Peut-être, a-t-elle approuvé. Mais nous sommes dans la tour.

- Moi, j'ai trouvé ton idée géniale, a confessé Jonah.

Je commençais sérieusement à me demander s'il n'était pas aussi fou qu'elle.

Une fois mon cœur calmé, j'ai étudié le gigantesque hall dans lequel nous venions de pénétrer. Étrangement, il m'a fait penser à l'intérieur d'une église. Des vitraux gigantesques diffusaient une lueur orangée à l'intérieur de la pièce, nous permettant d'en déceler les détails. Des bancs étaient positionnés comme dans un édifice religieux, face à un autel sur lequel étaient disposés des dizaines d'armes en tout genre. Des épées, des arcs, des couperets, … Rien de très rassurant.

- On devrait condamner la porte pour gagner du temps si jamais les Obscurs se rendent compte de la supercherie, a proposé mon ami.

- Et si nous avons besoin de sortir en urgence ? me suis-je inquiété.

- On cassera un vitrail.

Je n'avais plus aucun doute, à présent. Jonah était aussi dingue que ma cousine. Quelle déception. Moi qui avais encore de l'espoir…

Conformément à son idée, nous avons déplacé quelques sièges et les avons entassés devant la porte en guise de barricade de fortune. Puis, nous avons découvert une cage d'escalier dissimulée dans l'obscurité au fond de la pièce. Précautionneusement, Yllen a fait apparaître son orbe lumineux, Jonah a fait danser une flamme dans la paume de sa main droite et j'ai sorti une lampe-torche de mon sac à dos. Je ne l'ai cependant pas allumée pour éviter d'en user les piles.

Alors que nous montions, des gémissements nous sont parvenus. Des gémissements humains. Nous nous sommes arrêtés sur un palier mal éclairé et, à l'aide de la sphère de lumière et de la flamme dansante, nous avons découvert un long couloir cerné de cellules insalubres de chaque côté. À l'intérieur, des hommes squelettiques à l'article de la mort sanglotaient.

- Je crois qu'on a trouvé les otages, a dit ma cousine en s'avançant.
- On doit les libérer, a ajouté Jonah.
- On doit aussi détruire ce satané miroir pour éviter que d'autres Ombres ne reviennent parmi les vivants, leur ai-je rappelé.
- Effectivement.

Au même moment, un impressionnant brouhaha a explosé à l'extérieur de la tour. Inquiets, nous nous sommes élancés dans les escaliers pour rejoindre le rez-de-chaussée et grimper sur un banc afin d'étudier la situation à travers un vitrail.

Les Obscurs, agités, se ruaient vers la tour. Un craquement provenant de la porte témoignait que certains y étaient déjà parvenus et essayaient d'y pénétrer.

- Je crois que nous sommes repérés, a dit Yllen.
- Non, tu crois ? a ironisé Caleb en sortant la tête de mon sac.
- Oh, toi, je vais te…, s'est enflammée ma cousine.
- Ne commencez pas, vous deux ! les ai-je sermonnés. Ce n'est pas vraiment le moment.
- Il faut libérer les otages et trouver le miroir pour le détruire ! a lancé Jonah en activant ses pouvoirs. Ils risquent de rentrer d'une minute à l'autre. Il faut barricader la cage d'escalier !
- J'ai une idée ! a lancé Yllen.

Elle nous a entraînés dans les marches et d'un claquement de doigts, elle a enchanté une demi-douzaine de sièges.

Sous nos yeux, la porte a cédé et les Obscurs ont déferlé dans le hall. Hélas pour eux, l'un des bancs ensorcelés a fusé sur eux, les renversant lourdement sur le sol poussiéreux.

- Strike ! s'est-elle écriée.
- Est-ce que tu viens réellement de prendre ces gens pour des quilles ? lui ai-je demandé à demi abasourdi.
- J'adore le bowling, Elrick.

Et alors que de nouveaux ennemis déferlaient, elle a fait un nouveau lancer, réitérant son premier exploit. Puis elle nous a poussés dans les escaliers et nous avons avalé les marches quatre à quatre jusqu'à parvenir aux cellules. D'un autre claquement de doigts, elle a fait exploser le mur et l'accès à l'étage s'est retrouvé obstrué.

- Ça les retiendra un moment, a-t-elle expliqué en illuminant les cellules.

- Mais on est bloqué, ai-je fait remarquer. Et notre but c'est de délivrer les prisonniers.

- Certes.

- Je vais m'occuper d'eux, a fait Jonah. Vous deux, montez et trouvez ce fichu miroir.

- Et moi ? s'est offusqué Caleb en sautant sur mon épaule.

- Toi, t'es un rongeur, a répliqué Yllen. Tu rentres dans le sac et tu la boucles !

- Je ne suis pas un rongeur, sale petite...

Je préfère ne pas recenser les propos du furet de peur de vous choquer.

Pour couper court à leur dispute, je me suis emparé du petit animal et l'ai enfermé dans mon bagage alors qu'il protestait.

Tandis que Jonah commençait à faire fondre les barreaux de la première cellule avec ses pouvoirs d'élémentaliste de feu, je me suis élancé dans les escaliers qui grimpaient pour progresser dans la tour. Yllen me suivait de près.

Au bout de quelques secondes, nous sommes arrivés en haut des marches. Pourtant, quelque chose me disait que nous n'étions pas encore au sommet de la tour. La pièce qui s'est offerte à nous était plongée dans l'obscurité la plus totale, dépourvue de toute fenêtre. J'ai alors été parcouru d'un frisson. J'avais un mauvais pressentiment.

- Yllen, il y a des Ombres ici, je les sens.

Ma cousine a augmenté l'intensité de son sortilège et a brandi l'orbe lumineux devant nous tandis que j'allumais ma lampe-torche. Comme je l'avais prédit, la faible luminosité que nous émettions a révélé la présence d'au moins quatre créatures.

- Ne t'éloigne pas de moi, Elrick, m'a-t-elle intimé en m'agrippant la main. Tant que nous sommes dans la lumière, il ne peut rien nous arriver. Du moins, en théorie.

Elle n'avait pas tort de le préciser. À l'inverse de toutes les Ombres que nous avions rencontrées depuis la nuit de la nouvelle lune, celles-ci tentaient de nous empoigner malgré la lumière, quitte à se brûler. Heureusement pour nous, elles se rétractaient toujours juste avant d'y parvenir.

Alors nous avons commencé à avancer pas à pas. Je ne voyais pas le fond de la salle, mais j'espérais de tout mon cœur que le Miroir des Ombres s'y trouvait afin que nous puissions le détruire. Ça m'a d'ailleurs fait penser que nous n'avions jamais réfléchi à comment nous allions procéder. Incandescence était-elle capable d'en venir à bout ?

Nous sommes arrivés face au mur opposé sans qu'aucune créature ne parvienne à nous attraper. Hélas, nous n'avons trouvé aucune issue. Seulement un épais mur de brique infranchissable.

- Mince ! ai-je grogné.

- J'ai une idée, m'a lancé Yllen. Je peux essayer d'ensorceler mes pupilles pour étudier la pièce dans son ensemble. Seulement, je ne sais pas si c'est possible... Caleb ? Tu crois que c'est faisable ?

- Ah ? Alors comme ça, on a besoin de mes services ? s'est vanté le mustélidé en sortant une nouvelle fois son museau du sac.

- Arrête de te la péter et réponds à ma question sinon je te donne en pâture aux Ombres.

- T'oserais pas.

Sans que je puisse l'en empêcher, elle l'a saisi par la peau du cou et a tendu le bras droit devant elle. Une créature de fumée est apparue et a tenté de s'emparer de lui alors qu'il couinait et se débattait comme un fou. Les griffes du monstre ne sont passées qu'à un petit centimètre de son pelage.

   -   Théoriquement, le sortilège d'acuité visuelle devrait fonctionner, a-t-il précipitamment répondu. Ramène-moi dans la lumière ! RAMÈNE-MOI DANS LA LUMIÈRE !!

Elle s'est exécutée.

   -   Est-ce que je peux lancer un tel sortilège tout en conservant mon orbe intact ?

   -   Ça, je n'en sais rien, lui a-t-il répondu en se cachant dans mon sac pour se donner l'illusion d'être en lieu sûr, ce qui, au vu de la situation, n'était absolument pas le cas.

   -   Rrrrr... Bon, Elrick, il faut absolument que tu invoques des lumioles pour nous protéger des monstres le temps que j'étudie la salle avec le sortilège d'acuité visuelle, m'a-t-elle lancé.

   -   Je... euh..., ai-je balbutié, pris de court.

   -   C'est un sortilège que tu maîtrises. Je sais que tu peux le faire.

J'ai dégluti si fort que j'en ai eu mal à la gorge. Avais-je avalé ma pomme d'Adam ? J'ai palpé ma gorge pour vérifier et *ouf*, elle était toujours là.

Comme Yllen s'impatientait, j'ai fermé les yeux et j'ai essayé de faire le vide dans mon esprit et de maîtriser mes émotions. Je ne sais pas combien de temps ça m'a pris, mais je suis enfin parvenu à imaginer les lumioles briller au bout de mes doigts. Alors, comme me l'avait enseigné le professeur Spellgard, j'ai envoyé mon mana dans l'Ether.

Avec appréhension, j'ai rouvert les yeux et me suis rendu compte que mon sortilège avait parfaitement fonctionné. Yllen m'a adressé un sourire franc – c'était rare, mais ça lui arrivait – qui m'a fait chaud au cœur. Puis elle a dissipé son orbe et a fermé les yeux à son tour. Un instant d'intense concentration plus tard, elle les a rouverts et j'ai découvert ses pupilles fendues, telles celles des chats.

Tandis que les Ombres essayaient toujours de nous agripper, en vain, Yllen a étudié la pièce et a stoppé son regard sur un point obscur situé sur notre gauche.

-   Il y a des escaliers là-bas, m'a-t-elle annoncé. Suis-moi.

Et elle m'a entraîné à travers la pièce.

Malheureusement pour nous, au bout d'à peine dix pas, les griffes d'un monstre se sont refermées autour du poignet de ma cousine et la créature l'a entraînée vers le plafond, disparaissant dans l'obscurité.

24. Nous apprenons la véritable identité d'un ami

J'ai paniqué lorsque sa main a été arrachée à la mienne. J'avais déjà perdu mon grand-père à cause de ces créatures de malheur, je ne comptais pas perdre ma cousine en plus. Aussi énervante puisse-t-elle parfois être.

- ELRIIICK ! a-t-elle hurlé, m'intimant de faire quelque chose.

La détresse dans sa voix m'a retourné le cœur, si bien que j'ai failli vomir l'intégralité du contenu de mon estomac. Mais je me suis repris parce que je devais la sauver. J'étais sa seule chance de survie. Quelle pression...

J'ai essayé d'augmenter l'intensité de mes lumioles et de les rapprocher de la créature, mais ça n'a eu pour effet que de l'éloigner encore plus. Alors je me suis souvenu que je possédais la dague censée pouvoir tuer les Ombres. Éclairé par mon sortilège de lumière, je l'ai extirpée de mon sac avant de refermer le zip pour protéger Caleb.

- YLLEN ! FERME LES YEUX ! ai-je hurlé.

Espérant qu'elle ait entendu et qu'elle se soit exécutée, j'ai moi-même fermé les yeux et ai tiré la lame d'Incandescence de son fourreau – à mon plus grand soulagement, elle n'a ni parlé ni entamé un air d'opéra –. Aussitôt, j'ai remarqué, à travers mes paupières, qu'un intense éclat lumineux s'était emparé de la pièce. L'arbre avait donc dit vrai.

Autour de moi, des dizaines de râles ont retenti, m'informant que les créatures étaient en train de s'évaporer dans d'atroces souffrances. J'aurais bien aimé voir la scène de mes propres yeux – suis-je un psychopathe ? –, mais j'ai préféré les garder fermés de peur de perdre la vue – j'en avais encore besoin, ne serait-ce que pour admirer le beau visage de Jonah –.

Quelques instants plus tard, l'éclat s'est dissipé et l'obscurité s'est de nouveau emparée des lieux.

Précautionneusement, j'ai rouvert les yeux. La première chose que j'ai remarqué c'est que mes lumioles avaient persisté malgré l'éclat d'Incandescence – ce qui relevait presque du miracle étant donné qu'il avait fallu que je reste concentré sur mon sortilège malgré tout ce qu'il se passait autour de moi –. Je ne distinguais plus aucune trace des Ombres si ce n'était des petits tas de cendres fumantes, éparpillés sur le sol.

À quelques pas des escaliers, Yllen gisait sur le carrelage, à demi consciente. Je me suis précipité sur elle et l'ai secouée vigoureusement.

- Yllen ! Yllen, répond-moi ! Yllen !

J'étais terrifié à l'idée qu'elle ne s'en sorte pas et qu'elle m'abandonne elle aussi. Je n'aurais pas réussi à supporter son absence. Même si elle me cassait les pieds à longueur de temps, elle restait ma cousine et je tenais autant à elle qu'à ma propre vie – n'allez surtout pas le lui répéter ! Elle se ferait un malin plaisir de me le rappeler chaque jour du reste de mon existence… –.

La pression est retombée lorsqu'elle a réussi à me répondre :

- Tu pensais être débarrassé de moi, Elrick ? Je suis aussi résistante qu'une mauvaise bactérie, ne l'oublie pas.

J'ai ri et pleuré en même temps et je confirme que cette sensation est très étrange. Soulagé, je l'ai serrée dans mes bras pendant de longues minutes, oubliant presque où nous nous trouvions et ce qui venait de se passer. Discrètement, Caleb est sorti du sac et s'est enroulé autour du cou d'Yllen sans faire le moindre commentaire ironique ou déplacé sur son état de santé. Je l'en ai remercié silencieusement.

Au bout d'un certain temps, ma cousine a brisé le silence :

- Elrick ?
- Oui ?
- Je n'aime toujours pas les câlins.
- Je m'en fiche.

Et je l'ai étreinte plus fort.

J'ai été contraint de la lâcher lorsque Jonah nous a rejoints, paniqué, accompagné d'une demi-douzaine d'hommes frêles et tremblants.

- Les Obscurs sont en train de déblayer les gravats de la cage d'escalier, a-t-il lancé avant de remarquer les tas de cendres et l'état dans lequel se trouvait Yllen. Bon dieu, mais que s'est-il passé ici ?

- Longue histoire, a répondu ma cousine en essayant tant bien que mal de se redresser. Continuons de monter, nous devons trouver le miroir.

- Tu penses être capable de marcher ? me suis-je inquiété.

- Je pense, m'a-t-elle répondu. Mais passe devant, par sécurité. C'est toi qui as la dague.

J'ai acquiescé et, tandis que Caleb venait se jucher sur mon épaule, j'ai grimpé les escaliers quatre à quatre.

Au bout d'une minute, je me suis retrouvé dans une salle sombre, très haute et complètement vide. Au centre de celle-ci, une immense échelle menait à une trappe, seul moyen d'accès au niveau supérieur – certainement le dernier –. Des dizaines de tuyaux visqueux noirs s'échappaient du plafond et longeaient les murs avant de terminer leur course au sommet de gigantesques réservoirs translucides dans lesquels étaient enfermés d'autres hommes tout aussi faibles et squelettiques que ceux que Jonah venait de libérer.

Ma première réaction a été d'amplifier la puissance de mes lumioles pour vérifier qu'aucune Ombre ne se trouvait dans les parages. On n'est jamais trop prudent.

Avec soulagement, j'ai découvert que ce n'était pas le cas.

- Sainte mère de Dieu, s'est estomaquée Yllen en parvenant au sommet des marches, suivie de près par Jonah.

- Le reste des otages, a lancé mon ami en arrivant à mon niveau.

- Est-ce que ces cuves servent à… ? ai-je commencé sans oser terminer ma phrase.

- Ils nous enferment à l'intérieur, a faiblement répondu l'un des hommes que nous venions de délivrer. Ils nous y enferment et nous nous vidons de notre énergie.

- Le Miroir des Ombres se trouve donc au bout de ses tuyaux gélatineux, a lancé Caleb en suivant les tubes du regard.

- Je vous préviens, est intervenue Yllen, je ne pense pas être capable de grimper au sommet de...

La fin de sa phrase a été couverte par une énorme explosion. Les Obscurs avaient certainement réussi à débloquer l'accès au premier étage de la tour. Ils n'allaient pas tarder à débarquer en nombre face à nous. Et que pourrions-nous faire ? Nous n'étions que neuf – dix en comptant Caleb –, et six d'entre nous étaient aussi en forme que des vieillards centenaires. Nous avions autant de chance de nous en sortir que de rentrer en douce au manoir Fox après le couvre-feu sans nous faire sermonner par Grand-mère. Cette douce soirée d'été m'a semblé tellement loin...

- On n'a pas le choix, a lancé Jonah. Nous devons tous monter si nous voulons échapper aux Obscurs.

- Laissons passer les otages d'abord, a proposé Yllen. Nous avons plus de chance de retenir nos ennemis qu'eux.

Nous avons tous approuvé et les plus vaillants des évadés ont commencé leur ascension.

Moins de deux minutes plus tard, alors que le cinquième détenu s'apprêtait à grimper sur le premier barreau, un groupe de dix Ombres a déferlé dans la pièce, se précipitant sur les quatre hommes en pleine escalade.

Malgré la vivacité avec laquelle j'ai hurlé « Fermez les yeux ! » et dégainé Incandescence, je n'ai pas réussi à les sauver. Les Ombres avaient déjà fini de les dévorer.

Cette fois, la lueur a été plus courte et bien moins vive – la dague avait-elle besoin d'être rechargée entre deux utilisations ? –. Aussi, trois des dix créatures en avaient réchappé et essayaient désormais de nous agripper. Bien qu'elle ne soit pas au meilleur de sa forme, Yllen est parvenue à invoquer un orbe qui les a tenues à distance raisonnable.

Malheureusement, les criminels sont arrivés au sommet des escaliers avant que nous n'entamions l'ascension de l'échelle. Nous avons d'ailleurs aisément reconnu la personne qui se trouvait à la tête de leur groupe grâce à ses cheveux blonds et à sa forte carrure : Orgon.

- Alors comme ça, vous pensiez pouvoir passer inaperçu deux fois en vous dissimulant derrière des masques ? nous a-t-il questionnés. Vous nous prenez vraiment pour des idiots ?

- Vous répondre « non » serait vous mentir, a répondu Yllen avec dédain.

- Au moins avez-vous le mérite d'être franche, jeune fille, a répondu Orgon. Pourriez-vous ôter vos masques, s'il vous plaît ? Je déteste ne pas savoir à qui je m'adresse.

- Vos sbires portent tous des masques ! a-t-elle répliqué.

- Mais je suis capable de tous les identifier, ma douce. La preuve.

Il s'est tourné vers chacun de ses sous-fifres et les a négligemment désignés du doigt.

- Lui, c'est Pavrell. Juste à côté, Angus. Puis Pivona. Salfar, Erzia, Raymond…

- Ramon, a corrigé l'intéressé.

- Certes, Ramon. Où en étais-je ? Ah oui ! Petrouchka, Tydel, Jean-Bernard…

- On a compris ! l'a coupé ma cousine.

Et nous avons tous trois ôté nos masques sous le visage rayonnant du chef adjoint des Obscurs. Étrangement, son regard s'est arrêté sur Jonah.

- Tiens, tiens. Mais quelle surprise. Les cousins Fox et le furet parlant ! s'est-il faussement extasié. Et vous êtes venus en compagnie de mon démon de fils ! Quelle charmante attention.

Yllen, Caleb et moi sommes restés sidérés. Avais-je mal entendu ou Orgon avait employé l'expression « mon démon de fils » pour parler de Jonah ? Après quelques secondes d'intense réflexion – je me suis demandé comment de la fumée n'était pas sortie par mes oreilles –, j'ai fait le rapprochement entre ce que Jonah nous avait appris de sa famille et la révélation de notre ennemi. Jonah ne nous avait pas menti en nous dévoilant que son père avait rejoint la secte criminelle. Il avait simplement volontairement omis de nous prévenir qu'il était en réalité le fils du chef adjoint. Quant à sa nature de démon, ses pouvoirs de feu, ses ailes d'écailles et son charme ravageur – oui, les démons sont réputés pour être charmants – auraient pu nous mettre sur la voie.

- Tu… Tu… Tu es le fils de ce salaud ? s'est effarée Yllen avec son tact légendaire.

- Oui, a avoué Jonah en gratifiant son père d'un regard noir.

- Et tu ne penses pas qu'il aurait été important de nous prévenir ?! s'est-elle offusquée.

- Vous m'auriez fait confiance si vous aviez su que j'étais le fils d'un des membres les plus influents de cette secte ?

Ma cousine est restée muette. Il venait de marquer un point.

- Notre lien de parenté ne change rien au fait que je suis contre leurs agissements ! a continué Jonah en activant ses pouvoirs.

- Où t'es-tu caché durant ces deux années, *mon p'tit Jo* ? lui a demandé son père. Au domaine de Scaria ? L'éminent professeur Mandragorn est-il au courant de ton secret ? Les dragons comme lui sont les principaux ennemis des démons, n'est-ce pas ?

- Je ne suis plus *ton p'tit Jo* ! a craché mon ami.

- C'est fort regrettable. Moi qui étais convaincu qu'après un temps à côtoyer les malheurs du monde, tu reviendrais dans nos rangs… Nous aurions pu diriger les Obscurs ensemble. Père et fils.

- Dans tes rêves.

À mesure qu'Orgon parlait, je sentais la colère s'emparer de Jonah, en témoignaient les flammes qui crépitaient au bout de ses doigts. À l'origine rougeoyantes, elles passaient progressivement du rouge-orangé au bleu.

Discrètement, Yllen s'est approchée de moi et s'est penchée presque imperceptiblement afin de me chuchoter quelques mots.

- Nous ne devons pas oublier le miroir, m'a-t-elle rappelé. Je serais d'avis que tu grimpes là-haut pendant que nous faisons diversion. Qu'en dis-tu ?

Que pouvais-je en dire ? Grimper à l'échelle passerait aussi inaperçu qu'un dinosaure déambulant tranquillement dans le quartier commercial d'une ville de taille moyenne. Je savais que j'attirerais l'attention à peine mes pieds posés sur le premier barreau. Et avais-je réellement envie d'attirer l'attention alors que trois Ombres et des dizaines d'Obscurs se trouvaient dans la pièce ? Spoiler : pas vraiment. Cependant, je savais que ma cousine avait raison. En plus, j'étais le mieux placé pour me rendre à l'étage supérieur. Je n'étais pas au bord de l'évanouissement comme Yllen et les otages et je n'étais pas non plus en pleine altercation avec mon criminel de père à l'inverse de Jonah. De plus, je possédais la dague de lumière qui permettait de réduire les Ombres à néant – bon point étant donné que ma mission consistait à détruire l'objet qui servait à les invoquer –.

Alors je me suis avancé vers l'échelle, et Yllen s'est apprêtée à faire diversion. Mais au moment où j'allais poser mon pied sur le premier barreau, un cri strident a retenti dans la caverne, faisant trembler les murs de la tour. Quelques secondes plus tard, un déluge de feu a expulsé la grande majorité de nos ennemis de la cage d'escalier et un imposant dragon aux écailles noires, aux crocs acérés et aux pupilles dorées a pénétré dans la pièce. D'un coup de queue, il a renversé les derniers Obscurs encore debout et a posé ses yeux sur nous. Je ne me suis pas fait pipi dessus, mais j'étais à deux doigts.

- Rien de cassé, les enfants ? nous a-t-il demandé d'une voix rauque.

Je m'apprêtais à m'agenouiller et à lui répondre « ne nous mangez pas, par pitié, monsieur le dragon », mais heureusement pour ma dignité, Fleur, juchée sur le dos de Flaubert, est arrivée dans la salle à ce moment-là, suivie de près par Edryss, Aria, les jumeaux Lupus, le professeur Spellgard et quelques autres enseignants de Scaria.

- P-Professeur Mandragorn ?! s'est éberluée Yllen en dévisageant le dragon. Vous... Vous êtes... ?

- Nous en parlerons plus tard si vous le voulez bien ! a répondu le reptile en détournant les yeux. Nos ennemis se relèvent.

Et toute la cavalerie s'est engagée dans une féroce bataille contre les criminels masqués.

Aria, tirant déjà une flèche de son carquois pour l'armer sur son arc, s'est avancée vers nous.

- Vous pensiez réellement pouvoir affronter une armée d'Obscurs à trois ? nous a-t-elle demandé.

Avant même que nous ayons le temps de répondre, elle a lâché la corde et le carreau a filé droit jusqu'à se ficher dans le cou d'un des hors-la-loi qui a hoqueté avant de tomber à la renverse, certainement ébahi de ne plus pouvoir respirer correctement.

Je me suis surpris à penser que mon amie, de nature prudente et hésitante, avait bien changé depuis notre arrivée à Merilian. Quelques semaines plus tôt, elle n'aurait même pas osé demander conseil à un professeur, et la voilà qui venait d'abattre un homme de sang-froid.

- Qu'est-ce que vous faites ici ? lui a demandé Yllen en invoquant un bouclier protecteur pour nous protéger des projectiles qui volaient en tous sens dans la pièce.

- Lorsque Fleur est rentrée à Scaria, elle est venue consulter le professeur Mandragorn pour l'informer de vos plans.

Le destin a voulu qu'Edryss, les jumeaux et moi soyons justement convoqués dans son bureau à ce moment-là. Une longue histoire au sujet d'une altercation avec Tyler... Bref ! Dans l'urgence, Mandragorn a réquisitionné quelques professeurs. Nous avons insisté pour les accompagner, et comme le temps pressait, il a accepté de nous emmener. On a fait le voyage jusqu'à Neseris, on est entré dans le Réseau, on a trouvé la tour, Mandragorn a forcé le passage et la suite, vous la connaissez.

Ses explications succinctes m'ont laissé sans voix. J'aurais été incapable de résumer les événements survenus depuis le départ de Fleur en moins de neuf ou dix chapitres... Et heureusement, Aria ne m'a pas demandé de le faire.

Une énorme explosion est survenue à quelques mètres de nous, faisant voler les cheveux de mes amies. Puis un énorme nuage de fumée a investi les lieux. Instinctivement, nous nous sommes couchés au sol et avons placé nos bras sur nos bouches. Yllen a utilisé le peu de magie qui lui restait pour dissiper le brouillard et j'ai aperçu Orgon qui volait en direction de la trappe au sommet de l'échelle, Jonah le talonnant.

Sans réfléchir, je me suis précipité vers les barreaux tandis que le furet se cachait dans mon sac. Je les ai escaladés le plus vite possible – je n'avais d'ailleurs jamais escaladé d'échelle aussi rapidement – et je suis enfin parvenu au sommet. Ce n'est qu'en regardant autour de moi que j'ai compris que je venais de pénétrer dans la pièce circulaire qui se trouvait sous le dôme de la tour. Quelques mètres derrière moi, de grandes ouvertures en voûte donnant sur des balcons laissaient entrer un peu de lumière, me permettant d'étudier le reste de la salle, plongé dans l'obscurité. Quelques plantes en pots – comment survivaient-elles dans le noir ? – étaient placées devant chaque colonnade de marbre qui permettait de soutenir la structure. Au centre de la pièce, à quelques pas de moi, un tapis que j'ai estimé de couleur mauve, filait droit vers le fond surélevé de la pièce, accessible par une minuscule volée de trois petites marches. Malgré le noir qui régnait, j'ai réussi à distinguer la surface réfléchissante, ovale, cerclée d'or noir, qui trônait au sommet du petit promontoire. Le Miroir des Ombres ne se tenait qu'à quelques mètres de moi.

Mon attention s'est portée sur Jonah qui, à mi-chemin entre la trappe et les balcons, faisait vaillamment face à son père.

- Rends-toi ! lui a-t-il ordonné.

- Tssss. Jonah, Jonah, Jonah, lui a répondu Orgon, un rictus suffisant sur les lèvres. Je ne pense pas que tu sois en position de me donner des ordres. Ni en position de me laisser partir, d'ailleurs. J'ai un coup d'avance sur toi.

Et d'un claquement de doigts, il a allumé trois chandeliers situés au fond de la pièce. Alors que les flammes apparaissaient comme par magie, j'ai découvert avec horreur une femme brune à genoux, ligotée et bâillonnée. En l'observant plus précisément, j'ai compris qu'il s'agissait de la mère de Jonah que nous avions croisée dans l'auberge de Bercebrise quelques jours plus tôt. Et je me suis trouvé idiot de ne pas avoir fait le rapprochement entre eux à ce moment-là. Jonah lui ressemblait beaucoup. Ils avaient le même visage fin, les mêmes traits.

- Maman ! a hurlé mon ami en s'élançant vers elle.

J'ai alors assisté à la scène la plus bizarre et la plus déchirante de toute ma vie.

À peine Jonah s'était-il penché pour détacher les liens qui entravaient sa mère que le corps de cette dernière s'est enflammé, la consumant en quelques dizaines de secondes.

25. Je brise un miroir et j'écope de sept ans de malheur

Ne saisissant qu'à moitié ce qui venait de se produire, j'ai regardé Jonah, les yeux larmoyants, se relever et se tourner lentement vers Orgon.

- Qu'est-ce que tu lui as fait ? lui a-t-il lancé.

Sa voix était sèche et grave et ses yeux, bien qu'humides, semblaient aussi noirs que l'immensité de l'espace. Et même si je comprenais sa colère, le voir dans un tel état m'a effrayé. Terrifié même.

- Rassure-toi, lui a répondu le criminel, elle est saine et sauve. Ce que tu viens de voir s'embraser sous tes yeux n'était qu'une illusion créée par un sortilège de ma confection.

- Un sortilège de ta… ? s'est éberlué Jonah.

Dans la pénombre à quelques pas de mon ami, quelqu'un a ouvert un rideau et s'est avancé lentement. Lorsque l'individu est entré dans la lueur des chandeliers, j'ai reconnu la personne que je souhaitais le moins revoir au monde. Le Masque Blanc. Son visage était toujours dissimulé sous son masque vénitien à long nez immaculé. Il était vêtu de son fidèle habit blanc et de sa cape grise et portait, dans son dos, une impressionnante hache de guerre qui m'a vaguement rappelé quelque chose. Il s'agissait de celle qu'il avait dérobée à l'orque dans la forêt de Pertevoie le jour de notre rencontre.

Il entraînait derrière lui un homme à la peau mate, aux cheveux bruns et à la barbe hirsute, contraint par des chaînes magiques. Au vu de son état, il avait certainement, comme les autres prisonniers, été utilisé pour fournir de l'énergie au portail. Il ne m'a fallu qu'une seconde pour comprendre que l'otage n'était autre que le père de la jeune fille de Neseris. Ils possédaient la même peau sombre et les mêmes traits de visage.

- Je plaide coupable, est intervenu le nouveau venu d'une voix calme et presque mélodieuse. Il se peut que j'aie octroyé un peu de magie à votre père.

- Et je vous en remercie, ô grand maître, lui a répondu le second hors-la-loi en s'agenouillant.

- N'en faites pas trop, Orgon.

Pour réponse, ce dernier s'est redressé en toussotant et a plongé son regard dans les yeux dorés de son fils.

- Tout ça pour dire que je retiens ta mère en otage et que si tu comptes la revoir en vie, tu vas devoir m'obéir au doigt et à l'œil. À commencer par réintégrer l'organisation.

- Et si je refuse ? a répliqué Jonah en serrant les dents.

- Alors je me verrais dans l'obligation de la tuer. Ce qui, soit dit en passant, me chagrinerait parce qu'il s'agit d'une très belle femme.

- Tu me dégoûtes.

- Et toi, tu es contraint de m'obéir. Et si nous commencions tout de suite ? Que dirais-tu de tuer ton cher ami, ici présent ?

Mon cœur a raté un battement lorsque j'ai compris qu'Orgon parlait de moi. Et j'ai sérieusement commencé à m'inquiéter lorsque Jonah a posé ses yeux crépitant de fureur sur ma personne.

- Tu veux que je tue Elrick ? lui a-t-il demandé sans me quitter des yeux.

Ses yeux crépitaient tel le feu de forêt que j'avais déclenché à la fin du mois d'août alors qu'Edryss, Aria, Yllen, Caleb et moi attendions le Transporteur au pied de la vieille antenne-relais. À les voir s'enflammer, j'aurais largement préféré qu'ils brûlent de désir…

- Parfaitement, lui a répondu Orgon.

J'ai dégluti et tenté de percer les émotions de mon ami pour savoir s'il comptait obéir ou se jeter sur son père pour l'assassiner de sang-froid. Qu'aurais-je bien pu faire d'autre ?

Inutile de vous dire que je préférais largement que Jonah refuse. Hélas, lorsqu'il a fait apparaître des flammes dans les paumes de ses mains et s'est avancé lentement vers moi, j'ai compris qu'il allait obéir. J'étais cuit. Dans tous les sens du terme.

Ne riez pas, ça n'a rien de drôle !

Je n'ai dû mon salut qu'à une étonnante intervention du Masque Blanc.

- Et si nous laissions Elrick en vie pour le moment ? a-t-il proposé comme s'il avait simplement proposé d'ouvrir un paquet de crackers. Je suis certain que tu as des choses bien plus intéressantes à faire faire à ton fils, n'est-ce pas, Orgon ?

Le temps a semblé se figer autour de nous. Jonah s'est arrêté et s'est tourné vers son père, attendant une réponse de sa part. J'ai d'ailleurs profité de ce court instant de sursis pour réciter silencieusement toutes les prières que je connaissais. C'est-à-dire, très peu...

- Le Masque Blanc a raison, a-t-il finalement approuvé. Inutile de tuer le rouquin pour le moment. J'ai de bien meilleures choses à te proposer, Jonah.

Je n'ai pu retenir un soupir de soulagement. Heureusement, personne n'y a prêté attention. Par contre, Jonah a pivoté vers moi et j'ai réussi à lire une once de soulagement dans son regard. M'aurait-il réellement tué si l'homme au masque blanc n'était pas intervenu ? Encore une question que je pourrais ajouter à ma bible d'interrogations sans réponse.

En dessous de nous, une énorme explosion a retenti, faisant trembler la tour toute entière. Comme mes jambes tremblaient comme des linges étendus au vent, je suis tombé à genoux.

- Quittons ces maudits tunnels, Jonah, a lancé Orgon en se dirigeant vivement vers les balcons.

Mon ami lui a emboîté le pas et, juste avant de déployer ses ailes et de s'envoler à la suite de son père, il m'a adressé un signe de tête. Puis il a disparu en un rien de temps. Qu'avait-il voulu me dire par ce geste ? Qu'il reviendrait ? Qu'il ne m'oublierait jamais ? Ou alors ce mouvement bref et presque imperceptible traduisait-il des adieux ? J'ai prié en mon for intérieur pour que ce ne soit pas le cas.

- Je ne vais pas tarder non plus, a dit le Masque Blanc, me rappelant sa présence. Je ne tiens pas à me faire coincer et pourrir de nouveau dans les geôles de Morteliesse. Il fait si froid là-bas.

Faisant presque fi de ma présence, il s'est dirigé vers les balcons dans le plus grand des calmes. Une nouvelle explosion a résonné juste au-dessous et je me suis demandé si les Obscurs n'essayaient pas de vaincre Mandragorn sous sa forme reptilienne à coups de bâtons de dynamite. Était-ce moi ou est-ce que ça sentait vraiment les écailles roussies ?

- Oh, d'ailleurs ! s'est exclamé le criminel en se retournant vers moi. J'ai oublié de te parler de quelque chose de très important.

- Quelque chose en rapport avec vos desseins maléfiques ?

J'avoue, j'ai moi-même était surpris par mon courage. Quelques semaines auparavant, je n'aurais jamais osé répliquer de la sorte.

- Mes desseins maléfiques ? a-t-il fait semblant de s'offusquer. Je ne vois pas du tout de quoi tu parles, Elrick.

- Hum… Votre plan consistant à prendre le contrôle de Merilian grâce aux Ombres, peut-être ?

- Tu trouves cela maléfique ?

- Si peu, ai-je ironisé.

- Ah ! Tu m'en vois rassuré. Non, je voulais simplement te parler d'un choix que tu vas devoir faire.

Il a ri. J'ai froncé les sourcils et me suis campé sur mes pieds, prêt à utiliser mes pouvoirs et créer une quelconque catastrophe pour faire diversion. De quel choix parlait-il ?

Mes rêves me sont soudain revenus en tête. Le bébé dans le landau, les hurlements de la femme et du deuxième enfant, la fumée, la voix du Masque Blanc. Pourquoi rêvais-je de lui ? Et que signifiaient ces rêves ? Représentaient-ils des événements réels passés ? Ou étaient-ils la métaphore d'autres choses ?

Derrière nous, le miroir a émis un léger sifflement, attirant notre attention. Malgré l'obscurité, j'ai réussi à deviner qu'une forme vaporeuse essayait de s'extraire de la surface réfléchissante. Puis mon cerveau a fait tilt et j'ai posé une question.

- Pourquoi continuer à invoquer des Ombres si vous n'êtes pas en mesure de les contrôler ? ai-je interrogé mon interlocuteur en essayant tant bien que mal de maîtriser les tremblements de ma voix.

J'ai essayé de me rassurer en me disant qu'Incandescence m'était facilement accessible, mais je me suis rappelé qu'elle s'était éteinte – au sens propre. Elle n'était pas morte – quelques minutes auparavant, avant même de nous débarrasser de tous les monstres présents. Elle ne chantait peut-être pas de l'opéra, mais visiblement, elle savait ce qu'était un baisser de rideau, la garce !

Je ne nie pas que j'ai eu très envie d'essayer de la tirer de son fourreau pour voir si elle pouvait détruire l'Ombre en train de naître. Mais comme j'avais peur qu'elle fasse grève, j'ai préféré rester pantois et admirer avec horreur la chose sortir du portail. Chacun ses faiblesses.

- Techniquement, nous sommes capables de les contrôler, a repris le criminel, attirant momentanément mon attention. Le problème est qu'elles échappent au contrôle de leur « maître » (il a fait des guillemets avec ses doigts) lorsqu'elles s'endurcissent. Ce qu'elles font en dévorant les âmes des vivants. Celles qui ont tué ton grand-père n'étaient pas censées le faire, d'ailleurs. Tu te doutes bien que j'aurais préféré le séquestrer et le torturer des semaines durant, jusqu'à ce qu'il décide de parler.

À part le plus grand des psychopathes de l'histoire de l'humanité, qui d'autre aurait pu prononcer de tels mots sur un ton aussi calme ? Je vous le demande.

L'entendre faire référence à mon aïeul, un grand sourire aux lèvres de surcroît, m'a fait monter les larmes aux yeux. Mais je les ai rapidement refoulées pour éviter qu'elles ne troublent ma vision – l'obscurité environnante était déjà bien assez handicapante –. Et je me devais de donner suite à la conversation pour en apprendre plus sur le fameux endroit secret dont seul mon grand-père était censé connaître la position. Ça ou n'importe quelle autre information importante. Comme le choix dont mon ennemi venait de me parler, par exemple.

- Si vous en perdez le contrôle, elles risquent d'assujettir Merilian à votre place, ai-je lancé après avoir repris le dessus sur mes émotions.

- Il y a peu de chances qu'une telle chose arrive.

- Orgon n'en est pas aussi sûr.

- Orgon est un froussard qui préfère prendre la fuite plutôt que de combattre.

- Vous ne l'aimez pas beaucoup, on dirait.

Un instant, le criminel s'est tu. J'ai eu peur qu'il ne comprenne que j'essayais de le faire parler pour gagner du temps et élaborer un plan, mais j'ai été soulagé lorsqu'il m'a répondu.

- Quand j'ai été jeté dans les cachots de la citadelle de Morteliesse, il y a de cela quinze longues années, Orgon a rassemblé les hommes qui m'étaient encore fidèles et les a chaperonnés afin d'échafauder un plan consistant à me faire évader. En quinze ans, tu t'imagines bien qu'il s'est habitué au statut de chef des Obscurs. Statut qui était le mien. Connais-tu les circonstances de mon évasion, Elrick ?

Alors que je regardais impuissant la créature s'extirper du miroir à quelques mètres de nous, j'ai fait non de la tête.

- Un incendie s'est déclaré dans l'aile de la citadelle où se trouvaient les cachots, m'a-t-il expliqué. Un incendie criminel provoqué par les Obscurs. Ce jour-là, je m'attendais à ce qu'un ou plusieurs de mes subalternes viennent ouvrir les grilles de ma cellule, mais personne n'est venu. J'ai eu l'impression que l'incendie était destiné à me détruire. À consumer mon corps et le transformer en cendres. Mais hélas pour Orgon, si telles étaient ses intentions, j'ai réussi à m'échapper.

Il a marqué un temps d'arrêt durant lequel je l'ai intensément regardé, détaillant toutes les cicatrices de son visage. Elles venaient certainement de là.

- Remarque, a-t-il repris après quelques instants, mon âme aurait aisément survécu aux flammes.

J'allais lui demander ce qu'il entendait par là lorsqu'un rugissement glaçant a retenti derrière nous. L'Ombre qui naissait du miroir avait maintenant sa tête, son buste et l'un de ses bras terminé par trois doigts griffus, dans la pièce.

J'ai été tenté d'amplifier mes lumioles et de les guider vers le portail pour que la créature rebrousse chemin, mais j'ai eu peur que le Masque Blanc ne me foudroie sur place si jamais je m'exécutais. Je tenais encore à la vie, merci bien !

- Pourquoi continuer à travailler pour vous s'il rêve de vous voir mort ? ai-je demandé.

Je devais absolument agir pour éviter que l'Ombre ne sorte du miroir. J'avais l'intime conviction qu'à peine libérée, elle se jetterait sur le père de la petite fille afin de dévorer son âme. Et vu l'état dans lequel il était, il ne tiendrait pas longtemps avant de rendre son dernier souffle.

- Je pense qu'il attend le bon moment, m'a-t-il répondu. À moins qu'il ne sache...

- Qu'il ne sache quoi ?

Les yeux bleu glacier du criminel se sont posés sur moi et j'ai compris qu'il avait deviné mon stratagème.

- Rien que tu aies besoin de savoir, Elrick Fox, m'a-t-il répondu. Sur ce, je vais te laisser faire le plus grand choix de ton existence.

- Le plus grand choix de mon... ?

Je n'ai pas eu le temps de terminer ma question parce qu'il a fait tomber son otage à genoux, a détruit ses chaînes d'un violent coup de hache – puisqu'elles étaient magiques, n'aurait-il pas été plus simple d'annuler le sortilège ? –, puis a invoqué des ailes de plumes blanches dans son dos et s'est envolé par les balcons sans que je ne puisse le retenir. L'espace d'un instant, à cause de son habit et de son masque blanc immaculé, j'ai presque cru que je faisais face à un ange, mais je me suis rapidement souvenu que l'ange en question était un dangereux psychopathe. Comme quoi, les apparences peuvent être trompeuses. Les couleurs aussi… Le blanc pour la pureté, on repassera…

Ni une ni deux, j'ai tourné la tête et dégainé Incandescence afin de détruire la créature qui s'extirpait du miroir. Mais, évidemment, la lame ne s'est pas éclairée. Fichu karma ! Alors, avant que le monstre ne sorte entièrement de la surface miroitante – et certainement mû par l'adrénaline –, j'ai intensifié mon sortilège de lumioles et j'ai posé mes mains sur sa tête. L'Ombre s'est débattue en poussant des hurlements que j'aurais préféré ne jamais entendre de ma vie et elle m'a saisi par le bras. Un froid mordant s'est emparé de mon poignet et s'est répandu peu à peu dans tout le côté droit de mon corps à mesure que la créature aspirait mon énergie vitale. Je ne sentais plus mes doigts. Il me devenait presque impossible de contrôler mon sortilège. Heureusement, si les lumioles de ma main droite commençaient à s'éteindre, les autres irradiaient à pleine puissance, meurtrissant la créature.

Au bout d'une vingtaine de secondes tout de même, elle s'est dissipée et ses cendres se sont éparpillées sur le sol alors que je tombais à genoux, à bout de forces – mais qu'est-ce qui m'était passé par la tête ?! –. Puis, me rappelant de la présence de l'otage, je me suis redressé aussi vite que possible. C'est-à-dire, assez lentement.

Ce dernier s'était relevé et avançait vers moi.

- Éloignez-vous du Miroir, monsieur Fox, m'a-t-il lancé d'un ton ferme (du moins, aussi ferme que pouvait être le ton d'un homme dans son état. Sa voix était si chevrotante que j'ai failli me moquer de lui).

- Je dois le détruire avant qu'un nouveau monstre ne s'en échappe, ai-je répliqué bien plus fermement pour ma part.

Inutile de vous rappeler que je n'avais encore aucune idée de comment j'allais m'y prendre.

À ma plus grande surprise, l'homme ne m'a pas sauté dessus pour essayer de me tuer – dans son état, ça aurait été étonnant –, mais il est tombé à genoux et s'est mis à pleurer – qu'avais-je encore bien pu dire ?! –. Le voir comme ça, désespéré et presque démuni, m'a fendu le cœur.

- Pourquoi est-ce que… ? ai-je balbutié.

- Ils ont dit que je devais garder le miroir, m'a-t-il expliqué entre deux sanglots. Et que si je laissais quelqu'un le détruire, ils me puniraient en tuant ma fille.

J'ai alors compris pourquoi le Masque Blanc m'avait parlé du plus grand choix de mon existence. J'étais confronté à un vrai dilemme. Garder le Miroir des Ombres en état, laissant ainsi des myriades de monstres déferler sur Merilian, ou le détruire et exposer la petite fille de Neseris à une mort certaine.

Pourquoi avait-il fallu que je sois le héros ?! Yllen aurait été bien meilleure dans le rôle – encore une fois, n'allez pas le lui répéter ! –.

J'ai longuement contemplé l'homme qui sanglotait ainsi que la grande surface réfléchissante tenant en équilibre grâce à ses deux pieds métalliques. Je pouvais sauver le monde en détruisant le portail par lequel les créatures y pénétraient, même si je ne savais pas encore exactement par quel moyen, mais cette action impliquait de détruire la vie d'un homme en sacrifiant celle d'une petite fille. Et combien de vies prendraient encore les Ombres si je laissais le portail intact ? Combien d'innocents les créatures diaboliques des Obscurs précipiteraient-elles dans la tombe ? Il n'y avait pas à hésiter. Pour la survie du monde, je me devais de mettre mes émotions de côté et de détruire la surface miroitante. Quiconque aurait été confronté au même choix n'aurait pas douté.

- P-Pardonnez-moi, ai-je bredouillé à l'homme.

Et je lui ai tourné le dos afin de m'avancer vers le miroir. Lire le désespoir sur son visage m'aurait certainement fait changer d'avis.

J'ai d'abord amplifié mes lumioles pour essayer de le faire fondre, pensant que si les Ombres craignaient la lumière, l'objet qui permettait de les invoquer la craindrait aussi, mais je n'ai obtenu aucun résultat. Pourquoi n'y avait-il jamais de mode d'emploi dans ce genre de situation ?! Il y en avait pour tout et rien !

J'ai alors pris la décision de dégainer Incandescence, mais la lame est restée aussi terne qu'un morceau de granite.

La vitre s'est aussitôt mise à ondoyer, laissant s'échapper un faible brouillard noir qui a commencé à s'enrouler autour de mon poignet. Le gauche cette fois. Pris de panique, j'ai frappé la glace avec le manche du poignard et celui-ci s'est fissuré sous le choc. Ébahi, je suis resté immobile un instant, le temps de comprendre ce qui venait de se passer. Le manche d'Incandescence avait fragilisé le miroir. Peut-être que si je frappais plus fort...

Tandis que le brouillard s'enroulait autour de mon bras, répandant un froid glacial dans tout mon corps, j'ai frappé une nouvelle fois. Puis encore une. Et alors que mon énergie s'amenuisait et que mes yeux commençaient à papillonner, j'ai donné un dernier coup de manche et le Miroir des Ombres a volé en éclats – et c'est parti pour sept ans de malheur... –.

Instantanément, le brouillard s'est dissipé et je suis tombé sur le flanc, épuisé. J'ai tout de même réussi à garder le manche de l'arme luminescente bien en main. Malgré la violence du choc, je n'ai pas perdu connaissance. Par contre, j'allais très certainement avoir une énorme bosse à l'arrière de la tête. Elle avait cogné sur la première contremarche du petit escalier qui permettait l'accès au promontoire sur lequel était installé le portail magique.

J'ai roulé des paupières quelques instants puis, lorsque j'ai retrouvé mes esprits, la salle m'est apparue à l'envers. Malgré l'inversion des perspectives, j'ai réussi à voir, et surtout à comprendre, que le père de la petite fille avançait vers les balcons, les épaules voûtées.

Saisissant ce qu'il comptait faire, j'ai roulé sur moi-même et, sans même lâcher Incandescence, j'ai poussé sur mes mains pour me relever. Je me suis d'ailleurs écorché à cause d'un débris de verre. Caleb, étourdi, s'est difficilement extirpé de mon sac à dos.

Mais le temps que je me redresse sur les genoux, il était déjà trop tard. L'homme s'est approché du bord et s'est laissé tomber du haut de la tour.

26. Mes rêves m'en font voir de toutes les couleurs

Tout ce que j'ai réussi à faire c'est crier « Nooooooon ! », ce qui, vous confirmerez, n'est pas vraiment très utile dans ce genre de situation. Alors que Caleb me sautait sur l'épaule, j'ai forcé sur mes bras, me suis relevé et me suis précipité vers l'extrémité du balcon. Je ne sais pas vraiment ce que je m'attendais à y voir d'autre que le corps inerte d'un homme, mais je me suis tout de même penché pour regarder. Et, spoiler : j'ai vu le corps inerte d'un homme, étendu sur le sol rocheux, les quatre membres formant des angles anormaux.

J'ai alors repensé à la petite fille de Neseris à qui nous avions promis de faire notre maximum pour lui ramener son père et mon visage s'est retrouvé couvert de larmes. Elle était si jeune. Comment survivrait-elle seule dans cette vie si difficile et si injuste ? Comment réagirait-elle lorsque nous lui annoncerions le décès du seul membre de sa famille ?

Je n'ai pas eu le temps de m'apitoyer davantage parce qu'une cacophonie de hurlements m'est parvenue. Au bas de la tour, des dizaines d'obscurs sont sortis en hurlant et zigzaguant en tous sens, suivis de très près par un immense dragon noir cracheur de feu. J'avoue, moi aussi j'aurais paniqué dans une telle situation.

Quelques secondes plus tard, les jumeaux Lupus sont sortis sur le perron et ont pris une position de vainqueurs.

-   C'est ça ! Fuyez, bande de lâches ! a crié James en bondissant comme un cabri.

-   Et ne pensez même pas à revenir ici ! a renchéri Jason en mettant ses mains en porte-voix.

Leur numéro aurait pu me faire rire si je n'avais pas assisté, un instant plus tôt, au suicide d'un homme innocent et désespéré.

Derrière-moi, la trappe donnant sur l'étage inférieur s'est ouverte à la volée et Yllen, Aria et Edryss se sont précipités sur moi, m'enlaçant. Bon... techniquement, seule Aria m'a enlacé. Le loup s'est simplement contenté de me gratifier d'une tape dans le dos en remarquant l'état du miroir, quant à Yllen... Disons qu'elle m'a félicité à sa manière...

- Tu es tout seul ? m'a-t-elle demandé tandis que le professeur Spellgard nous rejoignait. Quelle blague nulle as-tu encore bien pu sortir pour que tout le monde décide de s'enfuir ?

Sans porter attention à la moquerie de ma cousine, je leur ai expliqué la situation. Le professeur Spellgard m'a écouté avec attention tout au long de mon récit.

- Alors Jonahem était le fils d'Orgon, a résumé notre instructeur. Et, par conséquent, un démon.

- Ce qui explique qu'il soit sorti du château de Scaria sans que le garde de nuit ne s'en aperçoive, a commenté Edryss.

Je l'ai regardé, sourcils froncés, ne comprenant pas le rapport entre sa nature et son escapade nocturne. Mais je n'ai pas eu besoin de poser la question parce que mon ami a répondu dans la foulée.

- Les démons, comme les vampires, possèdent un pouvoir que l'on appelle le Charisme. Il permet, par suggestion, de dicter des ordres et de se faire obéir des autres.

Voilà comment le beau blond était passé devant le gardien sans se faire remarquer, la nuit où nous l'avions suivi. Il avait certainement suggéré au pauvre homme qu'il ne l'avait jamais croisé. Un instant, j'ai trouvé cette faculté géniale, puis, après réflexion, je me suis rendu compte qu'elle pouvait être très dangereuse si elle était employée par une personne mauvaise. Combien de fois Orgon s'était-il servi de son Charisme à mauvais escient ?

Avant que nous poursuivions notre conversation, le professeur Mandragorn, Fleur, les jumeaux loups garou et les quelques professeurs présents nous ont rejoints dans la pièce sous la coupole. Le proviseur, ayant retrouvé forme humaine, n'était même pas décoiffé et ses habits étaient aussi nickel que s'ils venaient de les sortir de sa penderie. Comment faisait-il ? Il venait tout de même de se changer en un dragon de plusieurs tonnes et s'était lancé dans une périlleuse bataille à peine quelques minutes auparavant !

- Tu as... Tu as détruit le Miroir des Ombres ? s'est étonné Mandragorn en se tournant vers le cadre du meuble autour duquel étaient éparpillées des dizaines de brisures de verre. Comment est-ce que... ?

Il s'est tu en remarquant la dague que je tenais encore fermement dans ma main.

- C'est... C'est Incandescence ? a-t-il ajouté.

S'il ne montrait que très peu son étonnement, j'ai compris qu'il était vraiment estomaqué parce que ses yeux étaient à demi écarquillés.

J'ai acquiescé d'un hochement de tête et la lui ai tendue lorsqu'il a ouvert la paume de sa main. Il s'est emparé de l'arme, l'a longuement admirée et en a délicatement caressé le fourreau.

- Cette arme est extrêmement dangereuse, Elrick Fox, m'a-t-il lancé dans un souffle. J'espère que tu l'as utilisée avec précaution.

- Je... Je n'ai rendu personne aveugle, ai-je répondu. J'ai seulement anéanti des Ombres.

Il a plongé ses iris dorés dans les miens et je me suis aperçu que ses pupilles étaient encore allongées comme celles des reptiles.

- Tout le monde n'est pas capable de se servir d'Incandescence, Elrick. J'ignore pourquoi c'est ton cas, mais j'ai confiance en toi. Aujourd'hui, malgré la fuite des dirigeants ennemis, tu t'es montré brave, fort et courageux. Aussi, j'ai pris la décision de te laisser la garder. À une condition : tu ne dois la perdre en aucun cas. Est-ce clair ?

- Très clair, ai-je répondu d'une voix tremblante en hochant la tête.

- Sur ce, nous devrions quitter les lieux, a-t-il repris. Nous devons rentrer.

- Et... Et pour la petite fille de Neseris ? ai-je osé demander. Elle... Elle est en danger.

- Ne t'en fais pas, j'ai déjà envoyé les professeurs Primevère et Lycan la récupérer. Ils se chargeront de l'escorter jusqu'à Scaria où nous nous chargerons de sa protection et de son initiation jusqu'à sa majorité.

Soulagé, j'ai émis un discret soupir avant de suivre mes amis et le professeur Mandragorn par la trappe qui menait aux étages inférieurs.

***

Je me suis confortablement installé sur mon lit dans la chambre que je partageais avec Edryss à l'internat du domaine Scaria. J'étais revenu de mission depuis déjà deux semaines, mais j'avais l'impression que le périple remontait à la veille ou l'avant-veille. Pourtant, Yllen et moi avions repris les cours, étions sortis avec nos amis et avions passé de longues heures à la bibliothèque pour rattraper nos leçons ratées.

Dès notre retour au domaine, après un long vol sur le dos du professeur Mandragorn durant lequel j'avais passé de longues heures à dormir, le proviseur nous avait invités dans son bureau pour nous donner notre récompense prévue. Pourtant, bien qu'il ait été retrouvé, le père de la petite fille s'était suicidé en se jetant du haut de la tour. Je suspectais le dragon de nous payer plutôt pour avoir détruit le Miroir des Ombres et combattu les Obscurs alors que nous n'aurions normalement pas dû le faire.

La somme que nous avions reçue n'était cependant qu'une moindre récompense pour les traumatismes engendrés. Certes, Yllen, Caleb et moi étions en vie, mais nous souffrions tous de symptômes post-traumatiques. Ma cousine sursautait chaque fois qu'on lui agrippait le bras sans la prévenir, j'étais incapable de dormir dans le noir et Caleb prenait ses jambes à son cou à chaque fois que quelqu'un proposait une partie de Cluedo. Sans parler de tous les cauchemars qui hantaient nos nuits. Je ne cessais de revoir le père de la jeune fille de Neseris se jeter par-dessus la balustrade des balcons de la tour.

La jeune fille s'appelait Cléa. Elle avait été rapatriée à Scaria sans inconvénients et les rares fois où je l'avais croisée dans les couloirs du château, elle avait le regard vide et semblait totalement ailleurs. Le suicide de son père l'avait affectée au plus haut point. Ce qui se comprenait. Je n'étais moi-même pas remis du meurtre de mon grand-père alors qu'il datait déjà de plusieurs semaines.

Plusieurs semaines... Avec tous les événements qui s'étaient enchaînés, j'avais plutôt l'impression que le mois d'août remontait à au moins deux ans. Il s'était passé tellement de choses. L'entrevue de grand-père et des Obscurs, les Ombres, les funérailles, l'antenne-relais, ma rencontre avec le Masque Blanc dans la forêt de Pertevoie, l'arrivée à Scaria, la mission avec Jonah, ...

Jonah... Je ne le disais pas, mais il me manquait énormément. Je revoyais dans mes rêves le regard qu'il m'avait lancé lorsque son père lui avait ordonné de me tuer. L'aurait-il vraiment fait si l'homme au masque blanc n'était pas intervenu ? D'ailleurs, pourquoi était-il intervenu ? Comptait-il sur moi pour trouver l'endroit dont seul mon aïeul connaissait la localisation ? Je n'avais aucune indication à ce sujet...

L'inconnu des funérailles en avait, lui. Mais lorsque j'avais invoqué Marcus de la Pampa pour lui demander des informations sur son ancien maître, il avait catégoriquement refusé de m'en donner.

- Je me dois de respecter le secret professionnel ! m'avait-il dit.

S'il ne s'était pas agi d'un cactus humanoïde couvert d'épines, je lui aurais certainement arraché la tête.

J'avais soigneusement mis de côté, dans une enveloppe, l'argent qu'Yllen et moi devions à Jonah pour les chambres d'hôtel qu'il avait payé à Bercebrise et Neseris – pouvons-nous réellement appeler ces modestes tavernes des hôtels ? –. Je ne savais pas si Fleur avait fait de même de son côté, mais c'était le dernier de mes soucis. Tout ce que je voulais c'était découvrir le lieu que mon grand-père avait gardé secret, savoir pourquoi je rêvais du Masque Blanc et retrouver mon ami. Si « ami » était bien le terme adéquat.

Un jour, alors que je travaillais seul à la bibliothèque, j'avais eu le *plaisir* de recevoir la visite de Tyler qui s'était une nouvelle fois moqué de mes facultés magiques. Ah ! S'il avait pu voir comment j'avais effrayé l'arbre gardien dans le Réseau !

- Dégage, Tyler, lui avais-je sèchement répondu.
- Oh oh ! Tu oses enfin te rebeller ? avait-t-il rétorqué, faisant semblant d'être étonné. Il aura fallu que ton traître de petit ami démon t'abandonne pour ça ?
- Ce n'est pas mon petit ami, avais-je répliqué en rougissant. Et ce n'est pas un traître. Il a été contraint de suivre son père pour protéger sa mère.
- Mouais… Je pense plutôt qu'il cachait sa vraie nature. Derrière le masque de l'élève modèle se trouvait le démon prêt à faire un coup d'État. Après tout, son peuple a rejoint les Obscurs depuis de longues années. Il n'a fait que suivre ses instincts.

Pris d'un élan de rage, je m'étais jeté sur lui pour le frapper en plein visage. Mais évidemment, il avait anticipé mes mouvements et je m'étais retrouvé plaqué au sol.

- Même sans utiliser tes pouvoirs tu restes un minable, Fox, s'était-il moqué. Si ton grand-père était encore en vie, il aurait certainement honte de toi.

Cette fois, ça avait été la goutte d'eau qui faisait déborder le vase. J'avais activé ma magie, avais miraculeusement fait danser des flammèches au bout de mes doigts et j'avais plaqué mes mains contre son abdomen, le faisant hurler. Son cri avait rameuté la bibliothécaire et les autres élèves qui étudiaient entre les rayonnages. Ces derniers nous avaient séparés avec peine et l'altercation s'était terminée à l'infirmerie pour Tyler et dans le bureau du principal pour moi.

- Donc tu l'as frappé parce qu'il ne cesse de te brimer, c'est ça ? m'avait demandé le dragon une fois que je lui avais raconté ce qu'il s'était passé.

J'avais volontairement omis de lui dire que le loup-garou avait insinué que Jonah était mon petit ami. Pour la simple et bonne raison que ce n'était pas le cas. Pourtant, les amis ne se comportaient pas comme Jonah se comportait avec moi. Ils ne s'enlaçaient pas lorsqu'ils avaient peur, si ? C'était la première fois que je vivais ce genre de choses avec quelqu'un et que je ressentais ce genre d'attirance. Attirance que je ne savais pas définir. Était-ce de l'amour ou simplement un fort lien amical ? Même si je les adorais du plus profond de mon cœur, je n'éprouvais pas les mêmes sentiments pour Edryss et Aria. Pourtant je les connaissais depuis des années.

- Tu aurais dû en parler à un professeur, avait repris Mandragorn. Ou venir me voir directement. M'enfin, ce qui est fait est fait. Je ne te punirai pas pour cette fois. Mais j'espère que ça ne se reproduira plus.

Et il m'avait laissé sortir pour retrouver mes amis.

Lorsque j'avais recroisé Tyler quelques heures plus tard, il se déplaçait plutôt difficilement. J'avais pensé à lui présenter mes excuses, mais je m'étais aperçu que ses yeux me lançaient des éclairs alors j'avais changé d'avis.

Je me demandais bien ce qu'il avait après moi. Me harcelait-il simplement parce que je n'étais pas doué en magie ou était-ce parce que j'étais ami avec Jonah ?

Usé de passer mon temps à réfléchir, j'ai soupiré bruyamment et me suis retourné une énième fois dans mon lit afin de regarder la lune par la fenêtre de la chambre. Demain, premier jour de week-end, je me rendrai aux écuries pour passer un peu de temps avec Flaubert. Le principal Mandragorn avait accepté de le garder à Scaria à condition qu'il loge parmi les chevaux et que j'aille lui rendre visite au moins une fois par semaine. Chose à laquelle je me tenais. Je prévoyais d'ailleurs d'aller faire une longue balade à travers le domaine afin de découvrir des endroits dans lesquels je ne m'étais encore jamais rendu. Ma chambre d'internat ne possédant pas d'appui de fenêtre intérieur assez grand pour que je puisse m'y asseoir, je m'étais donné pour objectif de me trouver un coin calme et lumineux où je pourrais me poser pour lire pendant des heures. Je n'avais toujours pas fini le roman que je lisais le soir des funérailles de Grand-père.

Traversé par cette pensée, je me suis redressé et j'ai saisi le bouquin posé au pied du lit. Je l'ai ouvert là où je m'étais arrêté. Page trois cent cinquante et une. Puis je l'ai refermé pour le rouvrir à la dernière page. Cinq cent seize. Il ne m'en restait que cent soixante-cinq. Et je comptais bien les lire avant la fin de la semaine suivante.

Sur cette note positive, je me suis rendormi. Et sans grand étonnement, j'ai rêvé.

***

Je me trouvais une nouvelle fois dans la chambre pour enfant aux murs bleus à demi recouverts de lambris. Allongé dans le landau, j'observais le plafond peint de nuages cotonneux qui disparaissait peu à peu sous un écran de fumée noire. L'odeur m'a soudainement pris à la gorge et j'ai commencé à pleurer.

De l'autre côté de la porte me parvenaient des éclats de voix, d'incroyables fracas et des lueurs dansantes de flammes que je ne distinguais qu'à travers les interstices du cadre. Je n'avais aucune idée de ce qu'il se passait de l'autre côté du battant, mais j'avais l'impression de me trouver en pleine guerre mondiale.

Prenant une grande respiration entre deux sanglots, j'ai inhalé le gaz noir qui emplissait la chambre et j'ai toussé sévèrement. J'étais en train de m'étouffer.

Conscient que je rêvais, je me suis concentré pour me réveiller, mais je n'ai obtenu aucun résultat. Allais-je mourir dans mon sommeil ?

Je n'ai pas eu le temps de m'apitoyer sur mon sort parce que la porte s'est ouverte laissant pénétrer un homme dans la petite chambre. Un homme que je connaissais mais que je n'ai pas réussi à identifier. À mesure qu'il s'avançait, j'ai remarqué qu'il portait sur son épaule un enfant à la tignasse rousse qui me disait vaguement quelque chose. Ses vêtements étaient recouverts de suie et de sang et il respirait avec peine. Était-il encore conscient ?

L'homme s'est penché sur le landau et m'a agrippé pour me prendre dans ses bras. Par dessus son épaule, j'ai réussi à entrevoir la pièce attenante à travers la porte entrebâillée. Elle était sens dessus dessous. Les meubles avaient été retournés, pour certains détruits, et de hautes flammes les léchaient, emplissant la maison de suie et de fumée. Je crois même avoir réussi à déceler une jambe humaine au milieu de l'incendie, mais je n'en suis pas sûr.

Alors que le feu s'engageait dans la chambre, l'homme a ouvert la fenêtre et s'y est précipité pour nous mettre hors de danger. Et alors qu'il s'éloignait en courant de la petite maisonnette en proie aux flammes, tout ce qui nous entourait a disparu dans un flash.

Lorsque la lumière s'est atténuée, j'ai découvert un nouveau décor. J'étais allongé dans des langes humides disposés sur ce que j'ai estimé être une commode qui trônait dans un long couloir. L'endroit était peu éclairé, mais la lumière chaude qui émanait des quelques luminaires circulaires disposés de-ci de-là, conférait une atmosphère rassurante à ce nouvel endroit. Les murs tout autour étaient étrangement recouverts de ce qui m'a semblé être de l'écorce, et même de la mousse par endroits. Où me trouvais-je ?

En tournant la tête, j'ai remarqué un homme aux longs cheveux gris qui emmenait l'enfant roux en piètre santé dans une pièce attenante. Lorsqu'il a refermé la porte derrière lui, je me suis rendu compte que ce nouveau rêve était la suite du précédent. Mais alors… Si c'était le cas…

J'ai pivoté une nouvelle fois et j'ai découvert ce que je cherchais : l'homme qui m'avait tiré des flammes. Il était assis sur un vieux banc en bois, les épaules voûtées et l'air déconfit. Ses mains étaient jointes contre son menton et ses doigts étaient entrelacés. Il murmurait des paroles à voix basse.

En l'étudiant avec attention, j'ai enfin réussi à l'identifier. C'était mon grand-père. Il priait.

Nouveau changement de décor. Cette fois, je suis allongé dans une couchette confortable, enroulé dans des draps secs et propres. Quelque chose est blotti tout contre moi. Quelque chose d'orange et de poilu. Mon regard remonte le long du corps jusqu'à une tête toute fine pourvue de deux oreilles arrondies. Un furet. Au mouvement régulier de son abdomen, j'ai compris qu'il dormait paisiblement.

Sa léthargie m'a apaisé et m'a donné envie de m'endormir à mon tour, mais j'ai entendu du bruit à quelques mètres de moi. Des voix. Comme étouffées par une porte. Malgré tout, je suis arrivé à les distinguer et à comprendre quelques mots.

- … hors de danger, disait une première. Il n'y a plus rien à craindre.

Je la connaissais et je suis miraculeusement arrivé à la resituer. Il s'agissait de celle de l'inconnu des funérailles.

- Rien à part le Mal, a répondu la deuxième voix.

Cette fois, c'était celle de mon grand-père.

- Mais vous saurez les protéger, Albann, a rétorqué l'autre. J'en suis certain.

S'en est alors suivi un long silence pesant dans lequel je suis parvenu à sentir toute la tension qui régnait dans la pièce. Puis, mon grand-père a enfin repris :

-   Pour leur sécurité, personne ne doit savoir, vous m'entendez ? Jamais.

À suivre...

Printed in Poland
by Amazon Fulfillment
Poland Sp. z o.o., Wrocław

88950525R00174